Best Time

白马时光

Lin
Qinian
林七年
著
长江出版社
CHANGJIANGPRESS

# 目录

# Contents

“买了这么个玩意儿
回来是因为某个十指不
沾阳春水的大少爷很讨
厌洗衣服。”

“你是一个很好的男孩儿，值得所有家人和朋友喜欢，如果不是这样，那也不是你的错，是他们不够好。”

NAN WU SAN ZHONG

# 第一章

# 616 宿舍

南方的八月总是潮湿间裹着黏热。

云层撕裂一道口子，暴雨歇斯底里地砸下，湿漉漉的灰色涌淌在天地间，走廊里压着沉闷的昏暗。

路过的女生却多了起来。

“欸，那男生以前没见过，新转来的？”

“应该是，我早上看见刘德青去校门口接他了。”

“我也看见了，还是辆迈巴赫。”

“我的天，这种富二代想不开来我们学校干吗？”

“成绩太差，在其他重点高中跟不上呗。不过管他呢，长得好看不就行了。”

她们低声议论的对象这会儿正站在教务处外的走廊上，青灰色的天光顺着屋檐笔直地落在他的脸上。

他的确好看，清瘦挺拔，眉眼漂亮，好看到扔进选秀节目里，哪怕是个活体废物都能原地出道的程度。

只不过不知道是因为额前的头发过长，遮住了眼睛，还是肤色苍白得过了头，总归整个人透着一股生人勿近的冷颓感，不太招人喜欢。

“小厌。”有人叫了他一声。

男生散漫地回头。

叫他的是位年轻优雅的女性，她刚从教务处里出来，语气温和：“刘主任这边我都说好了，以后有事就找他，他会多照顾你的。今天下雨堵车，阿姨再不走的话，可能赶不上飞机了，我明天一早还要去给乐乐报名……”

“没事，我自己去宿舍就行。”宋厌平淡地打断了她后面的歉疚的话语。其实覃清作为后妈，放着亲生儿子宋乐乐独自在家不管，千里迢迢跑到南雾市来给他这个继子办转学，已经算仁至义尽。

总归比他那个从头到尾除了打电话骂人就再也没出现过的亲爹强。

“你爸也不是不管你，只是……”

大概覃清也觉得这种安慰有点儿过于虚伪，说到一半没继续说下去，只是掏出一张黑色卡片递给宋厌：“你爸的副卡，他说你现在一个人在外面生活，物质上千万别委屈了自己。”

这话是她现编的。

宋厌以前在家的时候，洗衣服和做饭就得用两个不同的阿姨，出门上学基本也都是司机接送，不说挥金如土，但也算得上锦衣玉食。

现在一个人被送到外地这种连名校都算不上的公立学校寄宿，覃清不觉得这大少爷能吃下这个苦，就多了句嘴：“小厌，这事只要你给你爸道个歉，认个错，就算完了，没必要来这种地方遭罪。”

宋厌随意把卡塞进衣兜，没说话。

覃清到底也不好多说，叹了口气，象征性地嘱咐几句后就在司机的催促下匆匆上了车。

迈巴赫造价不菲的尾灯很快消失在南雾市瓢泼的大雨里。

宋厌低头在手机的地图 App 里输入“南雾三中西区宿舍 1 栋”。

通常来说，从一个学校的大门到学生宿舍应该用不上导航这种东西，但南雾三中是个例外。

这所学校从创建之初就以小、破、旧而闻名，但却在时代变迁的风雨洗礼中飘摇了整整一甲子，依然屹立不倒，并且因为人口激增而不得不扩建。

学校位于老城区，周围全是居民楼，教育局又出不起拆迁的钱，于是扩建完教学楼后，就只能在距离校园几百米的地方强拆了一片违章建筑，勉强修建成宿舍楼。

好在不算远。

宋厌看了一眼地图上显示的“当前距离八百米，预计时长十分钟”，收好手机。他一手撑伞，一手推着行李箱，听着耳机里的语音导航，缓步往校门外走去。

校门外的老街两侧挤满了低矮的旧式居民楼。

楼上窗台搭满长杆，挂着零零散散忘记收回家的衣服，楼下小吃店把桌椅排成一串，男人们赤着胳膊围坐在马路牙子上打牌，一点儿也不顾身旁拖着长鼻涕的小孩儿四处乱窜。

说好听一点儿是“烟火气息浓厚”，说直白一点儿就是“五行缺城管”。

宋明海决定把自己亲儿子从当地最贵的私立国际学校转到这所环境一般，且重本率还不到百分之五十的公立学校来，“流放”的意思也很明显。宋厌本人倒觉得还好。

反正在哪儿上学都一样，他们父子二人分居两地说不定还能为提高国家人均寿命做出一些贡献，但这并不能让他对现在身处的这座城市带上什么友善的滤镜。

当他数不清第多少次左转右转上坡下坡然后再一个左转并险险避开一个飞驰而过的自行车带起的漫天水花后，一张漂亮的小脸已经凉得可以结冰。

正好来电打断了导航语音，宋厌抬手不耐烦地点了两下蓝牙耳机。

耳机里立马传来沈嘉言杀猪般的号叫：“老宋！你真转学了？！”

宋厌考虑要不要直接挂断，电话那头已经开始号啕大哭：“我的厌儿啊，你走了，我可怎么办啊？开学考试我抄谁的去？考不及格我妈会弄死我的，呜呜呜……”

沈嘉言哭得撕心裂肺。

宋厌毫无怜悯之心："那就提前恭喜阿姨少了一个不孝子。"

沈嘉言擤了把鼻涕："你不是人。"

宋厌很礼貌："谢谢。"

短暂的吵闹后，电话那头恢复正经："不过，你一个人去那么远的地方，真的活得下去吗？"

宋厌的回答很简洁："我智力正常。"

"不是，我不是这意思。"沈嘉言连忙解释道，"我的意思是你上学期最后两个月都没来上课，万一到时候跟不上进度怎么办？或者一焦虑，病复发了怎么办？而且就你这个大少爷性子，衣服不会洗，吃穿贼挑剔，脾气又臭又硬又欠揍，没我给你兜着，在外面被人打死了怎么办？"

宋厌："……"

沈嘉言："……"

短暂的沉默后，沈嘉言意识到自己似乎一不小心把心里话说出来了："对不起，没忍住。"

宋厌懒得搭理他："行了，没什么事就挂了，我在外面不方便。"

"在外面溜达啥呢？"

"去宿舍的路上。"

"哦，那你多注意，我看你们三中贴吧说你们宿舍楼很难找。而且南雾那地方你也知道的，3D 地图根本装不下它'骚'气蓬勃的交通规划，特容易走丢。"

宋厌觉得八百米、十分钟的路程还跟着导航走都能走丢的话，那和傻子也没什么区别，转过拐角："放心，我不是……"

"不是"后面的"你"字还没来得及说出口，就发现面前这条路似乎并不是路，而是一条放垃圾的死胡同。

宋厌感到情况不太对劲。他停下脚步，拿出手机，触亮屏幕，果然看见屏幕下方那排清晰明了的大字——当前距离一点四公里，步行时长预计十五分钟。

问：已知预计步行时长十分钟，小宋实际步行时长十分钟，那么剩余时长还有多少分钟？

答：十五分钟。

小宋本人：“……”

就很离谱。

电话那头沈嘉言还在喋喋不休：“不是什么？话怎么说一半呢？喂？喂！喂！人呢？死哪儿去了？出什……”

“没什么。到了，挂了。”嘟——

“没事了……宋厌，你又挂我电话！你这样在外面是会被人打的！”

宋厌没有听到沈嘉言后半截的咆哮。

宋厌挂掉电话，确认自己刚才的确是按着导航走的，也的确越走越远后，他关掉导航，准备到巷子外面叫个车。但刚走两步，就被挡了路。一个撑着黑伞的少年正背对着他，站在隔壁巷子口。

少年个子很高，一眼就能看出超过了一米八五，蓝白色的校裤穿在他身上有点儿短，被迫露出一截瘦削的脚踝，显得两条腿修长得过分。

长腿哥对面还站着四五个头发染得五彩缤纷的社会哥，视觉效果大概就是一排鸡毛掸子成了精，还是修杀生道的那种，个个面目可憎、苦大仇深。

这种不良少年间的斗争，宋厌没什么兴趣。

但不巧的是，他们堵住了唯一的出路，而宋厌又是一个极度讨厌和傻瓜交流的人。于是他就在“跟鸡毛掸子精们废话一通”和“等他们其中一方完蛋了再说”的选项中毫不犹豫地选择了后者。

宋厌撑着伞，站在原地，开始看戏。

“鸡毛一号”率先进入流程：“哟，这不是巧了嘛，还能遇上夏爷。”

“鸡毛二号”及时跟上：“说起来，你奶奶欠我们老大的钱该还了吧？”

“鸡毛三号”转了两下手腕：“不然就她那身子骨，怕是经不起我们折腾。”

“鸡毛四号”顺势原地扎了个凶狠无比的马步：“哈！”

宋厌：“……”

这年头古惑仔都不需要就业资格审查了吗？也难怪背对着他的那个男生连流程都不想走，只是散漫地撂出一句：“行了，别磨叽，打吗？”

那个男生书包带子吊儿郎当地挂在右肩，袖子随意挽到手肘，也不弯腰驼背，但浑身上下就是散发出一种“我就是看不起你”的痞懒气质。连带着嗓音里那点儿很真实的、没睡醒的倦意，显得整个人特别欠揍。

“鸡毛掸子”们压根儿忍不了：“打就打！谁怕谁！”

他们把伞一扔，蜂拥而上。

长腿哥却突然抬手：“等等。”

“鸡毛掸子”：“？”

长腿哥说：“我拿个杀伤性武器。”

说着就从书包里掏出了一个长约四十厘米的大木棍，随意往墙上敲了两下：“行了，来吧。”

看上去挺唬人。

为首的“红毛鸡”忌惮地顿住脚：“这是啥？”

“我奶奶家的擀面杖。”

“……”

宋厌觉得这位长腿哥可能天生欠揍。

但不得不说，这位长腿哥四肢修长却很敏捷，气质懒散却也清爽，打起架来没那么多花里胡哨的东西，一招一式极为干净利落。

只见他左手撑伞，右手还能棍棍直击要害，长腿一抬一踹就使一个“鸡毛掸子”应声而倒。

场面实在没什么悬念。

为了加快结束这场碾压性的战斗，当已经倒地一次的“红毛鸡”奋然起身打算从长腿哥背后给他一个致命偷袭的时候，宋厌没有感情地提醒："后面。"

长腿哥反身一踢，"红毛鸡"当场受到真正意义上的致命打击，捂着不可言说的部位痛苦倒地。

打人者隔着雨幕朝宋厌挑眉笑了一下："谢了，兄弟。"

笑得怪招人的。顺便还把剩下的四个"鸡毛掸子"笑得怒从中来："这小子居然还带了帮手！兄弟们给我上！一个都别放过！！！"

宋厌："……"

关他什么事。

然而清瘦的漂亮少年冷冷清清地往雨里一站，看上去实在是太好欺负了。

混混儿们疯了一样地往上冲。

宋厌右手撑伞站在原地，等为首的那个人挥着棍子冲过来的时候，直接左手钳住对方的手腕，反向一拧，再用力往膝盖窝一踹，那人便扑倒在地。鼻骨直直撞上地面的石子，鲜血瞬间涌出，面部被迫亲吻上地面肮脏不堪的积水，还没来得及爬起来，一只脚就狠狠踝上了他的背部。

宋厌脚下踩着人，下颌微抬，神色漠然："继续？"

剩下的"鸡毛掸子"们站在原地："……"

不是很想继续。他们只是普通的无业游民，兼职混个社会而已，又不是专业的，这一看就打不过，还继续什么啊。

但这话说出来也太没面子了，毕竟他们在"鸡圈"还是有一席之地的。

好在长腿哥对他们几斤几两心里有数，拎着棍子在"红毛鸡"身边蹲下，慢悠悠道："不继续也行。但我奶奶欠你们的那点儿钱早就还了，你们还这么屡次三番来骚扰，是不是有点儿不大合适？"

"你懂什么？！那老太婆问道上借的钱就得按道上的规矩办，九出十二归，利息一分不能少！""红毛鸡"强忍着某处的疼痛吼出了自己的"职业信仰"。

长腿哥脾气还挺好，点头道："你说得也不是没有道理。"

说着站起身，提起腿，扬起胳膊，看样子是打算一脚踩到"红毛鸡"脸上，顺便再用擀面杖开个瓢。

刚才还理直气壮的"红毛鸡"立马吓得闭眼抱头，脱口大喊："好好好！听你的！"

长腿哥说："展开说说。"

"红毛鸡"道："回头我就转告我们老大，说刘老太婆已经还清了，以后不用催了，这样总行了吧？"

长腿哥满意地放下自己的腿："早这样不就没事了嘛，我还想着你要是不同意我就麻烦一下警察叔叔呢。"

如果说打架还能冒着命搏一搏，但是听到"警察"两个字，几个混混儿却是真怂了："别别别，夏爷，不至于，真不至于，我们这就走。"

说完也不等"红毛鸡"发话，其他人架起他就准备狂奔离去。

结果架的时候没注意，一不小心碰到了重创之处，疼得"红毛鸡"当即倒吸一口冷气："夏枝野！你这个小兔崽子下手怎么这么狠？！"

夏枝野眉梢一挑："抱歉，不小心呢。"

"呢"，你还"呢"，堂堂一个大男人你还"呢"。

"红毛鸡"看着那张人模狗样的脸，忍不住破口大骂："别给老子撒娇！老子不吃你这套！你说你长了这么张小白脸，发挥一下它的用处，还怕还不上这点儿钱……嗯……你们别捂我的嘴，让我说……嗯……"

"鸡毛掸子"们架着他们已然失去求生欲的带头大哥飞快地消失在了南雾市冷酷无情的大雨里。

夏枝野站在原地看着他们离去的方向，沉默不语，少年颀长清瘦的背影在雨幕里显出些许萧索落寞。

宋厌没缺过钱，但也知道这个年纪男生的自尊心有多强，当着同龄人的面被戳破如此落魄的真相，还被用这种话来侮辱，多少会有些受伤难堪。

于是他假装什么都没听见，转身欲走，却听到雨声激烈之中缓缓传来了一句：“有道理啊……”

语气饱含久逢知己的赞同之意与茅塞顿开的了然之情。

宋厌：“？”

什么有道理？

没等他反应过来，就看见本应备受打击的落寞少年缓缓转头，用一脸探讨“宇宙的尽头到底是什么”的认真表情看向了自己：“你说我这张脸……”

“？”

“如果下海是不是真的挺值钱？”

怎么可能有道理。希望能值个给你治脑子的钱。

客观来讲，对面这张脸如果下海应该挺值钱。

这个人皮肤很白，发色偏浅，鼻高眉深，是带有攻击性的骨相，于是懒洋洋地笑着的时候，就连鼻尖右侧的那粒小痣都显得很不讨人喜欢。

看上去挺招异性喜欢，就是脑子好像不怎么正常。

宋厌懒得和他废话，撑着伞，掉头就走，却被那人从身后搭上肩膀，在耳边压了声低缓的轻笑：“这位小同学帮我个忙怎么样？”

说完，巷子那头一个头发花白的老太太就步履蹒跚地赶了过来：“小野，我听见那群人好像又来了？你是不是又跟他们打架了？”

看上去如果夏枝野真打架了她能直接原地心脏病发的程度。

夏枝野顺势勾着宋厌的肩，笑得松弛：“没呢，我俩就是在这儿探讨探讨力的相互作用。”

老人灵魂发问：“这么爱学习？”

夏枝野面不改色：“嗯，为了中华之崛起而读书。”

宋厌：“……”

神经病。

老人又问："那这位？"

夏枝野编瞎话眼都不带眨："我朋友，大学霸。不信你问他？"

老人看向了宋厌。宋厌也看向了老人。

短暂的对峙。

宋厌面无表情道："嗯。"

老人总算松了口气："那就好，那就好。既然是小野的朋友，进来坐坐？"

宋厌冷漠地掰开夏枝野搭在他肩上的手："不用了。"

老人担忧道："但你头发都打湿了，不快点儿擦擦，回头就该感冒了。"

"不用。"

"怎么不用，你看你头发湿的，听奶奶的，快。"

"真不……"

"哎哟，我这个小老太婆要操心死了喂，心脏疼，心脏疼。"

"……"

看着老人做作的表演，夏枝野笑着重新勾上了宋厌的脖子："走吧，你永远不可能打败一个试图关心你的小老太太。"

宋厌："……"

他一开始到底为什么要多管闲事？

刘奶奶家的小院在巷子最里头。

宋厌再怎么样也不至于和一个老人发脾气，于是冷着一张脸被夏枝野勾肩搭背地带了过去。

门一开，一个披头散发的糯米团子就捯着小短腿跑了出来，一把抱住夏枝野的膝盖，仰着脸，又脆又甜地叫了声："野哥哥。"

夏枝野顺手一捞，单手抱起糯米团子："来，小麻将，给你介绍个漂亮哥哥。"

谁是漂亮哥哥了？

宋厌：“我叫……”

“漂亮哥哥！”

“不是漂亮哥哥，是……”

“哎呀，你这孩子还磨蹭什么，快擦头发！”

“……”

两次自我介绍被打断后，宋厌选择闭嘴，走进屋内，收起伞。

他用漆黑的眸子扫了屋子一圈，压着显而易见的暴躁。

整间小院就巴掌大块地儿，装潢陈设和日常用品都透露出拮据，但从里到外都收拾得干干净净、整整齐齐，天井里的那棵桂花树也隐隐有了香气。

刘奶奶很快拿出两条干毛巾和两杯热水：“快擦擦，擦完把热水喝了，暖暖身子，免得感冒。”

刘奶奶把水递给宋厌的时候，笑着补了句：“放心，虽然旧，但都是干净的，不脏。”

宋厌本来不渴，听到这句话后还是选择接过杯子：“谢谢。”

他客气得很高冷。

夏枝野就随意多了，叉着腿往椅子上一坐，拎过小麻将就开始打理起她那头毛。

三岁小女孩儿的头发又软又少，夏枝野的手又长又大，宋厌总觉得他一使劲，小麻将就能当场致敬斯坦森。

结果却是不仅没扯秃，俩羊角辫还扎得挺规整，末了夏枝野还从兜里掏出了一个新发卡给小姑娘别上：“不错，好看。”

小姑娘立马屁颠屁颠地跑到里屋去照镜子，紧接着传来甜甜的一声：“真好看！谢谢野哥哥！”

亲眼见证了那个硕大硕大的芭比粉蝴蝶发卡是怎么别在她脑袋正中央的宋厌：“……”

审美这种东西大概就是上梁不正下梁歪。

“上梁”本人对此一点儿数都没有，懒洋洋地往椅背上一躺：“那下次野哥哥再给小麻将买个大红色的，一边一个，一起戴。”

宋厌脑补了一下，有点儿受到冲击。

“好好一小姑娘叫什么‘小麻将’？”

“哦，这个啊。”夏枝野靠着椅背，随手打开电视，里面正好播放到《马达加斯加的企鹅》里菜鸟被捡到的那一段，“因为她是我从麻将馆门口捡回来的。”

语气稀松平常，内容却意外地劲爆。

宋厌刚想说抱歉，夏枝野就转头看向他，一脸认真：“不过我一直觉得她是王室遗落的公主，以后必定会带我大富大贵，你觉得呢？”

宋厌：“我觉得你脑子有问题。”

夏枝野说：“我们国家是没这个可能了，你看看她有没有可能有泰国血统。”

宋厌没忍住：“我看你可能有点儿病。”

“不错，你很特别。”夏枝野客观地评价后，问，“所以你叫什么名字？”

“宋厌。”

“哪个yàn？”

“讨厌的‘厌’。”

“……”

诡异的沉默。

夏枝野礼貌地夸奖：“挺别致。”

宋厌嘲讽回敬：“和小麻将彼此彼此。”

他这名字从小就没少被人诟病，别人都说爹妈得有多想不开才会给儿子起这种名字，他小时候甚至还为这事哭过、闹过。等后来长大了一点儿，才知道原来宋明海给他取这个名字的时候是真的想不开。

而再长大一点儿，就发现这个名字其实起得极有水平，简直高度概括了他爹对他这一生的全部感情，所以也就凑合着用了。

不过显然夏枝野不怎么喜欢这个名字。他的指尖搭在有些干裂的木质扶手上，轻叩了两下，语调压得慵懒低缓：“你这名字也太不顺口了。而且你看你这人，其实还挺不错的，所以……”

“？”

“所以不如以后就叫你‘宋大喜’吧。”

宋厌：“……”

他为什么会在听到“凭脸下海”的言论后还指望这人能说出什么正经话。宋厌眉眼里的躁终于彻底压不住了，他放下杯子：“放心，没以后。”

说完，他拎起角落里的伞，准备走人。

正好撞上刘奶奶从厨房出来：“怎么这就要走？不留下来吃个午饭？”

宋厌觉得直接说出“因为我觉得你孙子脑子有点儿问题”这种真实原因可能略微有点儿不礼貌，于是换了个说法：“嗯，赶飞机，时间来不及了。”

“马上都要开学了，你现在坐飞机去哪儿？”老人家求知欲还挺强。

宋厌撒谎业务生疏，一时卡了壳。

夏枝野友情提示：“马达加斯加。”

宋厌：“嗯，马达……”

“达”到一半，他反应过来，夏枝野在讥讽他。

刘奶奶却已经追问：“马什么加？”

宋厌硬着头皮：“马达加斯加。”

“达什么加？”

“马达加斯加。”

“马什么达？”

“……”

一旁看戏的夏枝野终于没忍住，笑出了声：“行了，奶奶，你又不懂，就别问了，不然回头误了机，万把块就没了。”

“哦哟，那我就不耽误你时间了，你快忙你的，记得到了那个马什么达，给小野报个平安。”

老人说这句话时一脸认真的模样。中间夹杂着夏枝野的一声低笑。

宋厌没说话，撑开伞，挡住自己那张棺材脸，径直朝门外走去。

他怕再待一秒，这里就会发生暴力流血事件。

然而门里那道烦人的声线却不知好歹地追了上来：“哦，对了，去马达加斯加的话，应该会路过三中宿舍门口，记得第一个巷子左转之后千万不要走到头，不然会迷路的哦。回头见。”

“……”

宋厌觉得回头最好还是别见了，不然到时候他俩总得没一个。

虽然不知道夏枝野是怎么看出来自己要去三中宿舍的，但得益于他的提醒，宋厌这次很快就找到了地方。

办完手续去拿钥匙，顶着泡面头的宿管阿姨喜气洋洋道：“我跟你说，你运气好，分到的宿舍现在只有一个人住，那男生还特别爱干净。”

宋厌按照钥匙上的房间号找到六楼最里面的那间房门，一推开，发现果然比想象中的男生宿舍整洁很多。

右侧一排是柜子和书桌。左侧是两架上下铺。

其中一架整齐地堆满行李、篮球、鞋子，还有一把木吉他，另外一架的下铺床单平整，被子叠得方方正正，上铺则空空如也。

宋厌不想动别人的东西，就凑合着选了这个上铺。

潦草地收拾完后，拍了张照片发给覃清报平安，很快就收到回复。

覃姨：收拾好了就快去吃饭，别忘了下午两点去学校。手续都办完了，到班主任那儿报个到就行。

覃姨：听刘主任说，你们这次的班主任是个年轻的女老师，长得漂亮，性格也好，你别惹人家生气。

宋厌寻思着他向来是“人不犯我，我不犯人”，能怎么惹人家生气，靠名字吗？

不过刘德青倒也没说假话。

这儿的新班主任的确年轻漂亮性格好，娃娃脸，大眼睛，笑起来还有俩酒窝：“我叫阮恬，是高二1班的英语老师，也是你们的班主任。听说你是从首都转来的？”

“嗯。”宋厌站在教室门口，勾着书包带子，耷拉着眼睑，应了一声。

倒不是他不礼貌，只是他一米八一，阮恬一米五八，他不这样看不见她。

阮恬仰着脖子：“我知道你们学校，重本率百分之九十八，你成绩一直也挺不错，但好像上学期有一半时间没去上课？”

“生病。”

“啊……这样啊……”

阮恬似乎有什么担忧。

宋厌没有情绪地补了句：“跟得上进度。”

阮恬担忧的表情瞬间消失，粲然一笑：“嗯，老师相信你一定可以的，你就坐那里吧。”

她指向教室靠窗最后一排的角落：“正好可以和你的同桌组成‘一对一互帮小组’，共同进步。”

和原先学校的单人单桌不同，三中用的是双人一桌。

宋厌既不喜欢同桌这种近距离关系，也不喜欢“一对一互帮小组”的关系，但又没办法顶着阮恬晨间剧女主角式的招牌笑容直言不讳，于是背着书包沉默地走了过去。

他对教室里的一片哗然和窃窃私语权当没看见，把书包往靠窗一侧的桌肚里一塞，戴上耳机，趴在桌上开始补觉。

这时手机却叮咚叮咚响个没完。

宋厌烦躁地直起身，捞出手机一点开，就看见沈嘉言那家伙的名字不停地在屏幕上蹦跶。

人间至甜小奶莓：在？

人间至甜小奶莓：算了，管你在不在。

人间至甜小奶莓：作为你最好的兄弟，我今天有话要说。你这人脾气实在太差了，一天到晚顶着个死人脸，还动不动就挂人电话，言语挑衅，对周围的一切漠视不理，在外面分分钟就会被人打死。

人间至甜小奶莓：所以我就拿着你的八字找大师算了一算，然后发现你果然在南雾命犯太岁，即将遭受大劫，轻则身心受辱，重则失去自由。

人间至甜小奶莓：因此为了你的安危着想，你最好的兄弟我，动用所有互联网知识给你收集到了南雾三中危险人物的名单，请你务必远离他们，活着回到我们伟大的首都。

人间至甜小奶莓：目标人物 .xls。

“……”

为什么总是有人要刷新他对傻子的认知下限？

抱着看看沈嘉言到底还能作什么妖的心态，宋厌顺手点开了表格。

危险人物一号：刘越，据说是个体育委员，还是个肌肉猛男，贼爱打架，口碑极差。

危险人物二号：林宜玲，据说是个美女，爱好烫头、逃课以及游戏人间。

危险人物三号：……

没来得及看完，沈嘉言的新消息又发了过来。

人间至甜小奶莓：那个表格你看完没？

人间至甜小奶莓：没看完的话也没关系，着重看最后一个就行，就那个不良少年，长年混社会的那个。

人间至甜小奶莓：据说是个两米大猛男，曾经有过一挑六，把对方全都挑进医院的“光荣战绩”，人送外号“三中小霸王”，贴吧起码有四十几个他的仰慕者，简直令人发指！

人间至甜小奶莓：不过，他叫什么名字来着，你等我找找。

没等沈嘉言找出那人的名字，宋厌就感觉身前一暗，自己似乎被罩进一片阴影里。他抬头一看，就看见阮恬和另一个他现在最不想看见的人正肩并肩地站在他面前。

“宋厌，这是你的新同桌，也是你的‘一帮一’伙伴。你们以后一定要好好相处，共同进步哦。”

阮恬说完就踩着小高跟噔噔噔地走了。

剩下他的新同桌站在白炽灯下，只见他唇红齿白，眉眼微弯，笑出种明晃晃的好看：“这位来自马达加斯加的宋大喜同学，好久不见。”

来自马达加斯加的宋大喜同学麻木地看了他一眼，又麻木地看了沈嘉言新发来的消息一眼。

人间至甜小奶莓：小厌，我查到了，那个两米猛男叫夏枝野，你把这个名字给我记牢了，然后离他越远越好！听见没！

宋大喜同学面无表情地打出一行字。

YAN：应该离不远了。

人间至甜小奶莓：？

YAN：我和他很快就会没一个。

人间至甜小奶莓：？？？

如果编出马达加斯加这种瞎话的事情重见天日的话，他和夏枝野总得没一个。在这之前，宋厌就当从来没见过这人一样，关掉手机，扔进桌肚，随手拿出张卷子，留给他的新同桌一个冷漠无情的侧脸。

他这小同桌人倒是不错，就是脾气有点儿差。

夏枝野无声地勾了下唇角，没多说什么，随手拉开靠过道的那张椅子坐下，对前桌道：“作业借我抄下。”

“好嘞！”前排的小胖毕恭毕敬地拿出一沓卷子，“陛下，您先宠幸哪一科？”

“哪科先交？”

“英贵人。”

“那就它吧。”

“得嘞！”

两人一唱一和，熟门熟路，一看平时就没少干这事。

宋厌瞥了一眼，觉得“一帮一”这种活动大概是帮不到这位“三中小霸王”了。

结果这一眼恰好就被夏枝野看见，脑袋一偏，唇角一挑：“怎么，有问题？”

宋厌冷漠无情地用红笔在试卷上画了个叉：“我只是觉得你们这种‘社会哥’还会抄作业，挺难得的。”

夏枝野玩味了一下“社会哥”这个称呼，轻笑道：“毕竟干一行爱一行嘛，我们当学生的也不能让老师没面子，你说是不是这个道理？”

听上去还挺骄傲。

宋厌差点儿就给他发朵小红花了。

看来沈嘉言那篇危险人物报道虽然十分扯淡，但起码有一点是对的——离这个夏枝野有多远算多远。

毕竟众所周知，神经病具有人传人的现象。

他还不想年纪轻轻就坏了脑袋。

一般来说，开学第一天下午都会留给学生补作业，南雾三中虽然升学率不高，作业却不少。

一整个下午，忙于给老师面子的夏枝野基本还算老实安静。

宋厌也把沈嘉言寄给他的那些卷子拿出来做了一套。

刚做完，阮恬就出现在教室门口：“同学们，我来通知几件事情。”

所有人都忙着补作业，没人理她。

阮恬似乎也习惯了，站到讲台上：“第一件事是明天早上收班费，八十元，交到体育委员那儿。第二件事是我有两个好消息，你们想先听哪一个？”

班级里依然没人理她。

“那就先说一般的好消息吧。因为这次补课会一直持续到九月开学，中途没有假期，所以为了减轻大家的负担，学校决定从今天开始到九月一日，所有高二年级都不用出席早晚自习。”

短暂的沉默。

“我没听错吧！学校终于做人事了？！”

“恬姐最美！恬姐万岁！”

“那恬姐，不一般的好消息是什么？”

原本死气沉沉的教室倏忽活了过来。

阮恬笑得甜蜜蜜：“不一般的好消息就是月底我们会和五中、八中、十一中和二十四中，联合举办一次盛大又隆重的摸底考试。”

刚活过来的众人瞬间又死了回去。

“欸，你们别这样。”阮恬补充道，“这次考试学校为了鼓励大家的积极性，特地拨了一小笔‘立夫奖学金’打算奖励给这次联考总排名前十和总进步名次最大的同学，大家积极一点儿。”

众人死得更彻底了。

这事倒也不怪他们，三中的教学质量就摆在这儿，除了去年破天荒地挤进一个名额以外，每年联考前十名都被五中和十一中瓜分完了，所以拨多少奖学金又关他们什么事。至于进步奖，大家暑假干了些什么心里都有点儿谱，不退步就算“法外开恩”，又岂敢再有贪念。

阮恬无奈：“算了，你们自己看着办吧。今天自习就到这儿了，明天早上各科老师按时检查作业，该补齐的都补齐，实在来不及的英语作业就放到最后，听到没？”

“听——到——了——”

“放学。”

“开饭！冲呀！”

教室瞬间空空荡荡，只剩下最前面的阮恬和最后面的宋厌、夏枝野。

夏枝野前前后后拒绝了四五个人的晚饭邀约，偏头看向宋厌：“这位来自马达加斯加的外国友人，要不我晚上请你吃个饭？”

宋厌一脸淡定地收拾着书包：“如果你再提这几个字，我不介意把你的舌头拔下来，快递到马达加斯加沙漠中央的仙人掌上，接受七天烈日暴晒的洗礼。”

“……”

显然平时没什么人敢对“社会哥”这么说话，夏枝野的表情有点儿受到冲击。

“所以麻烦让让。”

宋厌拎着书包站起身，垂眼看向自己身边这位“三中小霸王”，一脸“你再惹我，我不敢保证会做出什么事”的超酷表情。

夏枝野微仰着脑袋，和他对视三秒，然后慢悠悠地吐出四个字：“你好凶哦。”

宋厌：“……”

拳头硬了。他正准备把挡着座位出口的夏枝野连人带椅子一起扔出去时，讲台上的阮恬发了话：“你俩怎么还不走？”

夏枝野回过头，语调散漫：“报告老师，宋厌同学今天上午帮了我一个大忙，所以我想请他吃个晚饭，表示感谢。”

“这样啊。”阮恬一副恍然大悟的样子，“那宋厌同学就赶快去吧，正好可以趁机增进友谊，处好关系，培养默契。联考成绩就看你们了，加油哦！”

宋厌：“……”

谁要和这人增进友谊？

架不住阮恬亲自陪着他们出了校门，宋厌只能板着脸应了下来。

傍晚的老街比上午看起来讨喜多了。

尽管一样嘈杂拥挤，但各家店铺都亮起了灯，烧烤龙虾大排档也摆得满满当当，食材一下锅，吱吱冒起油烟，空气里霎时充满各种辣椒与香料的味道，连带着人们吆五喝六的嬉笑怒骂都显得可爱起来。

夏枝野问：“你应该没怎么来过这种地方吃饭吧？”

宋厌没回答，因为他确实没怎么来过这种地方吃饭。

虽然他妈死得早，他爸不待见他，但是从物质生活这方面来说，他从记事起就过得很优渥，尤其是随着年纪增长，宋明海生意越做越大，他在他们那儿也能算个实打实的富二代了。

他也不是看不上这种地方，只是单纯地没机会。

夏枝野看他的表情，猜了个八九不离十，懒洋洋地将手搭上他的肩：“行吧，那今天就请你吃顿大餐，让你见识一下什么叫‘高手在民间’。”

下一秒他的手就被用力拍掉：“别动手动脚。”

“大家都是兄弟，搭一下怎么了？”

“谁跟你是兄弟？”

“一起打过架，一起淋过雨，一起见过家长，一起撒过谎，这还不叫兄弟？”

“……”

宋厌一时竟无法反驳。

于是这位“兄弟”就带着他在拥挤的人群和老旧的街道之间来回穿梭，七拐八拐，上坡下坡。最后终于在一个隐匿于街道角落的小推车前停了下来：“阿姨，来两碗大份豌杂面，再来个大份狼牙土豆。”

宋厌：“？”

如果他没看错的话，这个小推车顶多一米宽，旁边摆了个烧煤炉，炉上架了口锅，推车旁边搭了两张折叠桌和几个小马扎，然后就没有然后了。

宋厌：“大餐？”

夏枝野：“这个碗还不够大？”

宋厌：“……”

是挺大的，快赶上宋厌的脸那么大了。

臊子也铺得厚实，辣油红汪汪一片，狼牙土豆炸得酥黄，撒上孜然和辣椒粉，闻上去格外香。

卖面的女人则瘦得有些脱相，一双眼睛看起来大得有点儿突兀。把面端上来的时候，一个劲儿用手势冲着夏枝野比画着什么，脸上堆满憨厚又开心的笑容。

夏枝野把钱给她，她不乐意要，拼命往回推，最后还是夏枝野说了句“你再这样，我以后就不来了”，她才勉为其难地收下，继续去招待别的客人。

而宋厌已经用纸巾把桌椅来回擦了三遍。

“讲究。”夏枝野把书包随意往地上一扔，掰开一双一次性筷子递给宋厌，“尝尝。”

宋厌实在无法理解这个人带着自己绕了大半天，就为了来这犄角旮旯儿吃一碗可能连营业执照都没有的商贩的小面。

虽然他还不至于矫情到要耍什么大少爷脾气。

宋厌接过筷子，尝了一口，面条筋道爽滑，臊子咸淡恰到好处，味道居然真不错。不过面虽然好吃，却也没好吃到值得专门步行十几分钟来吃一口的程度，所以他觉得夏枝野这人或多或少还是有点儿毛病，只想快点儿吃完走人。

然而世界上有个成语叫事与愿违。

同时世界上还有另外一个成语叫“冤家路窄”。

两人坐在推车背后靠近台阶边沿的角落里好端端地吃着面，一道熟悉的声音非常煞风景地传了过来。

“哟，老板娘，最近生意不错啊。”

“嗯嗯，嗯嗯嗯。”

“别比画了，我们又看不懂，把钱拿出来就行。”

“嗯嗯嗯！”

“嚷嚷什么嚷嚷，你开这个面摊没少沾我们老大的光吧？不然就你一个哑巴女人，能开得下去？就收你一点儿保护费，你还不乐意了，懂不懂感……啊！谁扔的筷子？”

“抱歉，手滑。”

夏枝野擦着手，转过身，眼尾微挑，睨向对方，看上去散漫又不好招惹。

那群本来还嚣张跋扈的“鸡毛掸子”愣了愣。

三秒后。

“夏枝野！怎么哪儿都有你？”

“红毛鸡”接近崩溃，连带某个不可言说的部位都似乎开始出现痛感。

夏枝野认真答道：“可能这就是缘分吧。”

“红毛鸡”拿着把小刀，指着他们，气势汹汹说：“上午的事老子就不跟你计较了，这次的事和你没关系，你就少管闲事，不然别怪老子不客气！”

如果不是上午见识过这几个人落荒而逃的样子，宋厌可能真的就被唬住了。但是那一幕印象实在过于深刻，以至于他连一点儿紧张害怕的情绪都没有，他只是一脸漠然地放下筷子，拿出手机，准备拨打“110”，却突然被夏枝野按住了手腕。

宋厌掀起眼皮：“现在是法治社会。”

夏枝野一脸专注：“我知道，但这小摊没营业执照。”

宋厌：“……”

居然还真的没有营业执照。这要是报了警，怕是要连摊带锅一起端，基本就是断了这个哑巴女人的生路。

宋厌做不出来这种事，于是面不改色地把沈嘉言的备注改成“110”，然后拨了过去：“喂，110 吗？我报警。”

电话那头的沈嘉言：“？”

电话这头的“鸡毛掸子”：“？”

“大哥！他居然报警！”

“年轻人简直不讲武德！”

其中一个反应过来的“鸡毛掸子”扑上来就准备抢宋厌的手机。

宋厌反应极快，举着手机起身往后一退，然而脚却不小心从台阶边沿踩了个空，脚踝往下一折，他瞬间倒吸一口冷气，变了脸色。

夏枝野见状，二话不说，站起身，一手操起马扎，一手狠狠薅上了试图抢手机的那位的脑袋。

一声闷响，那人就捂着头痛苦不已地倒在了地上。

夏枝野就站在他旁边，眸光从眼尾射出，散漫扫向其他人："还来吗？"

鲜血顺着他手中的马扎淌落在地，衬着瘦削的指节，有些触目惊心。

其他人："……"

不太敢来。

"不敢来的话就趁着还没跟警察说具体地址快点儿滚，不然这事没这么好打发了。"少年声音松散痞懒，却不难听出其中压着的冷戾之意。

不同于之前每次打架时散漫不着调的态度，这次的夏枝野看上去有些难得地动了真格。

加上这会儿路过的人多，闹大了对他们没好处，"红毛鸡"衡量片刻，咬了咬牙："今天就放过你，这笔账以后再算，兄弟们，走。"

一群人很快消失在嘈杂的街头。

夏枝野扔掉马扎，走到宋厌跟前蹲下，伸手卷起他的裤腿，看了眼他的脚踝："肿了，我送你去医院。"

宋厌抽出脚踝："不用，我自己去。"

夏枝野抬头看向他："你自己怎么去？"

"打车。"

"你觉得什么出租车能开进这里？"

"……"

看着大少爷瞬间垮下的脸色，夏枝野忍不住轻笑道："放心吧，小同学，我负责送你去医院。"

夏末的夜晚天气多变，这时突然下起了一阵小雨。

本来还很坚持的宋厌最后还是被夏枝野强行背到路边，打车去了医院。

回到宿舍的时候已经是深夜。

宿舍阿姨一看见宋厌打着石膏的腿，就忍不住惊呼出声："哎哟，这是怎么搞的，要不要紧的啦？"

宋厌拄着拐："没事，不要紧。"

的确不要紧，就是脚踝韧带拉伤而已，不算严重，打个石膏，休养两周，再吃点儿消肿消炎的药物就行。

只是这种漂漂亮亮白白净净的大少爷一旦受了伤，就特别招人疼，看得阿姨难过得不得了。阿姨转头看向夏枝野："是不是又是你搞的？"

夏枝野倒是没犹豫："嗯，我的问题。"

阿姨来了劲儿："我就知道！我跟你说，你平时自己疯不要紧，但是不要招惹新同学，好不啦？不过既然现在已经惹出事了，就必须负责，好好照顾人家，知道不啦？"

夏枝野点头："阿姨，你放心，我会负责的。"

阿姨满意了些，说："这还差不多。那你们快回房间休息吧，晚上早点儿睡，别仗着年轻就折腾到大半夜，听到没？"

夏枝野再次点头："嗯，知道了。"

阿姨又看向宋厌："你呢？"

宋厌："听到了。"

阿姨总算满意地离开了。

夏枝野偏头看向宋厌："所以宋厌同学，需要帮忙吗？"

宋厌冷酷地送了他两个字："走开。"

然后他拄着拐杖，准备靠自己的努力攀登上南雾三中宿舍六楼这座不可逾越的高峰。

然而攀登的第一步，只听到"咔嚓"一声，医院年岁久远的木质拐杖应声而裂。

宋厌："……"

夏枝野："……"

后者彻底忍不住笑出了声："行了，不逗你了。哪个房间，我扶你上去。”

前者面无表情地扔掉拐杖：“616。”

夏枝野抬了下眉：“房号不错，挺吉利。”

吉利个鬼。真吉利的话也不至于这么倒霉。

宋厌顶着一张如丧考妣的臭脸，接过夏枝野递来的手臂，借着力，一瘸一拐地往六楼走去。

按理说，他觉得这事怪不到夏枝野头上。毕竟人家只是请自己吃个饭，也没想到会遇上小混混儿，遇上小混混儿后也是自己想到报警才会吸引火力，崴了脚。

整件事情里面，压根儿没有夏枝野主观意愿上的任何过错。

但宋厌觉得他和夏枝野这人大概是天生不合，不然也不至于一见面就遇上打架的，还把自己弄成个临时性残废。更何况这人的脑子多少还有点儿问题。所以出于“珍爱生命”和“珍惜智商”的本能，宋厌决定以后和夏枝野还是离得越远越好。

最好远到可以“老死不相往来”。不然他怕哪天忍不住，闹出人命来。

正想着，人就到了616门口。宋厌从夏枝野手里接过书包，冷漠送客：“到了，谢了。慢走，不送。”

然而夏枝野却站在原地，一动不动。

宋厌不耐烦地撩起眼皮，压着点儿暴躁：“你不用回去睡觉？”

夏枝野低着头，看着他：“我是想回去睡觉，不过……”

“有话快说。”

“门被挡住了。”

“？”

“我又不能对伤患动粗。”

“……”

“所以能不能麻烦你先让让，让我把616这扇尊贵的大门打开再说？”

“……”

宋厌想直接把门焊死。

## 第二章

# 五百字检讨

可能是他平时对宋明海过于不孝，所以才会被“发配”到南雾来接受夏枝野的“制裁”。

亲眼看着夏枝野拿出钥匙熟练地打开616的大门，并且从抽屉里掏出一张写着“夏枝野”大名的学生证后，宋厌周遭的空气已经可以直接问候液化氮。

夏枝野把自己的枕头被子往上铺一扔，再把宋厌还没收拾好的被褥抱到下铺来：“你腿脚不方便，就暂时先在下面吧。”

宋厌站在门口一动不动。

夏枝野偏过头：“怎么？不乐意？”

“我不习惯睡别人的床。”

“哦，那你单脚蹦上去一个给我看看。”

“……”

夏枝野笑了一声：“行了，别嫌弃了。床单、被褥都是我今天刚换的，新的，干净。”

话说到这个份儿上，再争下去显得自己矫情。

但宋厌从小到大就是被保姆伺候惯了的人，哪怕以前偶尔住校，也是阿姨定点来收换洗衣服和床单、被套，现在突然只身来了这么个生活环境大不如前的地方，还瘸了腿，哪儿哪儿都和他作对。

被芯无论如何就是不肯服服帖帖地钻进被套里，折腾半天后，被芯和被套已经缠成一团。

宋厌没了耐性，烦躁地一扔，眼角眉梢的不快把大少爷的脾气彰显得淋漓尽致。

夏枝野倚着床头看了半天，忍不住低头笑了一下。

他走过去，展开被团，随手摆弄几下，再拎起来一抖，被子就变得平整了。

把床上铺好后，夏枝野懒洋洋道："以后遇到不会的东西，记得叫人帮忙，嘴长着就是用的。"

嘴长着能吃饭就行。

宋厌木着脸，扶着墙一瘸一拐地跳进了浴室。

三中宿舍每个房间都有独立卫浴，避免了宋厌最尴尬和最讨厌的事情。

然而他习惯性地打算把换下来的衣服扔进脏衣篓却落了个空的时候，那股焦躁的情绪就又上来了——没了阿姨来定期收洗衣服，总不能还要自己动手吧。

宋厌想着就烦。

囫囵洗完澡，随便揉吧揉吧，把贴身衣物封进黑色垃圾袋里当一次性的扔了，不贴身的就往遮尘袋里一塞，计划明天拿去干洗。

然后头发也懒得吹干，直接躺上床，给手机充上电。

一开机，沈嘉言的微信和未接来电就疯狂涌了进来，宋厌才想起之前给沈嘉言打电话报假警的茬儿。

他指尖挪动，回了一句：没事。

手机那头秒回。

人间至甜小奶莓：你吓死我了，我差点儿就报警了，后来我寻思着要真有什么事，你打电话给我，不是想不开嘛，就没报。

YAN：还行，有点儿自知之明。

人间至甜小奶莓：不过，下午你见到那个夏枝野了？那人到底怎么样啊？传说中的身高两米，腹肌八块，抽烟、烫头，胸口黑龙，还有四十几个仰慕者，是真的假的？

“假的”两个字还没发出去，浴室门就“吱呀”一声开了。

宋厌抬头一望，正好看见夏枝野裹着一身水汽，擦着头发走了出来，发现宋厌在看他，眉梢一抬：“怎么，觉得我很帅？”

宋厌：“……”

“啪”的一声，宋厌直接反手拍上床头的吊灯开关，然后面无表情给沈嘉言回了过去：真的。

夏枝野这个人虽然有点儿毛病，但脾气很好，只是低笑了一声，并没有和宋厌计较。

夏枝野睡相不错，既不打呼也不磨牙，还不翻来覆去，几乎没有制造出任何噪音。

处暑未消的夜晚，沉闷缓慢没过，像令人窒息的潮。

宋厌数了几千只羊后，还是睡不着。

终于他从床上坐起，单脚跳着挪动到行李箱前，翻找起药物。

找了半天却始终没有找到那瓶熟悉的助眠药，看来是收拾东西的时候忘带了。

这药是国外进口的，他一个未成年人在外面没法儿买到。

想到这儿，宋厌愈发烦闷焦躁了。

来了南雾后，他就没遇见一个顺心的人，一件顺心的事。

他垂头丧气地关上箱子，准备折返，正好撞见夏枝野从上铺爬下来。

这人显然已经睡得很熟，起来后眼睛都不带睁地就直奔卫生间而去，途中根本没看见宋厌，也就省去了他要解释的麻烦。

宋厌径直回到床上，盖好被子，继续数羊。

他没数几只，身后的床铺就明显往下一陷。

“？”

宋厌转头一看，正好对上夏枝野那张放大数倍三百六十度无死角的脸。

“……”

呼吸匀速，面貌安详，仿佛一只英俊的死猪。

宋厌用力拍了他两下脸：“醒醒，走错床了。”

夏枝野纹丝不动。

宋厌又不耐烦地踹了他一脚：“醒醒！”

夏枝野依然纹丝不动。

宋厌怒了，打算把他连人带被子一起推下去，但刚起身，夏枝野就一把把他薅回去：“狗子，别闹，困。”

宋厌：“……”

谁是你狗子？直接把这人从六楼扔下去算了。

然而大概是窗外落进来的月光太温柔，夏枝野整张侧脸都显得柔和了起来，像一只无害又黏人的大狗狗。

躁闷了一天的宋厌突然在那一刻生出一种极度接近平和的无力感，他沉默着看了三秒。

算了，爱护动物，人人有责。

于是又认命般地背对着夏枝野躺了回去。

巨大的疲惫和某种柑橘调的洗发水味道一起缓慢没过他的神经末梢，逐渐麻痹了那些属于白日的烦躁和困扰。

翌日早晨，两人是被一阵疯狂的敲门声叫醒的。

宋厌起床气重，皱着眉扯过被子把头一蒙，继续睡。

夏枝野起身开门，朝门外两人不耐烦道：“催命呢？”

“怎么说话呢，我和商淮这不是怕你又睡过头，又迟到又被刘德青骂吗？”

“就是，我和周子秋都是好意，绝对不是为了一大早就来问你借漫画。”

夏枝野从初中开始就和这两个人鬼混，太知道他们是什么德行了，白眼都懒得翻一个，让开身："自己去找，拿了就走。"

"得嘞，谢谢夏爷！"

夏枝野一脚一个，将他俩踹到门外："记得帮我带早饭，两份儿。"

说完"砰"的一声关上门，转头对宋厌道："走吧，起来收拾收拾，送你上学。"

尽管宿舍楼到教学楼只有几百米的距离，但是按照宋厌的伤势和南雾市的地理情况来说，基本也够得上一个"飞夺泸定桥"的难度。

再加上宿舍位置太隐蔽，打车不好打，等两人终于到了学校大门的时候，已经迟到了足足二十分钟。

刘德青站在学校门口，远远看见夏枝野，立马开始嚷嚷："怎么又是你？！开学第一天就迟到，你还有没有把我这个教导主任放在眼里？还有没有把校规校纪放在眼里？检讨！必须写检讨！写一千……欸，宋厌同学？你怎么也在这里？"

"脚受伤了，夏枝野扶我来的。"

"哦，这样啊，那没事了。同学之间嘛，就应该互帮互助、团结友爱。夏枝野，做得不错，老师对你进行口头表扬，快去上课吧。"

"行，谢谢刘主任。"

夏枝野扶着宋厌一瘸一拐地往教室走去。

宋厌问："你笑什么？"

夏枝野："没什么，就是觉得刘主任不愧是学过川剧的。"

但不幸的是，不是所有人都和刘德青一样善于变化。

早上第一节课是数学课，数学老师叫罗伟，是个年过五十岁的坏脾气老头儿，眼看都要下课了这两人才姗姗来迟，顿时气不打一处来。

也不管什么受伤不受伤的，吊着嗓子，摔着三角板，把两人骂了足足五分钟，才以一句"一人一份五百字检讨"做了结尾，放他们回了座位。

夏枝野刚到座位，屁股还没坐热，就又被罗伟一嗓子吼起来：“夏枝野！你暑假作业呢！”

“报告老师，做完了。”

“做完了就交上来！”

“做完后我又弄丢了。”

“……”

罗伟觉得自己三十年的从业经验受到了侮辱，手往门外一指：“你们两个给我站到外面去！检讨再加五百字！写完前不准回来！”

无辜躺枪的宋厌：“？”

他决定抢救一下：“老师，我只有一条腿。”

“一条腿也给我站！”

“？”

“金鸡独立没学过？”

“……”

也行吧。

刚进教室的两人又互相搀扶着走了出去，场面一时颇为心酸。

宋厌觉得夏枝野没写作业这事也就算了，毕竟不良少年都不写作业，但是编瞎话的时候能不能稍微靠谱一点儿，不然也不至于把老头儿气成这样。

宋厌面无表情地从包里拿出笔和本子，垫在走廊的窗台上，准备开始写，一旁的夏枝野戳了戳他。

“有话就说。”宋厌头都没抬。

夏枝野：“借支笔，还有纸。”

“你的呢？”

“弄丢了。”

宋厌抬起头，发现夏枝野两肩确实空空如也：“你书包呢？”

“应该是丢面摊那儿了。”

宋厌这才想起来，昨天晚上夏枝野为了送他去医院，只顾得上拿他的书包，没拿自己的。所以作业丢了这事居然是真的。

而且如果不是因为自己脚受伤，今天早上夏枝野也不会迟到。

宋厌转回头，表情冷淡道：“你那份我帮你写。”

“别。”夏枝野一点儿也不见外地从他笔袋里拿出一支笔，又顺手扯了一张纸，“字迹不一样，回头被老罗看出来了，又得再写一份，所以还是我自己来吧。而且……”

夏枝野难得正经。

宋厌偏头：“而且什么？”

“而且写检讨这事，整个三中我认第二，没人敢认第一，你帮我写的话必然不能写出我的风采，有损我在文坛的威严。”

“……”

宋厌发誓，自己再相信夏枝野会正经一次，自己就是傻子。

两人对上数学课也没什么兴趣，就站在走廊上，直到下了课也没把五百字写完。

夏枝野正转着笔，欣赏着南雾三中的风景时，有人在身后怯怯叫了声“野哥”。

宋厌回过头，是个瘦瘦小小、眼睛贼大的男生。

宋厌觉得这男生看上去好像有些眼熟，但又想不起来到底在哪儿见过。

夏枝野看了那男生一眼，放下纸笔，懒洋洋道：“走吧，去那边说。”

宋厌一向秉持“关你何事，关我何事”的八字方针，对别人的事向来不感兴趣，但他从小听力就很敏锐，所以即使没想着听，两人的对话还是不可避免地入了他的耳。

男生好像叫张面面，声音很小：“野哥，我妈跟我说了，昨天晚上那群人又去闹事了，多亏了你。”

夏枝野不怎么在意：“小事。”

“哦，还有，你书包落在我们家面摊了，里面东西全湿了，我妈说今天全部烘干后再给你送到学校来。”

“嗯，谢谢阿姨。”

“那没其他事的话，我就先回去看书了。”

“等下，这八十块钱你先拿着。”

“不行，野哥，我不能再借你的钱了。”

“让你拿着你就拿着，下月初你再还我就行，不然刘越收不上来班费，又要找你麻烦。”

“……”

“行了，别婆婆妈妈的，我回去写检讨了。”

“谢谢野哥。”

宋厌转着笔的手指微滞。原来夏枝野昨天非要带自己去那家面摊吃饭是这个原因。

难怪会觉得这男生眼熟，现在想想，长得和面摊老板娘几乎是一个模子刻出来的。

再想到昨天上午，夏枝野被混混儿们堵在家门口要债的场景，以及那间巴掌大的院子里年迈的老人与年幼的孤女，宋厌突然觉得这人好像没那么傻。

虽然家庭环境复杂了些，作风像不良少年了些，神经病了些，但起码底子上很正。

宋厌甚至觉得，如果阮恬非要让他们一帮一互助学习的话，也不是不行。毕竟知识改变命运。夏枝野这人或许还能抢救抢救。

想到这儿，他偏过头打算问问夏枝野后面有什么安排。

结果一偏头就看到了夏枝野面前的那封检讨，上面洋洋洒洒写着：昨晚的雨下得和依萍去陆家借钱的那天一样大，而我那位如同依萍一般尖锐又秀气的同桌一不小心在风雨中丢掉了他的刺。于是作为南雾三中最为英俊潇洒正直善良的同学，本人夏枝野决定见义勇为……

一不小心丢掉了自己的刺还被英雄救了的“宋依萍”同学：“……”

他觉得三十秒前的自己可能是被琼瑶奶奶附了体才会觉得夏枝野还有救。

毕竟知识可以改变命运，但不能创造医学奇迹。

宋厌自己的检讨也没好到哪儿去。

“综上所述，我校夏枝野同学是出于乐于助人、团结友爱的善良本性，才无意迟到，且不小心遗失了数学作业本，数学作业将于明日悉数补齐。

“而我班罗伟老师，却不听缘由，不信学生，实为不该……

“反馈人宋厌，检讨完毕。”

听完这份检讨，教室里鸦雀无声。

年过半百的老人气得浑身打战，用手指着宋厌，哆嗦半天，愣是没哆嗦出一句囫囵话来。

还是夏枝野体贴，出声替他顺了顺气：“罗老，咱别急，慢慢说。”

罗老差点儿直接被他顺气顺得厥了过去。

罗老最后还是被科代表和班长一起强行架回了办公室，才避免了一出惨剧。

随后教室里一片起哄。

“新同学牛啊！”

“让我从此尊称你一声‘厌哥’。”

“这检讨我要打印出来反复背诵。”

宋厌觉得这群人脑回路多少有点儿毛病。

夏枝野也没想过自己那份极致唯美细腻的检讨居然也能在宋厌的衬托下显得靠谱正常起来，看来他在检讨文学界的泰斗地位即将不保。

他把椅子往后一翘，偏头看向宋厌，眉眼微弯：“怎么，我们厌哥这是为我打抱不平？”

“少废话。”

啪——

一本厚厚的硬壳笔记本被用力地砸到了夏枝野跟前，暴力地打断了他后面的发言。

“这是什么？”

夏枝野拿起笔记本，翻了翻。

宋厌神色冷淡：“上一任首都高考状元留下来的重点知识归纳本。”

“给我干吗？”

“一个月内把前面四十页背完。”

“背它干吗？”

“因为‘知识改变命运’。”

“改变什么命运？”

“改变你下海的命运。”

“你看，你还说你不是为我打抱不平。”

“……”

啪——

宋厌终于没忍住，一本子拍上了夏枝野的脑袋。

中学时代，除了考试卷子的答案和学霸的笔记本，传得最快的一定是流言。

等中午开饭的时候，整个高二年级就都已经听说了1班新转来的那个富二代大帅哥在开学第一天就打群架负了伤，还为维护校霸把老师气得够呛的“光荣事迹”。

周子秋竖起大拇指：“不愧是夏爷同桌，这路数真是一脉相承，那检讨写得简直‘险象环生’。”

夏枝野都没正眼瞧他：“这话如果被宋厌听见，你可能活不到明天。”

说着拿出饭盒递给食堂阿姨：“大份糖醋肉、大份冬瓜排骨、大份猪蹄、大份鸡腿。”

商淮忍不住开口道：“夏爷，你这是喂宋厌呢还是喂猪呢？”

夏枝野："你见过那么瘦的猪？"

商淮："这倒没有。"

"那不就得了，这叫吃啥补啥。"夏枝野收回饭盒，"行了，快吃你们的，我午休有事，要出去一趟，你们没事就去1班看看宋厌有没有什么不方便的，帮一把。"

"行，没问题，不过你不和我们一起吃？"商淮问。

夏枝野："和你们吃什么吃，宋厌还在教室等我呢。"

说完就拿着饭盒，头也不回地离开了。

夏枝野陪宋厌吃完午饭，就自己出了学校。

"老板，选辆自行车，方便带人的。"

这年头自行车行的生意都不太景气，大中午的猛然来了个客人，老板连饭都顾不上吃了。

老板一出门，发现是个穿校服的帅高小伙儿，忙笑嘻嘻地迎上来："是买来载人的吧？"

夏枝野觉得如果说自己一个大老爷们儿专门来买一辆自行车就是为了载另一个大老爷们儿的话，解释起来有点儿麻烦，就没接话，只是说道："选个稳一点儿的，后座舒服一点儿的，价格不是问题。"

"好，没问题，这事包我身上。"老板说着进了铺子，很快就推出一辆崭新的自行车，"你看这个怎么样？"

夏枝野看了眼古板漆黑的车身车架："太普通了。"

老板又推出一辆灰色的："那这个呢？"

"还是太普通了。"

老板没想明白一个自行车还能怎么不普通。

夏枝野的视线在店里扫了一圈，指了指角落："这辆怎么卖？"

"哎哟，小帅哥，你眼光真好，现在小姑娘们最喜欢这种了。原价一千两百元，你要诚心买，就算九百八十元，再免费给你改装个车垫，坐着保稳、保软、保舒服，怎么样？"

“行。”夏枝野想了想，强调道，“要同色的坐垫。”

“好嘞！没问题！扫门口那个二维码就行。”

夏枝野打开支付宝。

一扫，一刷，页面一转，支付失败。

他似乎猜到了什么，低头打开手机银行，看见“已挂失”三个字后，毫不意外。

他就知道，气晕罗伟这事没这么好打发。刘德青十有八九跟老爷子告了状。

果不其然，一退出 App，老爷子的电话就打了过来，夏枝野无奈接起：“喂，爷爷。”

“别，这是我的问题，和人家宋厌没关系。

“我说了，我不出国，你让我回去也没用。

“卡你想挂失就挂失吧，反正也不是一次两次了。

“那就这样，挂了，您注意身体。”

挂掉电话时，老板已经改装好了垫子。夏枝野从校服口袋里随手拿出一沓现金，数了数，不多不少，正好十张粉色的，递给老板：“现金，行吗？”

“行，来，找你二十块。看看垫子怎么样。”

“挺好，谢谢老板。”

夏枝野长腿一抬，跨上自行车。

此时路边正好有发传单的玩偶路过：“先生，理财业务了解一下？”

这么闷热的天还穿这么厚重的玩偶服，也挺不容易，夏枝野想着，顺手接过，看都没看，就直接塞进了裤子口袋，骑着自行车回了学校。

宋厌向来是个能不多管闲事就不多管闲事的人，对于夏枝野午休出去做了什么，他从头到尾不闻不问。

下午放了学，他拿出手机准备打车，却听到教室里一阵闹闹哄哄。

宋厌瞥了一眼，只见一群穿着篮球衣的男生正从教室外面回来，为首的人格外高大，身上的腱子肉跟充了气似的。

身旁的人一口一个“越哥”，看上去应该是某种类似于“六中七匹狼”的中学生组织中的一个头目。

头目身边的小弟一号夸道：“越哥这新鞋不错啊，潮牌的联名款。”

被叫作越哥的人嘚瑟地抬了抬脚：“可以吧，我妈刚从国外给我带回来的。”

“那这得不少钱吧？”

“废话，四五万呢，别乱摸，摸坏了你赔？”

听到这话，被宋厌按在座位上不写完一整套卷子不准走的夏枝野突然笑了一声。

刘越寻着笑声看过来，不满地皱起眉：“夏枝野，你笑什么呢？”

“没笑什么。”夏枝野继续算着磁场的作用力，“就是觉得有点儿假。”

这句话似乎触到了刘越的某个神经点，他立马高声反问：“你说清楚了，什么假？”

“应用题的题干假啊，不然还能是什么假？”夏枝野头也没抬，语气似笑非笑，让人猜不出什么意思。

刘越心里骂了句晦气，一转身，正好撞上面摊老板娘的儿子，顺势迁怒：“张面面，你的钱怎么还不交？”

张面面瑟瑟发抖：“我，我交了……”

“你今天交的是班费，没交的是上个学期末的资料打印费，这都拖了一个暑假了，还凑不出三十块钱？”

“我，我忘带了，明天……”

“明天，又是明天，你哪次说的明天就真的是明天？看你这穷酸样，再看看你这破成绩，早点儿去打工挣钱算了，上什么学？”

啪——

笔扣在桌上。

夏枝野往后一躺，仰靠上椅背：“吵什么吵，我帮他交就……”

是了。

夏枝野话说到一半，才想起来自己现在全部身家只有二十块，他嗓音微顿，正想着该怎么解决，面前的桌上突然砸过来一个钱包。

钱包主人冷着那张漂亮的小臭脸："你能不能别老把东西放我这儿？"

"行，下次注意。"夏枝野笑了一下，心领神会，十分自然地接过宋厌的钱包，拿出三十块钱，推到刘越面前，"来，收好，别掉了。"

刘越找不到借口再发火，只能拿钱走人。

转身路过张面面的时候，冷嗤一声："行了，别一副委屈巴巴的㞞样，我说的也是为你好，你们这种又穷、成绩又烂的，上学有什么上头？"

这人哪儿来的莫名其妙的优越感？

夏枝野转手指捏着笔杆在桌面一点，正准备开口，旁边的宋厌却先冷淡地出了声："冒昧问一下，你脚上这双鞋花了多少钱？"

刘越回头："四万八千块，怎么了？"

"没怎么。"宋厌毫无情绪，"就是想提醒你一下，令堂可能被骗了。"

"？"

"你脚上这种程度的仿货，网店里顶多三百块。"

"……"

教室里一时万籁俱寂。

刘越把手里的篮球往地上一砸："宋厌，你什么意思？饭可以乱吃，话不能乱说，懂吗？"

他身旁的小弟也纷纷开始附和。

"对啊，你凭什么说越哥的鞋是假的？"

"我们越哥他妈可是做国际贸易的，会买假鞋？"

"就是，说得你见过真的一样。"

宋大少爷不喜欢和傻子废话，拿出手机，点了几下，往他们面前一扔。

屏幕上也不是别的，正是正规球鞋交易平台的订单页面。

下单人：宋厌

付款金额：49899 元

付款时间：20×× 年 1 月 17 日 8：00

人家早在大半年前就买了真的，有订单做证据，肯定假不了。而且看看实体图，再看看刘越脚上的鞋，总觉得虽然看上去一模一样，但就是感觉有哪儿不对劲，不过真要具体说出哪里不对，他们又说不出来。

直到宋厌四两拨千斤般地提了句："侧面提花材质。"

众人才恍然大悟："原来如此……"

刘越脸色难看至极。

宋厌拿回手机，语气漠然："如果令堂是走正规途径买的，买到假货可以凭小票维权。不熟悉流程的话，我可以帮你操作。"

听上去是在替刘越说话，表明他不一定是故意买的假货，只是可能被骗了而已。但这就是一个高仿，刘越上哪儿找正规途径的小票去？

而且好歹也是花了一千多买的，怎么这人一眼就看穿了呢？

刘越咬着牙，应也不是，不应也不是。

正难堪着，宋厌又轻描淡写补充道："不过这双鞋不好搭衣服，我也没穿过，你要喜欢的话就送你了，反正不是什么稀罕玩意儿。"

明明是很做作的话，但宋厌冷冷淡淡地往那儿一坐，面无表情地这么一说，就显得理所当然起来，也显得刘越之前宝贝自己那鞋的样子越发滑稽。

平时就看不惯刘越的那些人已经开始捂嘴窃窃私语，时不时还发出些许讥笑。

刘越一向最爱面子，什么时候丢过这种人，偏偏他又不占理，想骂人都骂不回去。

他只能磨着牙冷笑一声："不用，你说得对，反正也不是什么稀罕玩意儿，几万块钱被骗了就被骗了，没什么大不了的。"

说完，他用力地把脚边的篮球往外一踢，摔门离去，几个小弟连忙跟上，剩下教室里一片哗然。

夏枝野向来都是替别人出头，难得有一次有人替他出了头，感觉十分不错。他侧过身，撑着脑袋，笑道：“宋大喜同学，你果然是在罩着我啊。”

宋大喜同学懒得搭理他：“单纯看不惯狗吠。”

“哦，这样啊。”夏枝野点着头，“那把钱包借给我又是为什么呢？”

“……”

宋厌背起书包，站起身，径直路过夏枝野，看样子是不打算回答这个问题，并且打算靠单脚跳，跳回宿舍。

志气很好，只是现实很残酷，没跳两步就差点儿摔倒。

夏枝野连忙伸手把小瘸子抓了回来：“我就开个玩笑，你这么大气性干吗？”

宋厌冷着脸，试图掰开他的手。

夏枝野怕他摔了，只能收紧手，顺便笑着哄道：“行行行，你没罩着我，我罩着你，还给你准备了一个惊喜。”

宋厌抬眸。

夏枝野轻眨了下眼：“大惊喜。”

夏枝野是内勾外翘的眼型，眼尾微挑，眼睫长密，敛着笑意轻轻一眨的时候，总是十分“降智”。

于是三分钟后，自行车棚里，宋厌看着那辆亮晶晶、闪烁着荧光粉色的自行车：“……”

见了鬼的“大惊喜”。

再信夏枝野一次，他就是纯种大傻子。

宋厌：“请问为什么是荧光粉？”

夏枝野：“因为与众不同。”

宋厌：“……”

确实挺与众不同。就这亮瞎“钛合金狗眼”的荧光粉，扔到晚高峰市中心最大的十字路口都能一眼被警察叔叔发现违反交通规则，然后贴上三张罚单。

宋厌觉得自己打死都不可能坐上这个玩意儿。

夏枝野却拍着后座："来，你的专属宝座。"

宋厌只是冷漠无情地吐出两个字："滚蛋。"

转过身，再次打算单脚跳着离开。

夏枝野却拽住他："别这样嘛，为了买这个自行车我全部身家都填进去了，你还嫌弃。"

他语调懒洋洋的，听上去竟然有点儿撒娇抱怨的意思。

宋厌怎么也没想到有朝一日他会被一个身高一米八七的社会猛男拽着手腕撒娇，更没想到他竟然好像有点儿被说动了。

毕竟就凭夏枝野那两条完好无损的一米二大长腿，从宿舍到学校的这几步路，随便走走就到了，现在平白无故去地买辆自行车，是为了什么可想而知。

再想到夏枝野刚才在教室里似乎连三十块钱都拿不出来的样子，估计这辆自行车确实花光了他的全部积蓄，自己再挑三拣四就显得有点儿不知好歹。

所以他到底造了什么孽？

宋厌面无表情地甩开夏枝野的手，掏出一个硕大的口罩，严严实实遮住大半张脸，坐上后座，语气冰凉："动作快点儿。"

夏枝野看着那双仅剩在外的、写满"视死如归"四个字的漂亮凤眼，忍不住低头笑了下。

原来这"小瘸子"吃软不吃硬，而且还嘴硬心软。

比如在教室里明明是看出自己的困境才扔过来钱包解围，偏偏还要摆出一副"借了谷子还了糠"的臭脸，也不知道傲娇给谁看。

不过说起钱包……

夏枝野好像突然想到了什么，往自行车上一跨，蹬起车轮，慢悠悠扔出一句："你身份证上那照片什么时候拍的？看上去还挺可爱。"

"……"

凝固的死寂。

“我去你的可——夏枝野！你有病啊？！”

就在宋厌打算怒而跳车的前一秒，夏枝野一个猛踩，粉色自行车就飞快地顺着学校门前的长坡道急速而下，带起一连串女生的尖叫和宋厌难得的失控怒骂。

感受到身后某人在一瞬间紧紧抓住了自己的衣角，夏枝野嘴角扬起了一抹肆意得逞的笑。

对嘛，大声骂骂人多好，显得有人气儿多了。

回到宿舍，宋厌没给夏枝野好脸色：“买自行车的钱多少？我还你。”

“我自己买的车，你还什么？而且也没多少钱。”夏枝野换好衣服，随口扔下一句，听上去是真不怎么在意。

但宋厌却觉得是因为这个年纪的男生自尊心太强，所以才不好意思开口。

于是忍了忍，没再说下去。

有些事情戳破就有些伤人了，只能慢慢来。

夏枝野也不知道宋厌脑子里到底在想些什么，只觉得他这嘴硬心软的傲娇样子还挺可爱，替他接了杯热水放到桌上后，就出门去了 13 班的一个宿舍。

夏枝野进门的时候，商淮和周子秋正围着手机说笑。听见开门声，发现是夏枝野，立马招呼：“你来得正好，我们刚吃到你那新室友和刘越的‘瓜’，刺激啊，把刘越这么摆了一道，爽爆了。”

“就是就是，现在贴吧里全是嘲讽刘越的，可见这人人品多有问题。”

“活该，谁让他平时吹得跟个二五八万似的，谁都看不起，打球还脏。”

“而且每次看到他到夏爷面前耀武扬威炫富的时候我就想笑。也是我们夏爷低调，不然那家底说出来吓死……”

“行了，别废话了。”夏枝野懒洋洋地打断商淮和周子秋的废话，“你们谁先借我三百块？”

听到这话，商淮抬起头：“你家里又冻你卡了？”

夏枝野：“嗯。”

商淮“啧”了一声：“你爷爷可真有意思，我就没见过这么爱冻结信用卡的人。不过你也是，平时少挥金如土一点儿，月末也不至于这么紧巴巴的。”

夏枝野眼皮子都懒得抬：“我挥金如土的时候是少了你吃的，还是少了你玩的了？”

商淮：“……夏爷，来，三百块钱，您拿好。”

“不过你怎么不问你那室友借。”一旁的周子秋侧身看了过来，“人家那种等级的富二代不比我和商淮这种无产阶级手头宽裕多了？”

夏枝野：“人家跟你们一样从初中开始就在我这儿蹭吃蹭喝了？”

周子秋：“……你说得对。”

夏枝野把两人说了一通，收好钱，正准备走，周子秋蹙眉叫住了他：“你脸色怎么惨白惨白的？”

“有吗？夏爷本来就白，你看错了吧。”商淮说着探头看了过来，也皱起眉，“好像是欸，嘴巴都不红了。”

说着伸手摸了摸夏枝野的额头，“嗞”了一声：“好像有点儿烫。”

夏枝野满不在意：“估计感冒了。”

昨天上午打架淋了雨，晚上背宋厌的时候又淋了雨，加上今天骑自行车载宋厌的时候，在前面替他挡了风，一来一去，可能就弄感冒了。

“那你记得去医务室拿点儿药。”

“再说吧。”

看着夏枝野打算睡一觉就扛过去的样子，周子秋补了句：“你自己想扛着不要紧，但你那室友兼同桌一看就是娇生惯养的大少爷，身娇体弱的，别给人传染了。”

夏枝野闻言略顿，然后点了点头：“你说得对，传染你们算是替天行道，但把人家宋厌传染了的话，确实就不太好了。”

说完转身离去。

商淮：“……”

周子秋：“……”

“夏枝野，你没有心！”

夏枝野回宿舍的时候，宋厌正在点外卖。

宋厌低着头，摆弄着手机，状似不经意地问了句：“我一个人凑不够起送价，你想吃什么？”

夏枝野把换下的衣服随手搭在椅背上，套了件长袖：“不用点我的，我有事出去一趟。”

宋厌想问天都快黑了，有什么事非得现在出去不可，但又觉得自己和夏枝野好像还没熟到那份儿上，就只是“嗯”了一声，没再多问。

不过他还是放下了手机，决定晚些时候再点外卖，毕竟他不确定夏枝野身上的钱到底还够不够吃晚饭。

想到这儿，又想起阮恬昨天说的联考奖学金的事情，宋厌搭在桌上的双手交握，按了两下指节，又重新拿起手机，打开微信，点开了沈嘉言的头像。

YAN：你高一时候，那个什么金牌补课老师给你的基础知识点整理和经典易错题还在吗？

人间至甜小奶莓：纸质的找不到了，但电子版的应该还在，怎么了？

YAN：发我一份。

人间至甜小奶莓：这种基础知识对你来说没用，你要它干吗？

YAN：你别管，反正有用。直接发我邮箱。

人间至甜小奶莓：行吧。

宋厌收到邮件，起身单脚跳着往宿舍楼下的打印店走去。

沈嘉言也是个实打实的富二代，就是成绩年年倒数第一，分班后每次月考都在二本线附近徘徊。

沈家父母着急，就斥巨资请了全城最好的补课老师，给他做了一套资料，把每一科的基础知识都夯得扎扎实实。愣是让他在上学期期末的时候挤上了一本线的车尾。

这份资料就被沈嘉言誉为“救命宝典”。

宋厌觉得以夏枝野的平时表现来说，他的基础应该比沈嘉言还要差，补起来的话进步效果也会更为明显。只要能把这份资料看个五六成，在三中这种大环境下，拿到进步奖的奖学金也不是没有希望。

倒不是宋厌多乐于助人，只是夏枝野不愿意让他给自行车的钱，那就只有用这种办法还一下人情。

毕竟在宋厌的观念里，人与人相处最重要的一点就是互不相欠。

因为只有互不相欠，才能避免所有的互相牵扯。

夏枝野本来只想去医务室随便拿点儿药，但用体温计一量，体温38.9摄氏度，吓得校医直接开车把他送去了医院。

抽血、验血、检查心电，一通操作下来，确定只是普通受凉发烧后，校医才算松了口气，仔细叮嘱几句后，送夏枝野回了宿舍。

天色已经彻底暗了，空中又飘起小雨，夏末秋初的夜风一吹，本来没什么感觉的夏枝野也觉出几分不舒服，准备回去倒头就睡。

结果一推门，迎面扑来一阵热乎乎的饭菜香味。

宋厌站在桌边拆着外卖包装，听见动静，随意瞥了一眼，然后又不在意地垂下眼眸：“晚饭点多了，你没吃的话，一起吃吧。”

夏枝野其实没什么食欲，但知道宋厌这种人的性子，只要自己拒绝了，肯定就没下次：“行，正好我也饿了。”

然后他掏出三百块钱，数了三十递给宋厌：“下午你帮张面面垫的，我替他先还你。”

明明下午连三十块都拿不出来，这会儿又是从哪儿变出来的三百块？

宋厌刚起狐疑，就瞥见夏枝野递过钱来的那只胳膊上有个很突兀的红点："这是什么？"

"什么什么？"

夏枝野顺着宋厌的视线一看，发现他是在看自己手臂上刚才在医院抽血后留下的针孔。

青红青红的一点杵在雪白雪白的胳膊上，看上去的确怪扎眼。

但夏枝野不想让宋厌知道自己因为昨天送他去医院淋了雨所以发烧了，就随口答道："估计在哪儿不小心扎到了吧。"

这是什么哄小孩儿的鬼话。

宋厌眼神不耐烦地一抬，正好又落到夏枝野的唇上。

他记得夏枝野的唇形很好看，而且带着天然的嫣红，现在看着却似乎淡了许多，像是缺了血色一样。

宋厌越想越觉得不对。

想问，又觉得自己多管闲事。

不问，心里又有点儿硌着。

迟疑之间，门外有人扯着嗓子喊了声："夏爷，有事，出来一趟！"

夏枝野把钱往桌上一放："商淮叫我，我先过去一趟，你饿了就先吃。"

夏枝野说完转身出门。他转身的时候动作太大，一不小心碰到椅子。有什么东西从夏枝野换下来后搭在椅背上的裤子口袋里掉了出来，他也没有察觉。

宋厌弯腰捡起，准备放回去，指尖却随着视线不经意的一瞥蓦然顿住。

他手里拿着的是一张被团得皱巴巴的传单，纸团表面依稀可见几个用圆珠笔潦草写着的字迹，指尖顿住的地方赫然是个"血"字。

展开一看：

高薪兼职，诚意招聘

有偿献血，300/次

裸体模特，500/次

重金求子，有意面谈

联系方式：138××××××××

传说中古老而邪恶的神秘交易。

三百块。

针孔。

缺血的唇色。

原来如此。

宋厌的眉头不自觉地蹙起。

片刻之后，他冷着脸把传单放回原位。然后打开手机，点开外卖，搜索菜单：爆炒猪肝。

夏枝野回到宿舍的时候，桌上放着满满一盒炒猪肝，正呼呼冒着热气。他低头看了看黑红黑红的猪肝，又抬头看了看冷白冷白的宋厌，总觉得这俩玩意儿不该同时出现。

而且之前桌上有这玩意儿吗？他怎么不记得了？

夏枝野看向宋厌。

宋厌坐在座位上写着卷子，塞着耳机，头也没抬："吃完记得把桌子收拾了。"

大少爷话不多，使唤起人来倒是挺顺手。

夏枝野低头笑了下，拉开椅子坐下。

他其实不怎么爱吃猪肝，但好在养得糙，不挑食。

慢条斯理吃完后，听宋厌的话收拾起打包盒时，却发现桌子上多了叠厚厚的 A4 纸。

打印工整，装订精致，封面还写着三个大字——夏枝野。

笔锋凌厉，结构疏朗，和宋厌一样漂亮。

夏枝野指尖点了两下："这是什么？"

宋厌依然头也没抬："基础知识点和经典易错题。"

夏枝野没明白："给我干吗？"

宋厌说："之前给你的笔记先不急着看，把这个看完再说。"

夏枝野："？"

感到夏枝野似乎依然没太明白，宋厌终于抬起头，撩着眼皮，不耐烦道："阮恬不是说过'一帮一'？"

说是说过，不过……

夏枝野斟酌了一下，谨慎开口："'一帮一'好像一般都是优生帮助跟不上的差生？"

"不然？"

"……"

短暂的停顿，夏枝野似乎明白了什么，低头笑了下："行，懂了，我会好好看的，请组织放心。"

他笑的时候微眯着眸，像是发现了什么有趣又可爱的事情，笑得宋厌感觉奇奇怪怪的。

但这人脑子本来就有点儿毛病，宋厌也懒得搭理，他漠然垂下眼，继续写卷子。

他给夏枝野的资料但凡夏枝野这几天能看个五六成，考试进步一大截绝对不是问题。如果狗屎运好能混个进步奖，拿到奖学金，起码暂时不用去应聘重金求子，也算自己还了他一个人情。

想到这儿，宋厌摘下耳机，再次抬头，看向正准备出门扔垃圾的夏枝野："你看过《最爱》吗？"

夏枝野拎着垃圾转过身："看过啊。怎么了？"

"你还记得他们是怎么得的病吗？"

"卖血啊。怎么了？"

"没怎么，记得就行。"

"？"

说完宋厌就戴上耳机，继续做题，一副"天塌下来也别叫他"的样子。

夏枝野拎着外卖垃圾，站在宿舍门口，看着这位新室友的侧颜，忍不住眉梢微抬。

现在酷哥表达关心的方式都这么特别吗?

酷哥表达关心的方式特不特别不知道，反正上学的方式挺特别。

夏枝野吃了感冒药，夜里睡得沉，没再走错床，宋厌就一整晚都没怎么睡着。

早上起来的时候下眼睑浮出一片淡淡的瓷青，衬着冷白的肤色，骨子里那股颓丧的气质越发明显。

黑色大口罩往脸上一戴，顶着个“视死如归”的眼神往粉红自行车上一坐，再加上载着他的那位“三中小霸王”，从宿舍到学校门口的这一段路，要多惹人注目，就有多惹人注目。

宋厌受着众人的注目礼一路走回座位的时候，实在没忍住，问了一句：“你们学校的学生都很爱看猴吗？”

夏枝野习以为常：“没办法，长得太帅。”

他把商淮帮忙带的早餐递过去一份，顺便纠正道：“还有，请注意，是‘我们’学校，不是‘你们’学校，麻烦这位小同学有点儿集体荣誉归属感行不行？”

“就是，厌哥，你现在都已经入选我们三中贴吧男神选拔赛的初赛了，能不能有点儿我校校草的自觉性？”

前桌的小胖不知道什么时候转过了身，一手拿着手机，一手拿着豆浆，嘴里还嚼着包子，说得含糊不清。

宋厌觉得贴吧、男神、校草、校霸这种东西，一听就是那种被偶像剧荼毒多了的中二病少男少女们闲得没事弄出来的无聊产物。

他毫无兴趣搭理，低头给覃清发着微信。

YAN：我药没带，应该在右边床头柜第二层。

覃姨：好，我出差结束就给你寄过去。

覃姨：但你这两天怎么办？能睡着吗？

YAN：还行。

覃姨：**那就好，南雾快降温了，注意保暖。**

十分贴心的一句关怀，宋厌没再回复，他不太擅长维持这种温情关系，所以一般选择戛然而止。

宋厌放下手机一抬头，看见身边的夏枝野已经叼着一袋豆浆和前桌小胖对着手机讨论起来："这谁拍的？技术不错啊。"

小胖："是吧，我也觉得拍得不错。你和厌哥是真上镜。"

夏枝野看着照片，轻咬了下吸管："他戴这么大一口罩你也能看出他上镜？"

"哎呀，气质嘛，气质到了，其他都不是问题。不信你给厌哥看，是不是上镜？"小胖说着把手机推到宋厌跟前。

宋厌不可避免地看见了屏幕上的那张照片。

应该是昨天傍晚放学的时候有人抓拍的。

雨后余晖格外绚烂，两个少年骑车而下，恰有风兜起衣摆，把校服扯得空荡，勾出了十六七岁的男孩儿们独有的柔韧有力的身体轮廓。

坐在后座的那位单薄瘦削，微仰着头，似嗔似斥，身前那位略高大些的，眉眼微弯，笑得肆意张扬。

一切都那么刚刚好，看上去就像某部青春片的电影海报。

宋厌只看了一眼，就冷酷地下达了指令："删掉。"

小胖面露难色："可是这是摄影协会发在贴吧的艺术节参赛作品欸。"

"管他什么协会。"夏枝野指尖散漫往回一拨，把小胖的手机转了回来，"联系吧主，让人删了，别乱侵犯别人肖像权。"

小胖委屈巴巴地"哦"了一声。

"哦"完就发现夏枝野用他的手机点击了保存图片，保存完后还用他的微信给自己的账号发了过去。

小胖高高挑眉。

夏枝野勾起眼尾："我保存一下我和我的新同桌团结友爱的证明，又有什么问题？"

小胖：“……”

好像没什么问题。

“这不就得了。”

夏枝野一脸理所当然。

宋厌懒得跟他说话，爱保存就保存，只要别让自己再看见就行。

他顺手拿过早餐袋子准备随便吃点儿，结果一打开袋子，看见里面热乎乎还渗着油的肉包子，不自觉地蹙起眉，然后把塑料袋团好，放回了原位，拿出英语单词就背了起来。

看样子是宁愿饿死都不吃这玩意儿。

夏枝野在一旁瞧着，无声笑了一下。

到底是哪里来的小挑剔？

第一节课下课的时候，夏枝野不知道去哪儿逛了一圈，回来的时候把一盒牛奶和一个面包放到了宋厌跟前：“先凑合一下。”

宋厌刚想问哪儿来的，前桌小胖就回过头挤眉弄眼地八卦道：“夏爷，这又是哪个班的小姑娘送的？”

夏枝野懒洋洋地坐上椅子，顺口答道：“13 班那两个小姑娘。”

“没意思。”

小胖闻言，失望地转回头。看样子对夏枝野口中的小姑娘很熟悉。

宋厌自认无福消受这种途径得来的食物，面无表情地把牛奶面包推回去：“谢谢，不用。”

夏枝野问：“你不饿？”

“再饿也不至于吃这个。”宋厌写着笔记，头也没抬，“毕竟我怕消化不良。”

语气中隐隐有些不知道因何而起的不屑和冷讽。

夏枝野看向桌子上两块八一盒的牛奶和五块钱三个的小面包，微挑了下眉。

这大少爷怎么这么金贵？这也不吃，那也不吃？

而宋厌只是顺手在笔记本上写下几个大字：不讲道德。

“不讲道德”本人对此一无所知，只惦记着中午给这大少爷带什么饭。

上午最后一节课下课铃敲响后，13 班的两个“小姑娘”准时出现在 1 班门口，等着夏枝野一起去食堂。

夏枝野出了教室却摆弄着手机，慢悠悠地往校门的方向晃去：“今天出去吃。”

商淮怀疑自己听差了：“你都没钱了，还出去吃？”

“食堂的菜太油了，味道也不行。”

夏枝野玩着手机，头也没抬。

商淮：“？”

食堂饭卡的钱是每次开学时和学杂费一块儿交的，基本上够吃饱一学期。所以夏枝野的爷爷每次断他的经济来源时都断得十分果断，因为知道肯定饿不死他。

夏枝野这个人也没什么少爷脾气，通常来说就是有钱就请他们去外面吃，没钱就和他们在食堂混一顿，很好打发。

怎么今天突然挑剔起来？

大概是感受到商淮和周子秋的疑惑，夏枝野漫不经心地补了一句：“昨天中午的菜，宋厌没怎么动。”

“哦，这样啊。”商淮恍然大悟。

这就说得通了嘛，宋大少爷那样子，一看就是个挑剔讲究的，吃不惯三中食堂也很正常。

“不过老夏，你和那宋厌才认识几天啊，就这么上心？”

“人家毕竟是因为我才受的伤，而且昨天还帮我解了围，怎么都该顾着点儿。”

夏枝野语气散漫，逻辑上也挑不出什么毛病。

商淮认可地点了点头：“也是这么个道理，毕竟宋厌都因为你和刘越结仇了，这个情分还是……等等，前面那个是刘越吧？”

夏枝野刚刚找到宋厌昨天晚上点外卖的那家餐厅在哪儿，听见商淮的话，放下手机，撩起眼皮，看了过去。

的确是刘越。

看样子是刚打完球，满头汗水，肌肉偾张，估摸着心情不太好，手里的篮球一下一下狠狠砸着地，带着发泄的意味。

身边几个惯常跟他厮混的体特生，看他这样，纷纷安抚道：“越哥，犯不着和宋厌那种人生气，就一没什么本事的富二代，不然至于转到三中来？”

“对嘛。这种虚壳子富二代，要么不招家里人待见，要么就是犯了什么大事，成绩又差，没好学校收。反正不管哪种，肯定都和你比不得，有什么好气的。”

“但你别说，这事换我我也生气，不就是不小心被人坑了，买了双假鞋嘛，至于这么当众让越哥下不来台？”

“就是，而且一群女的天天在那儿叫唤‘好帅’，我怎么没看出来哪儿帅了？”

“谁让现在的女生就喜欢这种呢。就宋厌那身板儿，我一拳下去能打三个，不过都说到这儿了……越哥，要不安排安排，让那谁长点儿教训？”

“让哪谁长点儿教训？”

几个人正七嘴八舌地说着，一道熟悉的、松弛散漫的声音从身后传了过来。

他们回头一看，果然看见夏枝野正懒懒散散地站在他们身后。

刘越现在看见夏枝野就烦：“关你什么事？”

“确实不关我什么事，不过……”

夏枝野挑唇笑了一下：“好像关我同桌什么事？”

刘越挑眉：“所以？”

“所以……”

夏枝野往前走了一步，在刘越跟前站定，笑得懒散和气：“我这人你也知道，脾气好，性格好，除了护短以外没什么毛病，顶多就是打起架来没轻没重，容易把人送进医院，所以……”

他微顿，继续道：“希望我的同桌最好也能一直没事，你觉得呢，刘越同学？”

夏枝野单手插兜，站得懒散，另一只手顺着搭上刘越的肩膀。他眉目微弯，眼尾上挑，浅色的眸子敛着午时细碎的光，笑出一副好脾气的招人模样。

然而搭在刘越肩上的那只手却骨节尽现。修长白皙的手指扣住对方宽厚结实的肩膀，身高带来的压迫感也显露无遗。

而肩膀处骤然落下的疼痛让刘越突然间想起了一年前亲眼看见的夏枝野把人揍进医院的场景，他这才意识到眼前这人并不只是看上去的那么好脾气。

不怕不要脸的，就怕不要命的。

而夏枝野恰好就是那种不要命的。

刘越只能忍着疼，顶着夏枝野的垂眸注视，冷笑一声：“放心，我们还犯不着找那种细皮嫩肉的大少爷打架。”

怕只怕你们还打不过那个细皮嫩肉的大少爷。

夏枝野没说这话，只是满意地拍了拍刘越的肩：“对嘛，世界之大，爱与和平，别整天想着打打杀杀，和我一样做一个安静的美男子，多好。”

说完，朝着刘越风骚地挑了下眉毛。

本来没那么想惹事的刘越突然之间就很想打一架。

# 第三章

# 我的同桌

和刘越同学短暂的会晤，夏枝野并没有向宋氏领导汇报，只是把买回来的饭放到桌上：“看看合不合胃口。”

宋领导一眼就认出这是他昨天点外卖的那家餐厅，价格不算便宜。

他拆开打包盒，状似不经意地提了句：“下次在食堂买就行，我不挑食。”

夏枝野看着他一边说着这话，一边把鱼头表面的芹菜嫌弃地挑到一边，忍不住挑了下唇。

就这还叫不挑食呢？

夏枝野懒洋洋地靠上椅背，顺手打开手机备忘录，在“喜好猪肝”那一行下面输入了“讨厌芹菜”。

另一头宋厌刚动筷，就不留神夹到了一片猪肝，手腕顿时僵住。

他极度讨厌猪肝，准确来说，他不接受一切动物内脏。

昨天之所以会点那么一盒炒猪肝，单纯是因为担心夏枝野卖血后营养跟不上，而猪肝这玩意儿据说很补血。

不过看样子夏枝野似乎因此误会了他的口味，但这事又不好解释。

毕竟宋厌不打算告诉夏枝野自己发现了他的秘密。

一来他觉得两人的关系并没有亲近到可以共享秘密的程度，二来他觉得男人或多或少需要留些自尊。

于是短暂的凝滞后，宋厌选择不动声色地把那片他十分讨厌的猪肝放进了夏枝野面前的饭盒。

夏枝野掰着筷子的指节顿了一下，偏头看向宋厌，宋厌正若无其事地吃着饭，然后他又偏头看回猪肝，突然觉得这片猪肝长得还挺不错。

不错，某位天天高冷无比的臭脸帅哥竟然知道给自己夹菜了。

看来自己和这位新同桌的友谊得到了突飞猛进的发展。

下午刘越来上课的时候，脸色挺难看。

他因为个子高，座位也在后排，离宋厌他们的位子并不远，坐下来的时候弄出的乒乒乓乓的动静就很明显，但没一个人搭理他。

宋厌正埋头算着一道力学综合题。他在以前的学校也算个“知名学神”，只不过到底有大半个学期没去上课，暑假也一直在接受治疗，后面的知识点全是开学前临时补的，有些太难的点就没来得及吃透。

苍白瘦削的指节扣着黑色的笔杆在纸张上飞速划动，唇角微抿。

夏枝野支着脑袋，转着笔，欣赏了半天后，吊儿郎当地笑着说：“怎么？不会做？要不夏爷给你讲讲？”

宋厌反手就是一个冷漠无情的错题本：“管好你自己。”

“别不好意思嘛，古人有云，不耻下问，我给你讲讲，万一就讲通了呢？”

夏枝野说起歪理来倒是一套一套的。

但宋厌不认为自己已经沦落到需要向一个不良少年社会哥求助的地步：“放心，用不着。”

“哧——”右前方传来一声不屑的冷笑，意味非常明显。

小胖第一个不乐意了：“刘越你阴阳怪气笑什么呢？”

“没什么。”刘越跷着二郎腿转着笔，“就是觉得有些人如果不会就不要装，虚心好学一点儿，免得拉低我们1班的平均分。”

三中虽然是个吊车尾的市重点，但好歹也是个市重点，1班也勉强算个重点班。

而按照通常逻辑来讲，宋厌这种来自首都的有钱人家的小孩儿，但凡成绩拿得出手那么一点儿，要么出国，要么走加分，怎么着也不至于转到南雾三中这么所破学校来，更不至于被阮恬安排了“一帮一”。

所以刘越和其他人都自然而然地默认了宋厌成绩不怎么样。

加上昨天被宋厌说得丢了面子，中午又被夏枝野威慑一顿，心里正憋着气，就想逞口舌之快，捞回点儿面子。

结果唱了出单口相声，宋厌根本不搭理他。

刘越挑着唇角冷嗤一声：“装什么装，还真以为自己挺能。”

宋厌听见这话的时候，刚好算出正确答案，一边写着综上所述，一边冷淡道：“没什么能的，就是不至于拉低你这种人的平均分。”

刘越当场把笔一拍：“哪种人？说清楚了。”

宋厌掀起眼皮，送去一个观摩智障的眼神，然后又漠然垂下，继续做题。

一言不发，却一眼万年。

刘越：“……”

刚想发火，夏枝野慢悠悠扔出一句：“你说你这人，好端端的，怎么这么大火气，都影响我学习了。”

刘越：“？”

你桌上放那么大一本漫画，你是在学习？而且我怎么这么大火气你心里没点儿数吗？没数就问问你同桌啊！

刘越要被气死了。

但夏枝野这话摆明了是在给宋厌撑场子。

他不怕宋厌，却有点儿忌惮夏枝野，只能生生把火憋回去，皮笑肉不笑道：“行，挺厉害，那到时候看看，谁拉低了分谁就是孙子。”

宋厌小学二年级的时候就不和别人打这种开枝散叶的赌了。

而且和刘越这种人打赌，如果传回去，显得自己跟欺负儿童似的，赢了都不光彩。不过要是真传回去了，让宋明海知道自己给他找了这么一货色的曾孙，应该能把他气个够呛。

这么想想还挺开心。

宋厌随手划掉一道已经攻克的难点大题：“也行，不介意。”

本来不是多大一事，但人都是爱看热闹的。

尤其是长得极为好看的富二代高冷转学生和长得还不错的嚣张大刺儿头杠了起来，无论从哪个角度来讲，都极富戏剧色彩和观赏性。

于是两个人的赌约不到一天就传遍了整个高中部。

考试当天，因为考场随机分配，夏枝野没和宋厌一个教室，把他送过去后，回了自己考场。

一进门周子秋就朝他戏谑道：“夏爷，你那新同桌跟刘越这是结下血仇了啊。”

“多大点儿事，至于血仇？”

周子秋把手机递过去：“自己看。”

夏枝野仰靠在椅背上，长腿支地，翘起椅子，接过手机一瞧，是三中贴吧界面。

顶部飘着的高楼标题——宋厌 VS 刘越，谁能笑到最后？

“多大人了，还玩贴吧，幼稚不？”

如果不是标题挂着宋厌的名字，夏枝野连看一眼的兴趣都没有。

周子秋不置可否：“不然你以为为什么三中的升学率一直上不去？就是这群人闲得慌。”

也对。这么一想，倒是逻辑很通顺。

夏枝野顺手点了进去。

主楼：美图镇楼！本猹带头吃瓜！众所周知，新转来的迈巴赫富二代和刘主任的亲侄子杠起来了，继假鞋事件之后，“孙子赌约”横空出世，投票，谁赢谁负。

1L：实话说，这波还是刘越靠谱，他成绩还勉强凑合吧，但那个转学生肯定成绩不好。

2L：附议，从古至今，但凡转到三中的都是在其他重点学校跟不上的，而且你品品那个检讨，没个十年八年的劣迹，根本写不出来。

3L：那不一定呢，听说宋厌之前那所学校巨牛，瘦死的骆驼比马大吧，而且刘越的成绩在 1 班不也是中下游吗？

4L：热知识，首都人民的高考难度和我们这种人口密集区完全不是一个概念。

5L：那我还是押宋厌，原因无他，唯帅尔。

6L：+1。

7L：+2。

8L：+3。

9L：+10086。

…………

158L：别加了！劲爆了！宋厌和刘越跟我一个考场！宋厌在我前面，刘越在我旁边，我夹在中间瑟瑟发抖！

159L：刺激啊！

160L：有没有可能演变真人肉搏？

161L：那就有意思了啊，我肯定现场直播。

162L：不过兄弟，你吃瓜坐标已经暴露了，小心挨打。

163L：大意了。

…………

都是些什么乱七八糟的。

夏枝野看得脑仁儿疼。

“不过宋厌真和刘越一个考场？”周子秋收回手机，问了一句。

夏枝野漫不经心地“嗯”了一声：“昨天布置考场的时候就知道了。”

“那你还这么一副没事人的样子？”

“我需要有事？”

“不然呢？”周子秋反问，“就刘越那性格，他不搞点儿什么事给你那小同桌点儿气受他就不姓刘。”

这倒也是，刘越就是个纯种大傻子。

不过……

夏枝野回忆了一下宋厌那张又冷又臭的小脸，不自觉地弯了下唇角。

他的小同桌也不是什么能吃亏的性子，看着清清冷冷的，其实比谁都会气人。

此时，特别会气人的某人正趴在桌上补觉。

说是联考，其实也就是匆匆忙忙弄出的一场五校统一出卷的摸底考而已，连档案都不计入，规范程度和平时周考差不多，连月考都比不上。

学生们见怪不怪，有一茬儿没一茬儿地跟身边的熟人聊着天。

宋厌没什么熟人，周遭就很冷清。

斜后方的刘越身边却热热闹闹，还偶尔漏出一两句关于宋厌的嘲讽讥笑。这个年纪的男生，大多讲义气，所谓“义气”一般分在亲疏，而毫无疑问，宋厌就是那个疏。

毕竟流言传着传着就变了，刘越却是实打实地和他们一起打过球、聚过餐、追过妹子、扛过骂的兄弟，相比之下，宋厌不过就是一个空降生。所以一切的排挤都那么自然而然。

宋厌也没兴趣把自己的交友档次拉到和他们一个水平。被吵得有些烦后，他不耐烦地抓了两下头发，侧头换了个方向继续睡，直到考卷发下来，才勉强支起身子，神情懒恹至极，看上去几天没睡过好觉的样子。

国际惯例，第一门考语文。

对于宋厌来说这门最没有压力，毕竟那些该记的该背的看两遍就记住了，剩下的那些则和上没上课关系不大，反正都看缘分。

他手速也快，没多一会儿就翻了面，领先整个考场其他人差不多三分之一张卷子的水平。

身后那人忍不住低骂了一声：“这人怎么写得这么快，不会真是什么‘隐藏学霸’吧？”

这话刚好落在旁边刘越的耳朵里。

刘越数学和理综都还凑合，语文和英语真是要了他的老命。

他本来就卡在古文鉴赏那儿卡得暴躁不已，听见这句话，再抬头看见宋厌毫无停滞奋笔疾书的背影，肺都要给气炸了。

刘越一咬牙，一琢磨，狠了心地举起手：“老师，报告。”

这次监考的是个上了年纪的语文老师，向来两耳不闻窗外事，本来在讲台上好好批着周记，听见有人出声，推了推老花镜，看过去：“你说。”

刘越说：“我举报有人作弊。”

监考老师老花镜片后的眼睛瞬间瞪大一圈。

刘越指向宋厌：“我看见他打小抄了，就藏在课桌抽屉里。”

这下谁还有心思考试。毕竟考试周周有，但吃瓜错过了可就是真错过了，所有人齐刷刷地偏头看了过来。

监考老师也不禁站起身，看向宋厌：“他说的是真的？”

宋厌觉得这话问得真有意思：“我说是假的你就信？”

监考老师：“……”

倒也不会。

但他觉得自己还是有必要对学生负责，板着脸走到宋厌跟前，敲了两下桌面：“给我检查一下你的抽屉。”

宋厌漠然地放下笔，身子往后一退，老师俯身把手伸进桌肚，开始摸索。忽然，表情骤然垮下。

只见老师脸一板，手往桌上一拍：“这是什么？”

一张写着小抄的纸条。

开头第一行就写着“氓之蚩蚩，抱布贸丝。匪来贸丝，来即我谋”，和默写题第一道吻合，说句“人赃并获”也不为过。

宋厌似乎不怎么意外，也不怎么慌张，很平静地陈述：“这不是我的。”

老教师平生最恨学生说谎，他强忍住自己的愤怒，克制道：“你凭什么说这不是你的？”

宋厌很客观：“因为我写不了这么丑的字。”

老师：“……”

众人：“……”

刘越：“……”

见过嚣张的，没见过这么嚣张的。被抓作弊了还能有这态度，这得是什么样的心理素质啊。已经有脑子比较不正常的男生开始对宋厌顶礼膜拜。

不过这理由显然不能说服老师。

修养极佳的语文老师，竖着食指，点着桌面，“你你你”了半天，最后生生吞下斥责的言语，勉强做出决定：“你先继续考，考完跟我去教务处，调查过后如果确认作弊再取消这门考试成绩。”

算是个对学生很负责的老师了，处理方式也仁至义尽。

但宋厌只是冷静地询问：“考场有监控吗？”

都是教室临时布置成的考场，哪里来的监控。

监考老师以为他是想趁机逃脱罪责，当即义正词严强调道：“不要以为没有监控就是法外之地！老师们的眼睛都是雪亮的！”

宋厌听到这个回答后，冷淡地扔出一句：“那就不用了。”

说完他收拾好笔袋，站起身，扶着桌椅，慢腾腾挪动到讲台上，拿起自己的书包，准备走人。

语文老师监考这么多年，抓了这么多作弊的，还从来没见过考生有这个反应的。

语文老师愣了愣，才问道：“你干吗？”

宋厌回过头，语气漠然：“发现作弊的学生不都是当场逐出考场？”

“……”

是这个规矩。

“但你不是说那小抄不是你的吗？”

“但是没监控。”

“……”

“没有监控的事情注定说不清楚，我就没必要继续在这儿浪费时间了。”

宋厌受伤的腿还不能完全着地，就只能站在讲台上斜倚着讲桌。

他单肩挎着书包垂着眼看过来的时候，脸上没有任何多余的表情，仿佛他不是被抓作弊的人，而是审问别人的人。

那种居高临下的傲慢坦荡，让监考老师在某一瞬间感性地选择了“相信这个学生不可能作弊”，更何况这个学生还写了这么一手好字。

他有些可惜：“那你这次的考试成绩怎么办？”

听到这句话，其他吃瓜吃呆了的考试群众才反应过来，对啊，这还打着赌呢，输了的可是要当“孙子”的。

所以这哪儿能缺考啊？这要缺考一门胜负不就毫无悬念了？宋大少爷能吃这个亏？能受得了这个气？

他们不信。

宋厌也不信。

于是宋厌无所谓地勾了下肩上的书包带子：“没事，就少考一门语文而已，不影响我被别人拉低分数。”

说完头也不回地走出了教室。

剩下教室中的众人：“……”

这人到底凭什么这么狂？

这事无论搁哪个学校，搁谁身上，都不能是件小事，这事足以引起广大吃瓜群众和教务处老师的高度重视，偏偏当事人却毫无表示。

宋厌拖着打着石膏的腿，细溜长条地往教务处一杵，神情冷恹，一言不发，搞得刘德青也不知道该说些什么。

要骂吧，刚才抽背，发现人家不仅会背高一的，连高二上的必背课文都能完完整整背出来，压根儿就不差那一两句古诗词。

这要说是作弊，未免太侮辱大众智商了，没法服众。

可是要说有人陷害吧，这事查起来，闹大了，性质比作弊还要恶劣，嫌疑最大的那个人还是自己亲侄子。

一来一回，这事在刘德青手头就显得难办起来。

好在宋厌这孩子看起来是个通情达理的，一不哭，二不闹，三不拿绳上大吊，好好安抚安抚，说不定有希望把事压下去。

所以哪怕对方明目张胆地在他面前把手机收进了校服口袋，刘德青也权当没看见，只是说道："这件事呢，老师们也调查清楚了，确实只是个误会，回头就发通知，向全校师生解释澄清，没问题吧？"

宋厌应了一声："行。"

然后就没有然后了。

既没有指控刘越可能是故意陷害自己，也没有为自己的考试成绩喊冤，反而弄得刘德青心里有点儿不上不下："你……就没有其他要说的了？"

"没有了。确认这件事是刘越的问题就行。"

刘德青当即一拍桌子："那肯定是刘越的问题！回头我就给他警告处分，还要在升旗仪式上通报批评，以后要坚决制止这种随意扰乱考场秩序的不良行为！"

扰乱考场秩序，听上去比陷害同学作弊强。

"辛苦刘主任了。"宋厌说得不无嘲讽。

刘德青压根儿没听出来，大手一挥："辛苦什么，你这孩子就是太懂事，受了委屈都不知道哭。"

说着拿起玻璃杯灌了口茶，吐掉茶叶末子："不过你放心，这件事老师们肯定会给你一个交代，你就安心考下面的试就行，听见没？"

"嗯。不过……"

"不过"两个字一出，刘德青的心瞬间提起。

"不过我之前和刘越打了个赌，是关于这次考试的，可能有些玩笑开得比较过火，希望到时候刘主任不要怪刘越。"

宋厌说得冷静平缓，特别像一个明事理的好学生。

以至于说完后，刚才还提心吊胆的刘德青立马身心舒坦。

嗐，小孩子嘛，年轻气盛，打赌多正常。

“这有什么的？老师又不是什么老古董，还能因为这种事骂你们不成？放心吧，该玩玩，别打扰上课学习就行。”刘德青表现得格外通情达理。

宋厌也就觉得差不多了：“没别的事的话，我想先回去复习，下午还要考数学。”

“快去，快去，老师不耽误你时间，下午考试加油哦，老师相信你。”

语气热忱得好像宋厌才是他亲侄子。

而对于等在教务处外的他的真亲侄子，刘德青只有一声恨铁不成钢的怒吼：“刘越！你给我滚进来！”

真假侄子在狭窄的教务处门口擦肩而过。

刘越对具体发生了什么还一无所知，傲慢而嘲讽地睨了宋厌一眼。

宋厌都懒得搭理，毕竟他的世界看不见将死之人。宋厌只是低头把刚才的手机录音上传了云端。

这事他贸然地去争也争不出什么名堂。毕竟刘越不傻，小抄字迹肯定不是他自己的，真查到最后，大概率也就是个糊涂官司。而且刘越有刘德青的偏帮，他却没有护着他的家长，所以与其闹得自己不体面还不一定讨得到好，不如用自己的方式让刘越输得再难看一点儿。

总归只是一次不计入平时成绩的摸底考而已，既不影响自主招生，也不影响出国档案，非要说有什么用的话，大概就是用来证明一下世界的参差。

至于宋厌是不是那个“参”不好说，反正刘越肯定得是那个“差”。

刘德青和刘越说了些什么，没人知道。

关于刘越举报宋厌作弊的事情，除了一则通知声明表示此事纯属误会以外，也没了音讯。

流言暗潮汹涌，乘着最后一丝暑意，在人人可见又人人未知的地方膨胀发酵。

宋厌丝毫不受影响，还因为数学和物理的最后一道大题都踩中了题型而觉得这次考试还算简单，以至于和整个高二年级墓地般的氛围格格不入。用夏枝野的话来说，就是一群万念俱灰的丧尸中杵了一束安度因的圣光，除了嘲讽就是嘲讽。

他说这话的时候，前桌小胖已经急得不行："野哥，你还有心思打炉石呢，没看我厌哥都被嘲成什么样了吗？"

这会儿天刚蒙蒙亮，早读还没开始，他厌哥正趴在桌上补觉。

宋厌一手搭在桌上，一手罩着后脑勺儿，听见说话声，瘦削泛白的指节烦躁地蜷曲两下，乌黑的短发从指缝间支棱出来，是肉眼可见的困倦不耐。

夏枝野瞥了一眼："你说话声再大点儿，你厌哥能直接把你拖进停尸间，信不？"

挺信。

小胖非常识趣地转成气音："他——昨——晚——去——偷——牛——了——吗——"

夏枝野平静地看着他："小点儿声不代表你要用吊死鬼的方式说话，懂？"

"哦。"小胖见好就收，"不过说真的，他怎么天天困成这样，你们大晚上的都在宿舍干吗呢？"

夏枝野也不知道答案。他们每天晚上虽然不能说睡得很早，但十二点之前肯定熄灯，至于熄灯之后，宋厌又干了些什么，他就不清楚了，反正没听到过什么奇怪的动静。

只是有一次晚上起来的时候，他发现宋厌好像躺在床上发呆，那样子看上去有些像……失眠？正是睡都睡不够的年纪，好端端的怎么会失眠呢？

夏枝野指尖无意识地点了两下桌面。

另一头的小胖却显然更关心另一件事："先不管这个了。重要的是今天就要出分数了，厌哥可怎么办啊？"

夏枝野："什么怎么办？"

"赌约啊。"小胖把手机转给夏枝野，"你看，整个三中都等着看笑话呢。"

又是贴吧。

夏枝野不知道这群人为什么对这种事感兴趣，是游戏不好玩了，还是美剧不好看了，一群低头不见抬头见的人非在这种地方披个马甲各种八卦，有什么意思。

有本事有什么话就当面说。

然而看见标题上明晃晃的"宋厌"两个字的时候，夏枝野还是忍不住点了进去。

说的还是宋厌和刘越的那档子破事。

主楼：号外号外！联考卷子已经改完了！年级组正在统计分数！成绩应该今天就出！有没有人最后押一下谁输谁赢？

1L：这还用押吗，宋厌不是因为作弊少了一门分数？

2L：楼上话要说清楚，宋厌没作弊，是"被刘越诬陷作弊"，OK？教务处都发通知澄清了。

5L：呵呵，教务处说什么你们就信什么？那小抄怎么解释？

6L：刘越可是教务处主任亲侄子，然后你说教务处偏帮宋厌？搞笑呢吧你。

11L：你才搞笑呢吧，要宋厌真没作弊，还搜出小抄了，举报的人能一点儿事都没有？

12L：得了得了，我们在这儿吵啥啊，我只关心我押宋厌赢的五包辣条保不保得住。

13L：那必然保不住了，后面几场考试监考巨严，就是打死宋厌他都没法作弊。

15L：你这人怎么说话呢，意思是我厌哥不作弊就赢不了刘越是吧？

17L：一口一个你厌哥，你谁啊？我就直说了，宋厌少了一门语文成绩他还争啥，不如直接投降，算他输一半，不当孙子，当儿子就行。

…………

刘越这人别的不行，拉帮结派倒是挺厉害。

一群大老爷们儿嘴碎得跟群没了牙的老太太似的，换作平时，夏枝野连多看一眼的兴趣都没有，但这回被嘴碎的是他同桌。他天天里里外外、前前后后伺候着的人，没有要在外面受别人气的道理。

夏枝野指尖在那几个不说人话的 ID 旁不紧不慢地点了几下，然后瞥了眼时间，七点十八分。

距离升旗仪式还有十二分钟，够他这个文坛泰斗临时发挥发挥。

不过这次该走欲扬先抑派还是走欲抑先扬派？

文学泰斗陷入创作瓶颈。

紧接着就听到“叮咚”一声，手机上方弹出横幅。

南雾三中家校通：20×× 年下半年开学考试成绩如下……

南雾三中的家校通是校方、家长、学生，三方共用，每次考试成绩都会第一时间播报，以确保每个考差的学生都不会错过被家长暴揍的机会，所以一听到这声音就跟听到夺命铃似的。

但今天却被赋予了不一样的意义。

“成绩出来了！怎么办！我才五百五，我完了，我没了，呜呜呜。”前方小胖拿回手机抱头痛哭。

教室里哀鸿遍野，哀完后就纷纷伸出吃瓜的触角：“越哥，考得怎么样？”

“还行吧，五百多分。”

刘越这句“还行吧”，愣是说出了“一般一般，世界第三”的气势。

吃瓜群众也没什么耐心：“你这话说了跟没说似的，五百〇一和五百九十九都是五百多，到底多少？”

说着众人就把脑袋凑了过去，然后就看见手机屏幕上明晃晃的一排成绩单。

姓名：刘越

成绩：语文 101，数学 125，英语 119，理科综合 219，总分 564

班级排名：22（上升 5 位）

年级排名：190（上升 62 位）

五校排名：2891

参考模拟本科一批分数线：546

“可以啊，越哥，五百六十四分，上一本线了。”

“不错，越哥稳了，我的奶茶保住了。”

“你还没看那谁的分数呢，怎么就知道越哥稳了？”

“废话，那谁少了一门语文，这要是还能赢，那就是神。”

“说得也是，不过你们谁去问问……”

众人七嘴八舌，喋喋不休，让人感觉仿佛掉进了养鸭场。

宋厌烦躁地抓了几下头发，撑着桌面勉强支起身，而后脱力般地往椅背上一靠。

两条大长腿没魂儿似的支着，凤眼半垂，眉头微蹙，一股子“扰朕安眠者格杀勿论”的架势。刚才还跃跃欲试来问成绩的人瞬间灰了，就这阎王爷似的气场，谁敢上去犯忌讳。

自然只有另一位阎王。

夏枝野把晾好的白开水推过去：“成绩出来了。”

“嗯。”宋厌没精打采地应了一声。

他接过杯子，慢吞吞地喝了口水，顺便从桌肚里捞出手机。

屏幕触亮的那一刻，整个教室的人都直直注视着宋厌，感觉恨不得直接把眼珠子抠下来贴他脸上，生怕错过了哪怕一毫秒的微表情。

然而宋厌没有表情，从头到尾都没有表情。

他拿出手机，解锁屏幕，看了一眼，然后就关上手机，塞回桌肚。全程连眼睫毛都没带抖一下。

众人："……"

这是面部神经坏死了吧。

只有跟他还算比较熟的小胖，撞着胆子，瑟瑟发抖地问了句："厌哥……考得怎么样？"

宋厌说："一般。"

刘越松了口气。

宋厌继续道："就五百多分。"

刘越的这口气又被卡住了。

别说刘越了，整间教室除了宋厌和夏枝野全都不可思议地睁大了眼。

某些数学不好的已经掰过自己和同桌的手指开始算，算了半天后，不可思议就已经变成了不可名状的恐惧。

"语文没成绩还能考五百多分？！那有成绩你还不得上天？！"

宋厌没什么兴趣上天，只是神情懒恹地看向夏枝野："带薄荷糖了吗？"

"带了。"夏枝野顺手剥了一颗。

宋厌接过，扔进嘴里，保持沉默。

众人："……"

现在是吃糖的时候吗？而且猛男吃什么糖？

成绩！成绩！

众人心急如焚。

小胖不得不再次壮起狗胆，用接受凌迟般的心态，颤抖着发了问："那什么，厌哥，你数学多少？"

"一百四十八。"

"……"

"英语呢？"

"一百四十六。"

"……"

“理……理综呢？”

“二……”

所有人屏住呼吸，连大气都不敢出。现在宋厌两科加起来已经二百九十四了，只要理综超过二百七十分，总分数就超过了刘越，那可就太牛了啊。

坐在宋厌斜前方的刘越表面看上去不动如山，实际上已经紧紧攥住了手中的笔，手背青筋暴起得厉害。原本他以为宋厌只是个成绩不怎么样的富二代，结果没想到宋厌成绩居然这么好。

本来就有很多人觉得他举报宋厌作弊这事有蹊跷，这种情况下，宋厌总分再比他高，无异于是间接坐实了他故意陷害的说法。

毕竟成绩这么好的人，得有多想不开才会去作弊？到时候自己必然是面子、里子都输得体无完肤，那些墙头草指不定会把他摁在地上怎么踩。

所以宋厌绝对不能赢。

而且理综二百七以上哪儿那么简单？一个年级，不，整个五校联考，能出几个理综二百七以上的？他宋厌有这个能耐，还转到三中干吗？

刘越这么想着，手中的笔攥得更紧了，指甲嵌入掌心，就连掐出了血印都没感觉到疼痛。

只是不停地默念着“不可能二百七以上，不可能二百七以上，不可能二……”。

“二。”

呼吸停滞。

“七。”

心跳漏拍。

“一。”

轰——

平淡无奇的三个数字穿过凝固紧绷的空气落在刘越耳膜上的那一瞬

间，仿佛整个世界都随着他的虚荣心和自尊心一起坍塌瓦解了。

随之坍塌瓦解的还有高二 1 班绝大部分人的人生观。

他们也不是没见过成绩好的，毕竟南雾三中作为吊车尾的市重点，偶尔还是能出一两个考上全国顶尖大学的学生的。只是这事的表现形式实在太过戏剧化，效果也就过于明显。以至于那些比刘越考得还差的人直接三省吾身：我是智障吗？我是智障吗？我是智障吗？

我是。

于是通往升旗仪式的这条道路上，整个高二 1 班的气氛诡异到可怕，人人双目放空，神情呆滞。

周子秋和商淮忍不住上前问："你们班的祖坟是集体被人掘了吗？"

夏枝野扶着宋厌："没，就是这位祖宗不小心比刘越高了一分。"

周子秋和商淮："……"

他俩代入刘越想了一下，这气人程度应该和被挖祖坟也差不多。

祖宗本人还挺高冷，瘸着腿站在一边，一点儿炫耀的意思都没有。

"但你这'与有荣焉'的表情是怎么回事？"周子秋问。

夏枝野反问："我有吗？"

商淮说："你有。"

夏枝野道："嗯，那我就有吧。"

"……"

还挺坦荡。

"怎么，我自己的同桌我还不能'与有荣焉'一下了？"夏枝野完全没觉得有哪儿不对，还理直气壮地拍了下周子秋的肩，"行了，别琢磨了，帮我把宋厌送我们班去。"

"你呢？"

"你没看见刘德青在急慌慌找人了吗？"

"他这次又让你演讲什么？"

"不重要。"

夏枝野慢腾腾地从犄角旮旯儿里摸出一枚团徽别到胸前：“反正待会儿记得为我鼓掌就行。”

宋厌还没想明白升旗仪式刘德青为什么要找夏枝野去演讲，商淮就已经拉响十级警报：“夏枝野，你是不是又要趁机搞事？”

“怎么会。”夏枝野迎着朝阳，眯眼笑道，“我这么根正苗红的正直青年，怎么可能搞事呢？”

顶多就是帮宋大喜讨回公道而已。

对于宋厌拖着条半断不断的腿还来参加升旗仪式这件事，阮恬十分感动。出于人文主义的关怀，阮恬让人给他搬了张椅子，坐在队伍最后面。

宋厌两条长腿一支，祖宗脸一垮。领导下乡视察都不敢这么气派。

这情景看得队伍最末尾的刘越气不打一处来。

这人怎么就这么能装？而且装了这么多次，愣是没有翻车。刘越心里这么想着。

此时主席台上的刘德青正在发表开学演讲。长篇大论，没完没了。

听得阮恬无聊得打了个呵欠，忍不住开始和身边的宋厌聊天。

“你这次太可惜了，如果没有那个乌龙，本来是有希望进五校前十名的。”

“没事，只要没拉低班上平均分就行。”

“那倒没有，我们班这次平均分五百六十五，你刚好压线，一点儿都没拖班上的后腿。”

正好考了五百六十四分，一不小心拖了后腿的刘越：“……”

这是在演他吧。

阮恬丝毫没意识到自己已经无意间扎穿了一颗脆弱的少男心，只是心疼地拍拍宋厌的肩：“委屈你了。”

宋厌口吻倒挺平静：“还好。”

阮恬有点儿疑惑：“嗯？”

宋厌说："刘主任说他会在升旗仪式上对这次事故责任人进行通报批评。"

话音刚落，刘德青正好结束了他慷慨激昂的开学演讲，以一句"下面有请高二年级学生代表上台发表国旗下演讲"作为结尾后，就把话筒递给主持人，雄赳赳、气昂昂地下了台，完全没有打算要做通报批评的意思。

一时间万物俱静。

站在附近听到了两人对话的那些人纷纷看向了刘越，眼神古怪鄙夷，还夹杂着几分对宋厌的同情——多老实一孩子啊，怎么就这么被徇私舞弊的当权者给骗了呢？

搞得刘越如坐针毡，如芒刺背，如鲠在喉，但又不能多说什么。

毕竟他宁愿被这么几个人看着，也不愿意真的被全校通报批评。

他只能强行假装什么都没听见，什么都没看见，目不斜视地望向前方鲜艳灿烂的五星红旗。

红旗下，夏枝野已经慢条斯理地走上了台，手里本来拿着张类似于演讲稿的东西，却没打算看，随手折了两下，塞进衣兜，空手抓住立杆话筒，懒洋洋地"喂"了几声，松弛偏低的嗓音就从广播里传了出来。

"各位老师，各位同学，大家早上好，我是高二 1 班的夏枝野。今天我在国旗下为大家带来的演讲题目是'我的同桌'。"

他的同桌："？"

他同桌的斜前桌："？"

"夏枝野搞什么啊，说好的演讲题目是'新学期新气象'，他又要干吗？"阮恬担心又着急，蹬着小高跟就朝着主席台边上即将原地爹毛的刘德青跑了过去。

夏枝野则在刘德青的狂怒中不紧不慢地继续。

"我的同桌宋厌同学是一位品学兼优的好同学，不仅长相帅气，心地善良，还十分坚强。

"他在转学来到三中的第一天就因路见不平、拔刀相助而身负重伤，第二天又因替家庭困难的同学慷慨解囊而饱受非议。

“至此陷入舆论旋涡，身心都遭受了巨大的创伤。”

台下身心受创的宋厌捂住脸，觉得不如死了算了。

刘越总算露出点儿笑意，虽然他不知道夏枝野这个神经病又发哪门子的疯，但只要宋厌不高兴，他就高兴。

“然而，”夏枝野却话锋一转，“宋厌同学在此环境下依然积极备战摸底考试，尽管因为同班体育委员的失误而被取消了一门语文成绩，但本应伤心、愤怒、抱怨不公的他，仍然保持初心，不骄不躁，最后以绝佳姿态在本次考试中取得了五百六十五分的好成绩，遥遥领先我班优秀学生干部代表刘越同学足足一分。”

刘越的笑意僵在嘴角。

全场骤然沸腾。

整个高中部基本都听说了刘越和宋厌的赌约，也都知道了宋厌因为被刘越举报作弊而少了一门语文分数的事情，本来觉得胜负已定，没想到结果这么刺激。

还是在五星红旗的见证下通报全校的那种刺激，简直太牛了！

“这也太燃了！”

“长得帅又有钱，还是个学霸，女娲造他的时候开了挂吧。”

“那宋厌到底有没有作弊？”

“废话，这种成绩，脑子被狗吃了才会去作弊。”

“怪不得刘德青那么轻易就放过他了，敢情是刘越假举报啊？”

“不过我听说真的搜出小抄了是怎么回事？”

“没听说过第一举报人往往就是凶手本人吗？”

“咦……刘越这么下作呢？”

刘越刚才露出的那抹笑意已经彻底变成咬牙切齿的羞恼怒意，他恨不得现挖一条地缝钻进去。

主席台上的夏枝野却还没说完，他似乎根本无意制造台下骚动，而那些骚动议论也和他全然无关。他只是继续用不紧不慢的正经语气演讲道："宋厌同学如此刻苦的求学精神，令我辈备受激励，不得不立志奋发图强，力争向上。

"然而据我所知，此次五校联考的第一名，除去语文成绩，分数也只是和宋厌同学不相上下，所以因为我校考场秩序的缺失和同学间最基本信任的匮乏，竟让如此优秀的我校学子错失了一个可以为校争光的大好机会，简直令人痛心疾首、悲愤交加。

"对于此等现象，我想我们可亲可敬、公正严明的刘主任应该有话要说。"

语毕，偏头看向主席台旁。

全场视线随之聚焦。

正愤怒不已地和维护学生的阮恬忙着争吵的刘德青僵硬顿住："……"

短暂尴尬过后，刘德青反应过来，马上一拍脑门："啊，对对对！夏枝野同学不说我都差点儿忘了，真是年纪大了。"

说完他走上主席台，接过话筒，义正词严道："因为高二1班刘越同学的疏忽和错怪，导致本次考试中部分同学成绩缺失，对此我予以严厉的谴责批评！并且在此严肃澄清，本次考试所有成绩都真实有效！往后会加强学校监控设施，坚决杜绝此类事情再次发生！"

这下子整个操场彻底炸了。

连刘德青都不帮自己的亲侄子了，看来确实是刘越的问题了，人家宋厌着实被冤枉了一回，还被不明真相的吃瓜群众骂了这么久，可真是太委屈了。而且如果语文成绩没出问题，人家说不定就是五校联考第一。

第一啊！三中多难得才能出个第一啊！好好的在五中、十一中面前扬眉吐气的机会就这么没了啊！

想到这儿，不仅是学生，连带部分老师都觉得宋厌这次的成绩实在是可惜，也就对罪魁祸首刘越同学更加不满。

各种言语不堪入耳，听得刘越心态炸裂，直接转身欲走。

本来因为觉得因夏枝野实在太丢人而低头装死的宋厌却突然开口："等等。"

刘越："？"

宋厌抬头："谁拉低分，谁是孙子。你说的。"

刘越："……"

"怎么，输不起？"

宋厌坐直身子，往椅背一靠。

他的语气没什么起伏，就像是一句极度平静的反问，并不咄咄逼人，音量也不大，就是刚刚够附近两三个班后排的同学清楚地听见而已。

吃瓜群众的熊熊之火已经快把刘越烤熟了。

偏偏还有看热闹不嫌事大的人趁机起哄。

"越哥，不是吧，自己打的赌，自己不认？"

"别这样，男子汉大丈夫，敢作敢当。"

"就是，不就当众喊声'我是孙子'嘛，这有什么的，总比说你输不起强吧。"

刘越这人最好的就是面子，不然也不至于因为宋厌扫了一次他的面子就闹成这样。他紧紧攥着拳头，喊也不是，不喊也不是。

他憋了半天，憋出一句："现在在这儿喊不就是找骂吗？你以为你能脱得了干系？"

"放心。"

宋厌拿出手机，指尖点了几下，两道熟悉的声音传了出来。

"不过我之前和刘越打了个赌，是关于这次考试的，可能有些玩笑开得比较过火，希望到时候刘主任不要怪刘越。"

"这有什么的？老师又不是什么老古董，还能因为这种事骂你们不成？放心吧，该玩玩，别打扰上课学习就行。"

一切清清楚楚，明明白白。人家早就留了这么一手防患于未然。

周围听见录音的人顶礼膜拜。

刘越的脸色变红，变绿，再变白。

事已至此，退无可退，只能最后留个愿赌服输的体面。刘越闭上眼，深呼吸一口气，吐出一句："我是……"

宋厌说："大声点儿。"

刘越忍："我是孙子。"

宋厌又说："再大声点儿。"

刘越忍无可忍："我是孙子！"

…………

声音震耳欲聋。其他班本来在装聋作哑的老师都忍不住偏头侧目，往下压了一下手，示意低调一点儿，不然要兜不住了。

刘越这才意识到自己过于上头，音量失了控，血涌上黝黑的皮肤，脸已经涨成了熟透的猪肝色。他用力咬着后槽牙，剜了一眼宋厌。然而到底没能说什么，也没能做什么，只狠狠踢了一脚石子，愤然离场。

还想议论的吃瓜群众也被各班老师轻斥制止，只剩零星几人还在窃窃耳语。

宋厌也没兴趣听，只是靠着椅背，顺着队伍缝隙抬头看了过去，正好看见站在主席台下的夏枝野。

刘德青正围着他指手画脚、面红耳赤地说着什么，看上去说得很激烈，而夏枝野就懒懒散散地站在那儿，整个人是个大写的理直气壮和漫不经心。

宋厌完全没想到他会搞这么一出，从来没指望过最后能有这种效果。

毕竟这件事情出了这么久，无论是覃清还是宋明海，都没打过一个电话来问过一句，摆明了他是孤军奋战，能让刘越输得难看一些已经算很不错了。但没想到有人惯性发疯，连带着刘德青的那份难看也一起替他讨了回来。

而那人身后的骄阳正缓缓升起。

少年长身玉立，坦荡无畏，身上有种让人醒目的感觉，傲慢又得体。

宋厌突然心情好了不少。

这是他十几年人生中屈指可数的有人替他出头的时候。这么看来，他这个“一帮一”帮得倒也不亏，起码有了个不错的同桌。

正想着，升旗仪式已经进行到颁奖环节。

主持人字正腔圆：“让我们恭喜本次进步奖获得者，高二 1 班张面面同学，请张面面同学上前领取‘立夫奖学金’一千元！”

宋厌轻“啧”了声。

小胖闻声回头：“怎么了，厌哥？”

宋厌散漫道：“没什么，就是觉得夏枝野没拿到进步奖挺可惜的。”

小胖当即蹙起眉：“厌哥，你说什么呢？”

宋厌没明白：“什么什么？”

“你打死夏爷，他也不可能拿到进步奖啊。”

“怎么说？”

“这畜生次次考试都是第一，哪里来的进步空间？”

“？”

“不信你听。”

台上主持人慷慨激昂：“让我们再次恭喜高二 1 班夏枝野同学在本次考试中蝉联第一，卫冕成功！”

“……”

四周掌声雷动，众人欢呼雀跃。

宋厌却只觉得他们吵闹。

因为人类的悲欢并不相通，他正在提前缅怀他那位即将“逝去”的同桌。

难怪当时夏枝野拿到学习资料的时候会是那个反应，也难怪刘越就认准了他成绩不好。

原来在阮恬安排的“一帮一”里，他才是后面那个“一”。

结果他却自作多情，给堂堂卫冕成功的“三中小霸王”准备了最基础的知识点和易错题不说，还骄傲自大地表示不需要对方讲题。

搞了半天，小丑竟是他自己。

更离谱的是，夏枝野那天明明就知道自己误会了，也不解释，就每天看着自己帮他整理资料、整理错题，然后顺手碾压自己拿了个第一。

简直就是妙妙他妈给妙妙开门——妙到家了啊。

于是这种普天同庆的好日子，本来高高兴兴的小胖发现自己附近的气压低得可怕。

隔壁的刘越丢了这么大的脸所以变成“死人”，情有可原。

但身后这两位主，一个考试第一，拿了两千元奖学金，一个洗脱冤屈，绝地反击，还在这儿不高兴个什么劲儿？

夏枝野也有同样的问题。他偏着头，支着脑袋：“宋厌？厌哥？厌爷？宋大喜？”

“叫你大爷呢？”宋厌不耐烦地抬起头。

夏枝野竖起一根手指：“你已经整整一个上午没和我说话了。”

“我记得我说过‘谢谢’。”

“除了这个。”

“除了这个我们也没什么好说的。”

宋厌低下头，垂下眼，继续刷题，一脸漠然。

本来以为和刘德青讲完道理回来后，可以得到宋大喜同学一个感激涕零的热情拥抱，结果不但没有热情的拥抱，而且好像还比平时更冷了，他还有没有良心？

夏枝野退而求其次：“你总得告诉我你中午想吃什么吧？”

宋厌：“不用，我下午去医院拆石膏，中午自己在外面吃。”

“我陪你去？”

“谢谢好意。有校医。”

“……”

某人突然变得如此客气，夏枝野有点儿不习惯，他还是比较喜欢宋厌一不高兴了就给他一巴掌再骂他一句的样子。所以自己到底是哪儿得罪了人？

夏枝野没想明白。

正好生活委员路过，扔给宋厌一个小盒子："你的快递。首都来的。"

宋厌顺手接过，翻出小刀，刀尖顺着胶带一划，一个药瓶就滚了出来。

他拿着东西，不方便弯腰。

夏枝野也没多想，顺手帮忙捡起，目光却无意间看到了瓶身上的字母，皱起眉，正欲发问，药瓶却被横空夺走。

抬头正好看见宋厌把药瓶往书包里塞，夏枝野问："你失眠？"

"和你没关系。"宋厌拉上书包拉链，继续做题。

夏枝野指尖伸到他跟前，敲了两下，加重语气："是不是失眠？"

宋厌不耐烦地把他的手推开："我说了，和你没关系。听不懂？"

"怎么就和我没关系？"

"怎么就和你有关系？"

"我是你室友。"

"我们很熟吗？"

宋厌一句不耐烦的反问脱口而出，现场霎时陷入了一种微妙的沉寂。

小胖大感不妙。毕竟宋厌受伤的这半个月，夏枝野形影不离地照顾着，这会儿宋厌却说出这种话来，实在有点儿伤感情。

宋厌似乎也有片刻后悔。他指节微顿，眼皮半抬，但很快又垂了下去，继续埋头写起卷子，只是不经意地眨了一下眼。

"所以别多管闲事。"宋厌的语气疏离冷淡至极。

夏枝野没再说话。

他只是看着宋厌不自觉绷紧的唇角和瘦得嶙峋的腕骨，突然想起了小时候家门口的那只野猫。

它漂亮、警惕、脾气臭，动不动就和别的野猫打架，弄得一身伤，有好心人想要收养，却无论怎么示好，它都不肯撒个娇。

就算有人勉强用好吃好喝的混了个面熟，但只要被认为是在试图侵犯它的领地，它就会瞬间弓起身背，一爪子挠过去，毫不留情面。

用老人的话来说，就是吃过苦的小东西心思都重，怎么养也养不熟。

# 第四章

# 见义勇为

整整一个上午两人没再说话。

下午拆完石膏，出了医院，宋厌不太想回班上，主要不想回去面对夏枝野。于是和校医说过后，宋厌就直接回了宿舍，打算补觉。

走到楼下，才发现大门紧闭。

门口还贴了张鲜红鲜红的通知。

宿舍管理新规定：如有学生于晚上五点半放学之前和十一点熄灯之后违规进出宿舍，需及时联系班主任及教务处，以核实情况，规范纪律，杜绝逃课、晚归等不良现象。

宋厌："……"

他拉着脸，勾着肩上的书包带子，转身走出小巷。

时至九月，酷暑将消未消，空气像拧不干一样，总是卷着点儿潮湿闷热。宋厌拎着校服领口扇了两下，不知道该去哪儿。

来南雾的这半个多月，基本每天都是坐着夏枝野那辆粉色自行车两点一线，也没去过别的地方。

想起夏枝野，宋厌就觉得天气更闷了。

其实相比生气，他更多的是觉得丢人。

只要一想到自己盯着夏枝野不准他上课睡觉、玩手机，逼他必须每天写完作业，一心想要帮他拿到进步奖的样子，宋厌就觉得自己挺傻的。再想想夏枝野明明知道自己在多管闲事，还一个字都不解释，就觉得自己在对方心里可能更傻。

所以夏枝野问起药的事情的时候，他只觉得自己的安全边界被完全冒犯了。毕竟说到底，他们只不过才认识半个月，如果不是他自作多情地想去扶贫，压根儿就不会有什么深交。

而现在，夏枝野年级第一有了，奖学金也有了，从头到尾都不需要自己，那以后两个人就互不干扰，两不相欠，爱干吗干吗。

这么想着，宋厌心里倒也没畅快多少，只是感觉到脸颊上突然有了一点儿凉意。

他抬头一看，才发现不知道什么时候下起了小雨。

真是哪儿哪儿都不顺。

宋厌冷着脸，正准备转头往回走，却突然听到隐隐约约的争执声从巷子那头传了过来，依稀还夹杂着老人和小女孩儿的哭声，还有几道熟悉的骂骂咧咧的声音。

来南雾后，和他说过话的老人统共就那么一个。

宋厌看了眼周遭熟悉的环境，心中顿时升起不好的预感。他立马转身，拿出手机，一边打着电话一边往巷子最里面那间小院飞快跑去。

几个老人正站在院门口不远的地方着急打转，听见脚步声，得救般地看过来。

“欸，那有个穿校服的来了，是小野吗？”

“好像不是，哎呀，都打电话给他这么久了，怎么还不来呀。”

“这个点正在上课，不好出来也是正常的嘛。”

“哎哟，不是快放学了嘛，真是急死我了。”

“欸！小伙子！你谁呀？你干吗呀？”

“麻烦让让。”

宋厌把亮着屏幕的手机往衣服口袋里一塞，推开虚掩的院门，果然看见了对面那排“鸡毛掸子”正坐在院子里面耀武扬威。

小麻将正伸着小短胳膊挡在刘奶奶跟前，哭得撕心裂肺：“不准你们欺负我奶奶！不准！呜呜呜……”

“红毛鸡”像是觉得挺有意思，上前一步，蹲下身：“谁欺负你奶奶了，是你奶奶欠钱不还，欺负我们。不过，我看你这小丫头长得倒是挺讨喜，你要真心疼你奶奶，不如就跟我们走，把你卖了抵……啊啊啊！疼疼疼！”

他本来想伸手去摸小麻将的脸，结果手刚伸到一半就被一只苍白瘦削的手捏住了腕骨。

然后反向一拧，只听“咔嚓”一声。

“红毛鸡”当即疼得哇哇大叫：“疼疼疼！快放开我！你谁啊？！”

“你曾爷爷。”

“？”

还挺讲究辈分？

“红毛鸡”扭过脑袋一看：“怎么是你？”

“是我，怎么了？”

宋厌漆黑的眸底带着极度不悦的阴霾和戾气。

其他几人也都认出来了他就是夏枝野的那个朋友，想起当时打人的那几下，心里有点儿怵。

只有为首那个寸头之前没见过他，手里转着把小刀，皮笑肉不笑：“小兄弟，你是这家人的孙子？”

“不是。”

“不是的话，这事就和你没什么关系，最好别多管闲事。”

“这家人的孙子是我朋友，他的事就是我的事，有什么话你们可以直接和我说。”

宋厌把小麻将严严实实地藏到身后，一副当家做主的样子，好像早上和夏枝野“不熟”的那个人不是他一样。

寸头扯了下唇角：“不错，挺仗义，那不如你帮你朋友把这老太婆欠的钱还了？”

“如果他真欠了钱，我帮他还了也不是不行。但我记得他早就还清了。”宋厌回忆起那天夏枝野说的话，语气冷静。

为首那人倒也不否认：“是，他是把本金还清了。但干我们这一行的，吃的就是利息这口饭，借出去的时候定好了‘九出十三归’，现在三个月过去了，利息说不给就不给？没这个道理。”

宋厌佯装不知，掀起点儿眼皮，语气冷淡：“‘九出十三归’是什么意思？”

听见这话，在场的混混儿都忍不住发出一声讥笑：“果然是好学生啊，连‘九出十三归’都不知道。那哥哥今天就好好给你上一课。”

寸头吊儿郎当，往前一步，低头看着他，唇角勾着点儿轻蔑的笑容：“‘九出十三归’，字面意思，就是你问我借十成，我只给你九成，然后每月一成利息，三个月后，你还我十三成。明白？”

宋厌迎上他的视线，漠然道：“所以他问你借了多少，还了多少，还欠多少？”

“不多。”寸头伸出左手，竖起一根拇指，一根小指，“这老太婆之前问我们老大拿了一万八给这小丫头做手术，按理该还两万六，结果只还了两万，现在剩下的六千，你看怎么解决？”

“你们别骗小孩儿！”宋厌还没开口，身后的刘奶奶就忍不住带着哭腔扑了上来，“当时你们让我打的欠条明明就是两万！我都还了！怎么就变成两万六了呢？你们分明是在抢钱！”

刘奶奶气得发抖，眼看着就要上去捶那几个混混儿了，宋厌一把拦住她，低声道：“这事我来解决，你带小麻将先回房间。”

刘奶奶先是一愣，紧接着对上宋厌的视线，瞬间明白过来，连忙抱着小麻将快步进屋，锁上了门。

宋厌也不等那群混混儿发话，直接转头质问：“之前没说好？”

寸头自知理亏，轻笑一声：“这种规矩众所周知，总不至于她这么大一把年纪了，还要我告诉她吧。”可真是够不要脸的。

宋厌问：“也就是说，刘奶奶问你们老大拿了一万八，三个月后还了两万？”

“没错。”

“本金一万八，三个月利息两千，月利率百分之十一，年利率百分之一百三十多，将近国家限定最高年利率的四倍，你们还不满足？”

那群流氓混混儿数学都不怎么样，算了半天也没算过来这人怎么算的，索性不再算：“是又怎么样，这行都是这个规矩，有本事就别借，借了就得按规矩办。”

“但这规矩总得提前告诉老人家吧？”

“我们是放贷的，又不是做善事的，还能事事都顾着？所以这钱你还不还？还了，哥儿几个就拿钱走人，不还，就滚远点儿！”寸头终于被他说得没了耐心。

“红毛鸡”也连忙应和：“就是，你不还钱，在这儿叨叨半天，没用！”

“确实没用。”

宋厌答得冷静平淡，勾着书包带子往那儿一站，一副特别有底气的样子。

但他一个高中生，哪儿来的底气？

几个混混儿百思不得其解。

想着想着，就听到了淅淅沥沥的雨声中有“滴呜——滴呜——”的声音，越来越近，越来越近，越来越……

“？”

“……”

“你居然报警？！”

“红毛鸡”反应过来宋厌一直在这儿和他们说这些有的没的是在拖延时间，等警察来。他自觉被这么个小屁孩儿耍了，恼羞成怒，直接拎起手里的棍子就朝宋厌劈去。

宋厌反应极快，直接侧身避开，然后一个横踢，狠狠踹上“红毛鸡”手腕，趁他吃痛松手，抢过棍子，反手一劈，捶上腹部，再顺势往上一抬，结结实实劈中“红毛鸡”下颌骨。

一声骨裂的脆响，“红毛鸡”匍匐在地，宋厌当场完成反杀。

宋厌拎着棍子，居高临下地站在门口的台阶上时，眉眼间那股冷漠的颓丧之气已经全然冲破漂亮的皮囊宣泄了出来。

他小时候身体不好，为了强身健体，被迫开始学跆拳道。虽然学得不怎么样，但好歹也拿过小学生跆拳道大赛的区冠军，勉强能应付几个废物混混儿。

而且他的手机也一直在全程录音，对话清晰明了，正当防卫证据确凿，这种时候不下点儿狠手，都对不起这群人的缺德程度。

然而象牙塔里长大的少年人和社会上摸爬滚打厮杀出来的到底不一样。

几个混混儿见状也没过脑子，直接蜂拥而上。

寸头也是真的狠角色，反正进局子也不是一次两次了，今天在这儿认了栽，如果不给这个臭小子一点儿苦头吃，以后道儿上面子往哪儿搁。

寸头想着，就拨开小刀，朝宋厌直直刺了过去。

宋厌反身刚好踹开一个小混混儿，腿上还没收住力，顶多只能侧身避开要害，却躲不过多少要被划一刀。

不过划就划吧，反正都听到警察的脚步声了，左右死不了人，总好过进屋去找老人和小孩儿的麻烦。

然而就在刀锋划到面前的前一秒，宋厌突然感觉自己的胳膊被拽住了，紧接着被人用力一带，往后一退，身体骤然被笼进阴影。

然后他听到了刺啦一声，是衣物被割裂的声音，刀锋就在他眼前直直划过了夏枝野的肩头。白色校服布料撕扯出割裂的纤维，少年的肩头瞬时渗出殷红的血珠。

宋厌什么也没多想，直接抬腿越过夏枝野身侧，狠狠一脚踹开了他身后的寸头，然后反手把夏枝野拽到墙角，脱口骂道：“你是有病吗？！”

大少爷向来讲究气质，这么不讲形象地骂人倒是头一次。

夏枝野低头看着他，轻声笑道：“别这么凶嘛。而且警察叔叔来了，得装得可怜一点儿才行。”

宋厌：“……”

什么时候了，还耍这种心机？

“而且……”

夏枝野微弯起眉眼。

宋厌问：“什么？”

“说好的不熟呢？”

“……”

宋厌想，给你脸了。

“不打紧，皮肉伤，只是可能留疤。”

“啊……”

整个派出所全是女警们心疼的惋惜声。

一旁足足被骂了半个小时的混混儿：“？”

怎么了？大男人留点儿疤怎么了？他们全身上下都是疤，也没见有人心疼啊？！

似乎是猜到他们在想什么，一个年轻女警转过头：“能一样吗？”

混混儿：“？”

哪儿不一样了？

“你们一天到晚就知道违法乱纪、打架斗殴，这两位同学却品学兼优、善良孝顺。你们和人家有什么可比性？”

混混儿们：“？？？”

品学兼优？善良孝顺？你们倒是仔细看看被揍得鼻青脸肿的到底是谁？

小混混儿们欲哭无泪。

毕竟除了寸头，其他那几个不中用的“鸡毛掸子”确实都被宋厌揍得挺惨的。

但宋厌长得漂亮，气质清冷矜贵，往那儿一坐，就让人觉得这肯定是个好学生。

再加上隔壁几个老人的做证，现场录音的证据以及及时报警的行为，现在在警察们眼里，宋厌简直就是一个见义勇为、冷静机智、尊老爱幼、正当防卫的完美典范。

“不愧是祖国的花朵呀，振兴国家，就靠你们了。”派出所老所长备感欣慰，“不过，你们之前怎么不报警啊？”

夏枝野坐得端正，答得乖巧：“奶奶年纪大了，我平时又在学校，怕这群人伺机报复。”

说话的时候眉眼低垂，睫翼轻微抖动，衬着肩头的伤口，看上去懂事又无奈。

心疼得老所长直接一拍桌子，对着那群混混儿喊道：“你们非法放贷，暴力催债，故意伤人，涉嫌诈骗，判多少刑都是你们咎由自取！谁敢报复谁就是在挑战我国法律，必当受到严惩！听到没！”

混混儿们呆呆地看向夏枝野：“？”

帅哥你谁？突然这么柔弱是怎么回事？

老所长却觉得他们是在明目张胆地用眼神威胁，简直就是挑战他的底线，顿时怒从中来，大喊一声：“听到没？！”

小混混儿们虎躯一震：“听到了！”

“这还差不多。”老所长又转头对刘奶奶道，“老人家，你放心，回头我就安排人手，加强对你们那片的巡逻，以后绝对不会再发生类似的暴力事件。”

刘奶奶哽咽道：“谢谢你们了。”

小麻将也仰着脑袋，沾着泪珠，甜甜的一声：“谢谢警察伯伯。”

“哎哟，真乖。以后有事就来找警察伯伯，警察伯伯给你撑腰。”

“也可以找警察姐姐，警察姐姐给你吃糖。”

“谢谢漂亮姐姐！”

“真可爱。”

派出所里一片其乐融融。

即将锒铛入狱的混混儿们：“……”

是他们不配了。

事情解决得还算完美。就是解决完后，夜色已深，路上行人已经不多了，雨却还在下。

宋厌拿出手机准备打车。

夏枝野看了眼目的地：“你是打算现在回去叫醒宿管阿姨，然后惊动阮恬和刘德青，告知他们你打架进了派出所的事实？”

宋厌头也没抬：“翻墙。”

夏枝野说：“我肩上有伤。”

宋厌说：“你回你家。”

夏枝野道：“医生说我晚上随时可能发烧感染，你忍心让奶奶这么大把年纪了还得熬夜守着我？”

夏枝野低头看向宋厌，一脸“我就是道德绑架”的表情。

宋厌抬头回视，一脸“关我何事”也写得明明白白。

见识过这人怎么在警察面前装可怜后，一切表象他都无动于衷。

然后夏枝野就扯开领口，露出贴着药膏的肩头：“我可是为了救你才受的伤，可疼了。”

说着还委屈巴巴地眨了下眼。有细小的雨珠恰好挂上他的眼睫末端，欲滴未滴，直到轻轻一眨，才可怜巴巴地落下。

宋厌：“……”

你疼就疼，别卖惨。

宋厌本来还在想就算自己跟着夏枝野回家，但那间巴掌大的屋子，怎么够他们住，结果夏枝野径直打开了隔壁院子的门。

刘奶奶低声解释：“小时候，小野跟他爸爸妈妈一起住这儿的，后来他爸妈没了，就是他一个人住了。”

原来是这样。想来夏枝野父母走的时候，他年纪也不大。

半大点儿的孩子，说是奶奶照顾他，不如说是他照顾奶奶，还捡了个没人养的小麻将，这日子到底是怎么过来的？

院墙边路灯昏黄，勾出少年颀长清瘦的背影轮廓，却又不显过分单薄。

宋厌突然觉得自己之前计较的那些挺没意思的，勾了下书包带子，跟着夏枝野进了屋。

小平房，一室一厅、一厨一卫，卧室里有一张床，房间打扫得挺干净。墙上贴满某球星和某摇滚乐队的海报，客厅摆着张架子鼓和一个星际迷航的乐高，卧室还有台配置挺不错的电脑。

光看摆设，一点儿也看不出生活窘迫，反倒像个浪荡不羁的大少爷，也不知道这人从哪儿弄来的钱。

宋厌心存疑惑，却没打算问。

毕竟他不喜欢被别人冒犯隐私，自然也不喜欢冒犯别人。

相比之下，他更在意另一个问题："一张床？"

夏枝野回头："嗯，怎么了？"

宋厌面无表情："我不习惯。"

夏枝野闻言沉默，低着头，手指抵着鼻尖，半晌没说话。

宋厌没什么耐心："有话快说。"

夏枝野认真道："也没什么，我就是在想，之前睡得挺香的那个人是谁来着。"

宋厌："……"

夏枝野说："还有今天在派出所做笔录，你放的录音里面，说我的事就是他的事的那个人又是谁来着。"

宋厌："……"

"哎呀，怎么想不起来了呢。"夏枝野捋着下巴，语气浮夸，却一点儿都没听出来苦恼。

宋厌："……"

想不起来就把自己脑仁儿挖了吧，最好一辈子都别再想起来。他真是失心疯了才会跟着夏枝野回家。

宋厌想到这儿，直接转身走人，一点儿都不拖泥带水。

夏枝野忙拽住他的手腕：“你这人怎么一点儿都不禁逗？”

逗什么逗？当养猫呢。

宋厌手臂用力，试图甩开。

夏枝野却好言好语道：“好了，别气了，我的错。”

宋厌抬眸看去，表情像见了鬼一样。

夏枝野问：“你早上不是生气了吗？”

宋厌：“……”

“我琢磨了一天才琢磨过来你在气什么，但我发誓，我真没想过逗你玩，或者想看你的笑话。就是你这人总是一副拒人于千里之外的样子，难得主动跟人说两句话，如果直接说了我不需要那些资料，也不需要你辅导，你肯定就又不理人了，我就想着晚点儿再说，但真没别的意思。”

“……”

“所以我现在向你道歉，你别生我的气了，行不行？”

窗外的雨还在淅淅沥沥地下着，带走了夏末最后一点儿燥热。凉意卷着桂花香味儿在空气里浸润开来。

少年嗓音微低微柔，带着好脾气的哄劝意味。

宋厌突然就觉得这事好像显得自己很无理取闹，冷着脸推开他：“没生气。我说不熟是认真的。”

“行，那就不熟吧。”

夏枝野已经自有一套心得，笑着敷衍了一句，转身从衣柜里拿出一套睡衣：“卫生间柜子里有一次性牙刷和毛巾，你自己看着用，我先去隔壁换药。”

宋厌也没收回他们不熟的话，只是板着脸接过睡衣，一声不吭地走进了浴室。

门关上之前，夏枝野又叫住了他：“还有。”

宋厌抬眸。

“今天谢谢你，帮我保护了奶奶和小麻将。”

夏枝野说这句话的时候，脸上没有一点儿散漫和吊儿郎当的情绪，只有诚恳和真挚。宋厌看着他的眼睛，心里突然像是有什么地方被闷着揍了一拳一样，感觉很奇怪。

他仓皇地垂下眼：“小事。”

说完关上门，直接反锁，直到听到门外夏枝野离去的动静，才松了口气，拧开水龙头。

然而老城区的平房大概实在是年久失修，热水器不怎么灵光，等了半天也不见出热水，他叫夏枝野也没人应。

宋厌把水龙头一拧，朝隔壁院子走去。

隔壁院门也没关，他刚准备径直推开，突然顿住了。

隔着墙头传来了夏枝野的声音：“这两千您先拿着，给小麻将交幼儿园学费。”

老人慌忙拒绝：“这是你的奖学金，给我们算怎么回事？”

“小麻将是我捡回来的，本来就该我帮她交学费。”

“话不能这么说，当时是我自己想养才养的，只是我这个当奶奶的没用，苦了孩子。”

“您别这样说，小麻将过得也不比别人家小孩儿差。”

“唉，只能说还好有你这个当哥哥的。不过你才多大点儿人啊，怎么好和那些社会上的人打架？而且你把钱都给我们了，你自己够用吗？”

“您放心吧，我什么时候缺过钱？”

…………

细碎的言语逐渐淹没在淅淅沥沥的雨声之中。

宋厌最终没有推开那扇门，直接回了隔壁，就着凉水，凑合洗了个澡。

他从小到大吃穿用度都很挑剔，别人很难伺候，就眼下这种环境，换作以前肯定早就掉头走人了，现在却觉得自己好像有些矫情，或者说他觉得自己之前都挺矫情的。

好吃好喝，衣食不愁。一双鞋抵别人一年生活费，还觉得全世界都对不起自己，成天到晚给不出个好脸色。可能宋明海说得对，他就是不知好歹，所以才从小到大都不招人喜欢。

宋厌洗完澡回到卧室时，夏枝野不在。也不知道是还没回来，还是回来后又出去了，不过正好避免了大眼瞪小眼的尴尬。

宋厌走到桌边，拉开书包拉链，准备翻出药吃一片好睡觉，书包边角却无意中碰到了桌上的鼠标。

电脑屏幕骤然亮起。

宋厌没有看别人隐私的坏习惯，然而桌面上的那个对话框实在太大、太扎眼，一个没来得及闭眼，就不可避免地看见了内容。

然后宋厌微蹙起了眉头。

沈嘉言是个标准的“网瘾少年”，没事就拉着他一起打游戏，所以和游戏有关的事情宋厌还算了解，对这个软件页面也不算陌生。

其实就是一个打游戏时常用的语音软件而已，除此之外也有不少人会在上面直播，或者进行些陪玩交易。

基本上是个正经软件，就是用的人好像不怎么正经。

宋厌看着对话框顶端那个硕大的“清纯美貌男高中生在线接陪玩”的 ID，陷入了长久的沉默。

陪玩没什么，但是加上这个前缀，就总觉得有哪儿不对劲。

想想夏枝野那张脸，再想想他不知道从哪里弄来的那些钱，这种不对劲的感觉就更加强烈了。

宋厌站在原地，若有所思。

然后那个对话框跳动了。

老娘美且野：怎么这个点在？

老娘美且野：既然在，那就来陪姐姐玩一会儿。我卡钻一好多天了，艾欧尼亚根本就不是人待的地方，你带我上个大师。

老娘美且野：人呢？别装死啊，你放心，只要陪舒服了，姐姐肯定不会亏待你。

老娘美且野：来嘛，只要带姐姐上了大师，想要鞋还是衣服随便说，实在不行老规矩，一局两百？

老娘美且野：哦，对了，过节我会去南雾，到时候带你吃吃玩玩、买点儿衣服什么的。

老娘美且野：不准拒绝，机票、酒店我都订好了，这次你不想来陪我也必须来陪我，懂？

消息一条一条往外蹦，宋厌搭在桌沿的手指越来越用力。

对方无论是账号 ID 还是说话语气，包括头像照片上那个明晃晃的卡地亚的最新款的镯子，都表明这是一个“白富美”。

想象着夏枝野弯着他那双桃花眼，拖着他那股懒洋洋的腔调，含着笑意、低着嗓音冲着这位漂亮富婆一口一个“姐姐”的样子，宋厌觉得有点儿辣眼睛。

他不觉得夏枝野会为了这点儿钱真的做点儿什么，顶多就是仗着美色和声音接点儿陪玩、代练，但是这富婆看起来似乎来者不善。起码从最后一条消息来看，应该不只是单单觊觎夏枝野的游戏技术。

而对于夏枝野这个年纪的男生来说，这种艰难困苦的生活中，如果出现了一个长得好看、又有钱、又大方、还愿意出手帮助他的“白富美”，就算不冲着钱去，也很容易在这种关怀中沦陷，很难保证不会就此误入歧途。

但是看得出来，夏枝野也确实缺钱，当陪玩总比打黑工强，好歹能比较轻松地缓解一些经济上的压力。只是万一被带歪了怎么办？十几岁血气方刚、情窦初开的男生一切冲动都是有可能的。

宋厌抿着唇，思忖片刻，终于做出决定。

他打开微信，点开沈嘉言的头像。

YAN：现在那些男高中生陪玩一般都喜欢接什么单？

人间至甜小奶莓：这还用问？人美钱多性格甜的富婆呗。

宋厌："……"

行吧。

宋厌当即下载软件 App。

注册账号：人美钱多小富婆。

修改头像：Hello Kitty。

搜索"清纯美貌男高中生在线接陪玩"，点击发送：小哥哥，陪玩上王者，一局两百，接吗？

发完，又觉得还不够甜，回忆了一下沈嘉言平时勾搭的那些妹子的说话风格，一脸面瘫地补了一句：么么哒！

夏枝野换完药回来，宋厌已经躺上了床。他睡在最里侧，对着窗户，裹着被子，只露出个黑漆漆的后脑勺儿。

知道他睡眠不太好，夏枝野就没叫他。

夏枝野坐下来，打开电脑，看见"老娘美且野"发来的一长串消息后，轻敲键盘，回了过去。

清纯美貌男高中生在线接陪玩：明天还要上课，没时间。

老娘美且野：嘤嘤嘤，我最亲爱的弟弟，你姐是真上不去大师了，只要带我上大师，一切都好说。

老娘美且野：哦，对了，我听说爷爷又把卡给你停了，你身上的钱还够用吗？

老娘美且野：不够就带你姐上个大师，零花钱分分钟打给你。

夏枝野玩游戏瘾不大，但还算厉害。

他堂姐夏瑜恰好相反，人菜瘾还大。所以夏枝野对这件事情的态度很坚决。

清纯美貌男高中生在线接陪玩：对不起，知识是改变人类命运的唯一出路，请不要再影响我的学习。

老娘美且野：？？？

回完后，夏枝野也不管他姐的一顿狂轰滥炸，准备下线，却发现有一个新消息。

人美钱多小富婆：小哥哥，陪玩上王者，一局两百块，接吗？

人美钱多小富婆：么么哒！

暑假的时候，商淮想换把吉他，但钱不够，他妈又不给，就注册了个“性感美貌男高中生在线接陪玩”的账号，试图自力更生。

结果因为技术太菜，被买家多次投诉，于是就每天早晚十个电话打给周子秋和夏枝野“哭丧”，雷打不动，风雨无阻，天天哀号，就差拿根绳子在夏家别墅大门口吊死了。

俩人最后被烦得实在受不了，就分别认领了一个“清纯美貌男高中生在线接陪玩”和“可爱美貌男高中生在线接陪玩”的账号，三个人一块儿，顶着最不正经的名字，做着最正经的陪玩代练，最后愣是把吉他钱凑齐了。

后面就赶上开学，没时间打游戏，ID也没来得及改，没想到居然还有生意找上门。

清纯美貌男高中生在线接陪玩：抱歉，不接。

人美钱多小富婆：？

清纯美貌男高中生在线接陪玩：不骗小姑娘的钱。

夏枝野回完这句话，就去浴室洗澡了，似乎的确没什么兴趣。

剩下被子里的宋厌看着屏幕：“？”

什么叫不骗小姑娘的钱？说好的都喜欢人美钱多小富婆呢？这人有病吧。

宋厌觉得自己已经仁至义尽了，夏枝野不领情就拉倒。

手机一锁，眼睛一闭，爱咋咋地。这破事他不管了。

兴许是吃了药的缘故，宋厌一闭上眼，睡意就昏昏沉沉地袭来。恍惚中，他好像听见有人在穿衣服。

宋厌费力地掀开眼皮，看见夏枝野已经穿好校服，打扮得规规整整，校服衬衣也扣到最上面一颗。

他哑着嗓子问：“这么晚了，去哪儿？”

夏枝野没理他，径直出了门。

宋厌不放心，晕晕乎乎地跟上，走着走着，好像走到了一家酒店。

宋厌不认识这是哪儿，刚想出声叫夏枝野，就看见一个大波浪发型女生踩着高跟鞋、风情万种地走了过来，然后掏出一把钞票，往夏枝野脸上一扔：“今晚来我房间。”

紧接着下一秒，他感觉天旋地转，睁开眼就看到夏枝野和一个姐姐……

宋厌陡然惊醒，猛地从床上坐起，背上激出了涔涔一身冷汗。

再一看，夏枝野还好好穿着他那身海贼王的睡衣坐在电脑前，才长长舒了口气。

这都是些什么乱七八糟的梦？

宋厌用力抓了两下头发，躺下准备接着睡，然而一闭上眼就是刚才的画面，翻来覆去怎么忘都忘不掉，再回忆下去估计得出心理疾病。

宋厌实在受不了了，再次坐起身，拿出手机，打开陪玩 App，点开夏枝野的头像，重新发送：不连麦，不私聊，不废话，不方便 PC 端，只玩《王者荣耀》，三百块一局，爱接不接。

夏枝野本来还在查小麻将上幼儿园的相关政策，突然看见屏幕上跳出这么一条信息，眉梢一抬，心想，小姑娘还挺有脾气。

而且不知道是不是被宋厌骂习惯了，看见这段话的时候，他竟然自动脑补出了宋厌那张臭拽脸和冷冰冰的语气，就连那股“视金钱为粪土”的富二代的劲儿都很像。还挺有意思，但他暂时没什么接单需求。

夏枝野顺手准备拉黑，商淮的消息就发了过来。

绝世可爱小商商：野哥，跟你说件事。

Wild：？

绝世可爱小商商：我们美貌男高三人组可能要重操旧业了。

Wild：？？

绝世可爱小商商：是这样的，我今天看见有家公司招练习生，在收

demo。

Wild：所以？

绝世可爱小商商：所以我还缺个雅马哈的UR22C。

Wild：……

绝世可爱小商商：不贵，就三千，只要帮兄弟这一次，等我火遍大江南北的时候，我一定会向大家介绍我伟大的兄弟夏枝野。

夏枝野看了眼商淮咧嘴笑的憨憨的头像，手机一扔，就当从来没这“智障兄弟”。

然而视线一回到电脑屏幕，看着上面的消息，再想起商淮这辈子好像就这么点儿梦想，又忍不住把手机拿了回来。

Wild：行吧，让你见识一下什么叫长兄如父。

说完手指在键盘上飞速移动。

清纯美貌男高中生在线接陪玩：不连麦，不私聊，不加联系方式，不视频，不负责安慰哄人。营业时间，周一到周五晚上十点至凌晨一点，周末随意，提前一小时约局，二十一局，稳上荣耀王者，平台现结。

宋厌看着这一大段回复，觉得夏枝野这人多少有点儿问题。

虽然他没找过陪玩，但陪玩如果是这态度，宋厌能把对方揍得妈都不认。

而且好好说话他不听，非得拽了吧唧说话他才搭理，三百块一局非得砍到二十一局，没个十年脑血栓，干不出这事。但总比走上歧途强。

宋厌想到之前梦里那个辣眼睛的画面，嫌弃地回了一个字：行。

夏枝野收到回复后就关了电脑，准备上床睡觉，一点儿闲聊的意思都没有。

正好回头看见宋厌在玩手机，问：“怎么还没睡？”

宋厌冷漠道：“你不也没睡？”

夏枝野说：“有点儿事。”

宋厌问："什么事？"

夏枝野坐上床："也没什么，就是和一个人傻钱多的小傻子交接了下业务。"

宋厌："？"

反应过来人傻钱多的小傻子可能说的就是他本人后，宋厌脸一垮，直接拽过被子，往里一裹，转身对墙，不留给夏枝野一点儿温暖。

夏枝野眼睁睁看着被子从自己眼前滑过："？"

这大少爷突然又发什么脾气？

他试探道："你稍微分我一点点被子怎么样？天还怪冷的。"

冷死拉倒。

宋厌往回一转，裹得更紧了。

夏枝野拽拽被角："就分我一点儿？"

宋厌完全不理。

第二天早上，宋厌果然没起来床。

被夏枝野强行叫起来后，他匆匆刷了牙、洗了脸、抓了两下头发，就背着书包出了门。

夏枝野已经推出那辆粉色自行车。

宋厌说："我的腿已经好了。"

夏枝野道："但时间来不及了。

"第一节是罗伟的课。

"大明湖畔的五百字检讨。"

宋厌："……"

宋厌认命般地坐上了那辆命中注定的粉色自行车，总算赶在上课之前抢先到了教室。

阮恬也已经早就到了，假装没看见他俩，等他们坐回座位后，习惯性讲了几句注意事项，脸上露出了于心不忍的表情："那什么，同学们，马上九月底了……"

文娱委员孔晓晓同学已经捂住了自己的耳朵。

每年九月底和三月底都是三中惯例的文化艺术周，每个班都要出一个节目，对于大部分班级来说，这是一次陶冶情操的活动，对于高二1班来说却是一次历劫。

他们是高一下学期分的班，全班共计三十九人，女生共计四人，于是凭借着如此诡异的男女比例差异，在南雾三中的艺术长河中写下了因为合唱过于难听而被校长轰下台的传奇故事。

孔晓晓至今不愿回忆那段黑暗历史。

阮恬鼓励她："今年我们不一样了。"

孔晓晓捂住耳朵，根本不想听。

阮恬继续鼓励："这次一等奖的班级会有两千元奖金。"

孔晓晓捂住耳朵，还是不想听。

阮恬只能祭出大招："拿到一等奖的话老师再补一千元，加上班费，请大家一起去吃'逢烤必过'怎么样？"

孔晓晓放下手："好的，老师，请问你觉得小胖跳芭蕾好呢，还是张面面走钢丝比较好？我都可以排。"

阮恬说："也不用这么猎奇，平平淡淡就是真。"

"要不再来一次合唱？"

"别了吧，校长年纪大了，我们赔不起。"

"那就跳舞？我们班刚好四个女生，跳《四小天鹅》，完美。"

"别，我们几个都是校舞蹈团的，要去排练开场舞，班上肯定顾不过来。"

"那我们怎么办啊？就算排《水浒传》也得有个金莲或者二娘吧。"

"但就我们班这种艺术人才严重缺失的情况，顶多就排个话剧啊。"

"之前班会不是搞过一个搞笑版《梁山伯与祝英台》，效果挺好的吗？"

"问题是祝英台都去排练合唱了，剩下一堆梁山伯和马文才咋整？"

小胖道："反串不就行了？"

话音一落，全场安静。

孔晓晓说："小胖，你就是个天才。"

小胖道："谢谢，但问题是谁来反串呢？"

全场再次安静。

然后正在专心致志和滑轮小车厮杀的宋厌突然感受到了一群不善的人的视线，一抬头，发现所有人正含情脉脉又不怀好意地看着自己。

宋厌："？"

小胖浮夸地点评："看看我厌哥这雪白的皮肤，这乌黑的头发，这鲜红的嘴唇，啧啧，简直就是祝英台再世啊！绝世美女，舍你其谁！"

宋厌看着他："想好葬哪儿了吗？"

小胖乖巧闭嘴："对不起，打扰了。"

他又抬头看向阮恬。

阮恬一副送儿远征的慈母般的表情："宋厌，1 班的未来，就靠你了。"

全班点头："对！1 班的未来，就靠你了！"

宋厌并不在意 1 班的未来。他一脸冷漠道："你们看过林黛玉倒拔垂杨柳吗？"

众人摇头。

"那你们看过伏地魔扛锄葬花吟吗？"

众人再次摇头。

"所以你们想看我演祝英台是因为你们脑子有什么大病吗？"

众人毫不迟疑疯狂颔首。

宋厌："……"

这群人是爸爸、哥哥、爷爷、奶奶、外公、外婆都住五线谱上了吗？

离谱！

想让他穿女装，要么他死，要么 1 班其他人死。总归这件事想都别想。

宋厌转头看向夏枝野。

夏枝野："？"

宋厌："。"

夏枝野："……"

行吧。某人说什么就是什么吧。

夏枝野懒洋洋地偏过头，撑着脑袋："你们看看我这雪白雪白的肌肤，看看我这不怎么乌黑的头发，再看看我这鲜红鲜红的嘴唇，是不是觉得我也挺适合演个女主角的？"

众人："……"

孔晓晓头疼："夏枝野，你清醒点儿，你这个子太高了，谁能跟你搭戏演男主角？而且最后那幕衣服肯定借不到你的码，这不是白搭吗？"

夏枝野偏回头，看着宋厌，还挺委屈："他们不要我。"

宋厌："……"

关我何事。

小胖趁机劝道："厌哥，只有你能胜此重任，你就当为了大众牺牲一下吧。反正是个女扮男装的戏，除了最后一幕化蝶的衣服，其他都是男装，不影响。"

"对啊，对啊，求求你了，厌哥。我们班再不想想办法，就要再次沦为全年级的笑柄了。"

"真的，我再也不想被校长轰下台了。"

"而且奖金它不香吗？烧烤它不香吗？拿着奖金吃烧烤难道不是香上加香吗？"

"厌哥，你放心，只要你答应这回，从此以后你就是我的'再生父母'，谁惹你，我灭谁。"

宋厌是真的不太明白这种看上去就很傻的事情为什么这群人还这么有热情，但很奇怪的是，那种炽烈的、殷盼的目光，竟然让他一时有点儿不知道怎么拒绝。

而众所周知，犹豫就会败北。

于是在他短暂沉默的这一瞬间，阮恬趁火打劫地拍了板：“好！既然宋厌同学没有拒绝，那我们这么定了！感谢宋厌同学的牺牲！大家准备上数学课吧！”

说完，阮恬就踩着小高跟噔噔噔“畏罪潜逃”了。

其他同学立马起身鼓掌：“让我们感谢宋厌同学做出的伟大牺牲！全班起立，热烈鼓掌！”

全班同学整齐划一，掌声如雷，响彻云霄，誓死不留给宋厌任何一点儿反悔的空间。

吓得罗伟进教室的时候直接趔趄了一下：“申奥又成功啦？”

宋厌：“……”

他到底为什么要来这个学校？

小胖本来以为搞了这么一出，1 班这个不大不小的江湖起码得见点儿血，再不济也得死一个夏枝野。结果身后那位宋大佬除了摆了一整天臭脸，居然没什么动作。

夏枝野好像也不意外，并且十分坦然地接受了梁山伯这个角色。

宋厌就烦他：“你闲得慌？”

夏枝野很讲道理：“他们都配不上你的美貌。”

宋厌送给他一个冷静的单音节：“滚。”

“不过谁演马文才？”夏枝野问孔晓晓。

孔晓晓毫不犹豫：“刘越。”

“？”

三十几双疑惑的大眼睛。

孔晓晓无奈道：“这是恬姐指定的。刘越不是请了一周病假嘛，恬姐说他已经知道错了，改过自新了，所以让我们到时候注意点儿，给他一个改正的机会，不要孤立他。”

小胖叹息：“虽然恬姐的意思我明白，但是这种情况下，你让厌哥最后和刘越一起，实在是有些‘强人锁男’啊。”

“没事。可以让他绿一点儿，反正剧本在我们手里，我们掌控一切。”学委赵睿文伸出中指推了推眼镜，“看我如何化腐朽为神奇。”

“……”

总觉得有点儿不可靠呢。

赵睿文对这份不信任浑然不觉，继续问：“那祝英台的妈妈谁来演？这个戏份还不少，是我设计的笑点主要承包人，不能随便找。”

孔晓晓说：“方尝呗。”

赵睿文道：“这个倒是行。”

一旁写着卷子的宋厌突然抬头问小胖：“方尝是谁？”

小胖回道：“如果我说是我，你会信吗？”

宋厌：“抱歉……”

这事也不能怪他，主要是从开学到现在，几乎就没听过有人叫小胖大名，宋厌又是个“关我何事，关你何事”主义的完美执行者，所以不知道也很正常。

但小胖还是有点儿受伤，毕竟他自认为自己是1班除了夏枝野以外和宋厌关系最好的人了。

然后宋厌又问：“他们怎么都不叫你大名？”

夏枝野友情回答：“因为有个成语，叫来日方长。”

宋厌说：“抱歉。”

小胖受到二次伤害，沉默流泪。

被迫参演话剧这事唯一的好处就是可以明目张胆地不上晚自习。

众人说好了每天晚上八点半开始排练。

宋厌中间抽空去拿了个快递，到了艺体楼，一推开形体教室的门，“全军出击——”

“一对三，要不起。”

“快点儿吧，我等得花儿都谢了。”

“买它！买它！买它！”

“……”

果然世间万物都有他的道理。升学率上不去真的不是单纯的风水原因。

就连学习委员本人都十分坦然，边改着剧本，边玩着手机：“离艺术节还有两三个星期呢，现在排了到时候就忘了，不如先玩几天。”

舞蹈队的那几个女生也凑着脑袋围成一团：“就是，待在教室里也太闷了。”

宋厌也不是什么循规蹈矩的乖学生，晚自习的确无聊，但他觉得这儿也没好到哪儿去，转身准备走人。

躺在体育垫上斗地主的夏枝野慢悠悠转过身：“死心吧，这个点，你出不去学校的。”

“……”

宋厌勾着书包带子，面无表情地走到夏枝野旁边。

夏枝野自然地往里挪了挪，腾出一片空地，宋厌径直坐下。

然后他俩一个叉腿坐在外侧，一个屈腿躺在里面。各自玩着自己的手机，看上去还挺和谐。

夏枝野本来想趁着难得的空余时间带那位人傻钱多的富婆上上分，结果对方不在线。他也就没当回事，继续斗地主。

斗着斗着发现匹配到的队友都菜得令人发指，输完豆子，觉得没意思，开始动手烦起宋厌来。

宋厌被他烦死了，直接转身一脚踹过去：“你要是不想要这只手了就直说，我带着刀的。”

夏枝野和宋厌相处久了，已经有了“置生死于度外”的超然气魄，丝毫不受影响：“我就是看你耳垂上好像有个洞。”

他说这话的时候，宋厌不自觉地摸了下耳朵，然后垂下手：“关你何事。”

说完他就背过身去。

夏枝野从后面瞧着宋厌的耳朵，发现形状很秀气。

而且大概是皮肤太白的缘故，耳郭就显得薄，在灯光下隐隐透明，晕着光泽，像成色很好的玉。

耳垂也是小小的，还点了一个极小的洞在上面，像粒朱砂痣。

夏枝野手欠，不怕死地摸了上去，拇指和食指轻轻一捏，下一秒宋厌就反手抓住他的手腕，往后一拧，试图暴揍他一顿。

夏枝野：“疼。”

低低的一声，掺杂着一点儿不易察觉的忍耐和颤抖。

宋厌当即停下动作，松开手，扯开夏枝野的衣领看了一眼，确认肩膀没有出血，才垂下眼，坐回原位：“没事别瞎动。”

也不知道是在说别动他，还是别动这只受伤的肩膀。

夏枝野其实也不疼，但是男人嘛，尤其是一个成熟稳重的男人，就要利用自己可以利用的一切优势来博取同桌的关怀，仗伤行凶，恃宠而骄：“你这耳洞到底怎么回事？”

大概是对弄疼了夏枝野有点儿愧疚，宋厌这次没有说“关你何事”，而是随口答道：“小时候身体差，带我的保姆阿姨说男孩儿打耳洞当女孩儿养，比较好养活，就给我打了一个。”

正常来说，“打耳洞好养活”这种活儿都是父母或者爷爷奶奶、外公外婆来做的，反正怎么着也不该轮到一个保姆阿姨。加上宋厌说这话时不经意流露出的一点儿小落寞，夏枝野突然想，宋厌这个小朋友会不会是小的时候没人疼，不然也不至于取这么个名字。他想得有些多。

那头赵睿文已经带着剧本偷偷摸摸蹭了过来：“那什么，厌哥……”

宋厌撩起眼皮，赵睿文当场感受到了死亡的冲击。

夏枝野安慰他：“没事，你说你的，他打不死人。”

“哦，行，那什么。”赵睿文也没咂摸过来这话到底哪儿不对劲，一门心思问道，“厌哥真的有耳洞？”

宋厌都要烦死了：“怎么着，打个耳洞还要给全世界报备了？”

赵睿文连忙解释：“我不是那意思，就是想说如果确认有耳洞的话，我就把我特喜欢的那段黄梅戏对白加进去了。”

夏枝野问：“哪段？”

赵睿文答道：“就那段啊，‘英台不是女儿身，因何耳上有环痕’。”

夏枝野思忖一下，点头道：“也行。”

宋厌十分“礼貌”：“爱加就加。”

不加就滚。

几个人正聊得起劲，形体教室的门被打开了，一阵穿堂风过，带起了门口女孩儿白色的裙摆。

女孩儿“咦”了声：“原来有人啊？”

旁边跟上来个高个子男孩儿：“怎么了？形体室被占了？”

“嗯。”女孩儿点了点头，又回头冲形体室里的人说道，“我们班要排练话剧，你们可不可以换个地方，把形体室让给我们呀？”

“？”

小姑娘脸盘子挺小，脸挺大。

孔晓晓盘腿坐在地上：“我以为先来后到是生而为人的基本素质。”

女孩儿似乎这会儿才看见她，“呀”了一声：“晓晓，你也在啊？你们班也要排练节目吗？”

孔晓晓“嗯”了一声。

女孩儿把手缩在袖子里戳了戳：“那你们先让给我们，好不好呀？反正你们应该也没什么要排练的……”

孔晓晓问：“杨月，你什么意思？”

“哎呀，我没什么意思，晓晓，你别误会呀。哎呀，赵宇，你快帮我说几句呀。”女孩儿扯了扯旁边男生的衣袖。

那男生往形体教室里一瞥，然后抬着下巴：“没事，他们要用就用吧，毕竟人家把舞蹈队队长的位置都给你了，这种事情你就让着点儿。我带你去篮球馆。”

说完带着女生大摇大摆地离开了。

孔晓晓被气得起立，准备追出去打一架。

赵睿文连忙拦住："好了，好了，晓姐，咱不跟那种'白莲花'一般见识。"

"气死我了，不就是选上了舞蹈队队长嘛，一天到晚嘚瑟什么。"孔晓晓气得叉腰，"你说！她好看还是我好看？！"

赵睿文："……"

短暂的沉默换来了长久的暴力。

孔晓晓出完气，重新盘腿坐回地上，给宋厌科普："就刚才那俩人，16班的杨月和赵宇，天天腻腻歪歪的，还评了个什么级花级草，你说他们也配？"

宋厌对女生没什么印象，但觉得那男生不知道为什么就是透着一股油腻，像那种短视频App上抠下来的精神小伙儿。

和夏枝野比，差得不是一星半点儿。

"确实不配。"宋厌说。

孔晓晓："？"

没想到宋厌居然会回答她，有点儿受宠若惊。

孔晓晓一拍大腿："是吧，根本不配！而且他们还要演《罗密欧和朱丽叶》，说什么西方版《梁山伯与祝英台》，分明就是挑衅我们嘛！"

宋厌觉得对方可能未必想了那么多。

"这样不行！"孔晓晓袖子一撸，摆出大姐大的气势，"你们几个必须努力，给我碾压他们！尤其是厌哥，艳压杨月的重任就交给你了！"

宋厌："？"

孔晓晓丝毫没觉得自己哪儿说得不对，壮志凌云，豪气冲天，端起奶茶："来，兄弟们，干了这一杯！不惊艳武林、血屠三中誓不罢休！"

宋厌："……"

神经病果然具有人传人现象。高二1班这种情况起码算聚集性传播了。

## 第五章

# 奶茶与玫瑰

孔晓晓大概是被隔壁的“罗密欧”和“朱丽叶”刺激到了，本来说好的先玩一个星期，结果第二天就拽着所有人开始排练。

舞蹈队和话剧两头跑，誓要“不蒸馒头争口气”。

为了确保宋厌“艳压”的优势，还说服阮恬拨了一笔巨款作为服装费，拉着宋厌他们周末去租衣店选衣服。

宋厌觉得这件事情从头到尾都透着一种不太聪明的气息，但看着其他人一腔热血、斗志满满的样子，也就默认了各种奇怪行为。

临选服装的前一天晚上，宋厌找沈嘉言托熟人买了个《王者荣耀》微信区的账号，ID 改成“人美钱多小富婆”，找夏枝野玩了几把。

他上单[1]、中单[2]玩得好，夏枝野一手野王[3]挺厉害，两人随便打打就打了个十连胜。中间除了 BP（禁用 / 选择）和打信号，没交流过一句话。打完直接下线，宋厌走平台给他结了两百。

这个钱说多不多，说少不少。大概就是真要干个什么事的话会发现什么都干不了，但是和同龄高中生们出去聚个餐买个饮料，又刚好可以

---

1 上单：游戏名词，多见于电子竞技类游戏。指地图上路单线发育的位置，具有游走支援的能力。

2 中单：指一些竞技类网游地图中路单线发育的位置，通常为法术伤害的法师担任，是团队中的一大输出核心。

3 野王：《王者荣耀》游戏中的概念，指非常强的打野。

AA 的数目。

宋厌虽然不清楚夏枝野身上到底有多少钱，但再给一点儿总归保险些。

反正不知道为什么，他就是不愿意夏枝野在别人面前露出一丝一毫的窘迫，总觉得这人应该随时随地都是漫不经心又耀眼得体的。

如果非要找个原因的话，大概就是因为夏枝野是他室友，所以一荣俱荣，一损俱损。

宋厌想通这个答案后，觉得毫无破绽。

租服装的地方在江对面的新城区，离三中有段距离，为了方便，几个人打算坐公交过去。

宋厌从小到大没坐过公交，嫌挤，也嫌麻烦。

但孔晓晓提出这个意见的时候他也没说什么，只是戴着耳机，蒙着口罩，上了车，径直往最后一排走去。

夏枝野慢悠悠地跟在他后面，替他刷了公交卡。

毕竟某位大少爷是没有这种玩意儿的。

这辆班车上人不多，车厢空空荡荡，很安静。

夏枝野走过去的时候，宋厌已经仰靠着椅背闭上了眼。

但他两条腿太长，在狭窄的缝隙里伸展不太开，颈后硌着硬邦邦的塑料座椅，估摸着也不怎么舒服，秋老虎最后的燥热之意趁着阳光悉数落下。

大少爷皱着眉，面颊已经晒出点儿红，看上去人都快炸了。

一个大老爷们儿，怎么能这么娇气？

夏枝野抬腿跨过宋厌，在他旁边靠窗的位子坐下，用自己伟岸的身躯把午后毒辣的阳光严严实实挡住。

宋厌整个人骤然被笼进阴影，紧接着就感受到周围渐渐有凉风吹来，身上的燥热和黏湿顿时褪去不少，眉头才总算一点儿一点儿舒展开来，呼吸也逐渐均匀，忍不住歪头靠上了旁边的人。

夏枝野则坐在外侧，顶着午后灼热的烈日，拿着《五年高考三年模拟》一下一下扇着，似乎是不觉得热。

公交到站的时候，夏枝野的肩膀已经麻得感觉不到疼了，吊儿郎当地跟着他下了车。

租衣服的店挺大，很好找。欧风长裙、汉服古装、日式 JK（制服）应有尽有。

夏枝野看见什么新奇的衣服都想往宋厌身上比画，最后终于在比画到一件大红色高开衩旗袍的时候被宋厌摁着揍了一顿。

一旁的孔晓晓见怪不怪，选出两套蓝白色的古代学院服扔给他们："行了，快去试试。"

小胖问："那我呢？"

孔晓晓指了指一套红配紫的贵妇装："喏，你的，最大号。"

小胖："……"

配角没有人权的吗？

好在他那圆润丰满的身材把这套贵妇装驾驭出了一种别样的"风情"。

用赵睿文的话来说，就是他穿着这身衣服往光风霁月、庭下芝兰的宋厌和夏枝野旁边一站，就特别有那种恶毒婆婆棒打鸳鸯的气质，喜剧效果连演都不用演。

"不错，不错，就这套了。"

孔晓晓看着夏枝野和宋厌，满意点头："不愧是我们高二 1 班的颜值担当，振兴门楣，就靠你们了。"

"定了的话，我去把衣服换回来。"

宋厌说完就往试衣间走去。

孔晓晓连忙拉住："别别别，还有一套。"

说完赵睿文就举着一套大红长裙噔噔噔地跑了过来："是这套吧？找到最大号了。"

宋厌："……"

那个瞬间，方圆五里，自动降温。

孔晓晓连忙双手合十："爷爷，亲爷爷，求你了，这是最后的重头戏，衣服必须得穿，就一场，你打死我都行，但是千万别拒绝。而且你放心，你和夏爷是同一套，马文才到时候是另一套绿的，绝对不会让你和刘越穿情侣装的。你就当我求你了，我给你跪下了。"

说完声泪俱下，涕泗横流。

等待她的是恐怖无比的三秒沉默。

然后宋厌就面无表情地接过衣服，走进了试衣间。

孔晓晓、赵睿文和小胖都舒了一口气，孔晓晓说道："吓坏我了，我都准备好墓地团购券了，没想到厌哥比看起来的要好说话啊。"

"他本来就只是看起来嘴硬而已。"

夏枝野一点儿都不意外，顺手接过衣服，进了旁边的试衣间。

他的衣服和之前的学院服没差多少，随便捯饬几下，就捯饬规整了。

而且他皮肤白，个子高，身段好，又是浓颜，大红色的古装随便往身上一套，风流自成。

孔晓晓伸出大拇指："果然是'三中小霸王'，完美。"

夏枝野很"谦虚"："完美如我，的确是整个南雾三中的幸运。"

孔晓晓："……"

可惜长了张嘴。

"宋厌呢？"赵睿文问。

孔晓晓回答："应该还没换好衣服。"

夏枝野说："我去看看。"

他回到试衣间门口，敲了两下隔板，里面传来不耐烦的一声："干吗？"

"不干吗，就是问一下你好了没。"

"没好。"宋厌脾气很暴躁，然后布料窸窣了半天后，他又忍不住道，“你去问一下，这衣服到底怎么穿。”

这小暴脾气，一件衣服，还能怎么穿。

夏枝野直男思维，完全不能理解女式衣服的复杂，觉得大概是宋厌的少爷脾气又犯了，需要丫鬟伺候：“算了，我进来帮你吧。”

说完伸手挑起帘子的一角，丝毫不拿自己当外人。

然后就看见了宋厌正站在里面，背对着门口，衣服正穿了一半。

宋厌本来就被这些烦琐的裙袖弄得烦躁，听到动静，抬头一看，看见某人正撩着帘子，面无表情地问了句：“想死吗？”

夏枝野从善如流：“我就看看。”

宋厌说：“没什么可看的。”

挺暴躁一句。

然后夏枝野就被踹了出去。

过了没多久，宋厌就换回了之前的黑 T 恤、牛仔裤走了出来。

夏枝野问：“你怎么把衣服换回来了？”

“太麻烦，穿不上。”

“但你穿女装还挺好看。”

“……”

“咝——轻点儿，疼。”

孔晓晓听见动静过来的时候已经不想管他们的堂堂校霸为什么又被揍了，只是问宋厌：“衣服不合适？”

宋厌松开夏枝野：“太复杂了。”

“这样啊……那我去选件简单点儿的，不然到时候幕间换衣服来不及。”孔晓晓倒也没在这件事情上纠结，“反正就我们厌哥这颜值，随便艳压，服装只是身外之物，根本不重要。”

这真是溜须拍马的极致典范。

但宋厌一点儿也没为这句称赞感到高兴，反手拍掉夏枝野试图搭上来的爪子。

夏枝野“啧”了一声。

大家选完衣服，交了订金，预约了九月二十九日和九月三十日两天的档期，暂时就没别的事了。

下午三四点，天闷热得要死。

孔晓晓叹了口气：“都立秋了，什么时候才能凉快下来啊？”

赵睿文推了推眼镜：“我掐指一算，下周就要开始下雨，然后持续降温。”

“到时候姐姐我已经热死了。”孔晓晓等公交等得烦躁，她看了一圈，“欸，那儿有家甜品店，我们去喝点儿冰的吧。”

小胖是只要是吃的他就同意，赵睿文是只要孔晓晓说的他就同意。

夏枝野看了旁边戴着口罩一言不发的某位同学一眼，发现他领口外的皮肤已经被晒得泛红。

但这个点就算公交来了，坐在上面也得被继续晒，不如先去歇歇。

于是他顺手勾上宋厌的脖子：“走，请你们吃甜品。”

夏枝野说请就是真请，结账的姿态很熟练，其他人也嘻嘻哈哈，没当回事。

宋厌本来想埋单，但又觉得抢着埋单这种行为特别傻，就没说什么。

他只是在想这人一天到晚到底瞎大方个什么劲儿，是觉得多叫几声“姐姐”很香吗？

夏枝野也不知道大少爷脑瓜子里在想什么，只是把冰柠檬水放在他面前：“你确定你就要这个？”

五块钱一大杯，怎么看也不像这位大少爷的品位。

宋厌没什么表情：“不喜欢甜的。”

行吧。

夏枝野的备忘录上又多记了一笔。

几个人在甜品店找了张角落里的大桌子坐下。

赵睿文掏出一叠打印好的 A4 纸：“剧本改完了。要不趁现在把新加的那些台词对一下，看看还有没有要改的。这样下周刘越回来了，就可以直接正式排练了，再下周就完整彩排，准备会演。”

店里除了他们没有别的客人，两个店员也昏昏欲睡。

宋厌虽然对这件事兴趣不大，但他属于做什么都不愿意拖后腿的性子：“行。”

整部剧偏喜剧风格，对话轻松搞笑，玩梗多，基本都对得很顺畅，剩下的就是喜剧里为数不多的几幕正经戏。

赵睿文翻了个页：“来了，来了，我最喜欢的那段词来了。”

夏枝野瞟了一眼：“你用人家黄梅戏这么多台词，人家不告你侵权？”

“你这话说的，隔壁还照搬《雷雨》剧本呢，这叫公共版权，懂不懂？而且我还非常专业地标注了来源，这样显得我们班很有艺术修养。”赵睿文理直气壮。

夏枝野说：“行吧。”

他喝了口水，润了润嗓子，慢条斯理地读道：“英台不是女儿身，因何耳上有环痕？”

“耳环痕有原因，梁兄何必起疑云，村里酬神多庙会，年年由我扮观音……”

“厌哥，不对。”赵睿文打断宋厌 AI 式朗读的语气，“你这个时候应该是紧张的，忐忑的，又带点儿羞涩，还要强装镇定，掩饰少女怀春的……”

宋厌平静地注视着他。

赵睿文往后一缩，伸出手：“您继续。”

夏枝野低笑一声：“再来一遍？”

宋厌也觉得自己刚才那样对台词没意义，于是扯着领口扇了两下风：“嗯。”

夏枝野继续慢悠悠念道：“我从此不敢看观音。”

宋厌接道：“为何不敢看观音？”

夏枝野就又不接词了。

宋厌不耐烦地又敲了两下桌面："想什么呢？"

"没什么。"夏枝野回过神，往后靠上椅背，方便他更好地打量宋厌整个人，"就是在想你会不会真的是女扮男装。"

"？"

接下来就又进入了熟悉的宋厌揍人、夏枝野哄人的环节。

但揍也不是真揍，拳头硬邦邦地出去，软绵绵地落下，跟小猫挠痒痒似的。哄却是真哄，哄的人弯着眉眼，流露出觉得对方可爱的笑意。

孔晓晓面无表情地转头看向赵睿文："这场景熟悉吗？"

赵睿文心领神会地点头："我每次犯贱去逗我们家猫的时候就是这样的。"

果然如此。

周末一过，南雾就接连下了十来天的小雨，气温骤降，秋意接踵而至，眨眼到了九月底。

晚上就是艺术节会演，话剧组的几个人被特许下午可以不上课，直接去艺体楼彩排。

宋厌用外套蒙着头，躺在体操垫上补觉。

夏枝野拎着东西从形体室外面回来，走到他旁边，蹲下身，掀开外套，露出宋厌那个暴躁的小脑袋。

宋厌撩起眼皮："想死吗？"

夏枝野晃了晃手里的东西："专门给你买的。"

宋厌："？"

夏枝野："秋天的第一杯奶茶，别人有的，我同桌不能没有。"

宋厌："……"

多大人了，怎么还能被商家无厘头的朋友圈营销方式洗脑，幼不幼稚。

宋厌一边嫌弃，一边接过奶茶，尝了一口。

珍珠奶茶不放珍珠，奶茶四六，半糖温热，是他的口味。

小胖闻着味道，偷偷摸摸蹭了过来：“夏爷，我也想要秋天的第一杯奶茶。”

夏枝野横了他一眼：“你是我同桌？”

小胖不能理解：“前桌和同桌的差距这么大？”

夏枝野回答：“也不是。”

小胖说：“对嘛。”

夏枝野说：“主要是颜值的差距。”

小胖：“……”

他没想明白，自己为什么要来自取其辱。

孔晓晓也没给他继续思考的机会，“砰”的一声推开形体教室的门，一脸火气冲天：“气死我了，气死我了，真的气死我了！”

“怎么了，晓姐？”赵睿文问。

孔晓晓问：“你们知道这次赛制改了吗？”

众人：“？”

“我刚在办公室听到的，这次评奖不是年级组的老师打分了，是全年级不记名投票，每人投三个不同的自己喜欢的节目，最后按总得票数的名次来排奖。”

小胖疑惑：“这不挺好的吗？公平、公正，还公开。”

“是挺好的，好到杨月和赵宇他们买了几百杯奶茶到处发，说只要是给《罗密欧与朱丽叶》投票的人就可以去16班领。”

小胖反应过来：“你的意思是他们在贿赂评委？”

赵睿文气得不行：“他们怎么可以用这种资本主义的腐朽手段来腐蚀我们人民内部的正义和团结？！”

小胖破口大骂：“简直太无耻了！”

赵睿文怒急攻心：“根本就是社会的败类！”

小胖问：“所以在哪里领奶茶？”

赵睿文回答：“我也想知道。”

“啪啪”两声，一胖一瘦，英勇就义。

两人还没来得及从地上爬起来认错，就听到一声：“呀，怎么又是你们呀？”

听见这个声音，无力感瞬间涌上孔晓晓的心头，她转过身，有气无力道：“我也想问，怎么又是你们呢？”

“没办法呀，其他教室都有人啦。我们衣服都换好了，还有一个小时就要上台了，你们就让我们在这儿彩排一下，好不好嘛？我请你们喝奶茶。”

杨月是标准的清纯校花的长相，高高瘦瘦，白白净净，黑长直的发型加秀气精致的五官，撒起娇来几乎没有直男可以抵抗。

眼看小胖他们就要投降叛敌了，孔晓晓一个眼神瞪了过去，回过头说：“不用。还是那句话，先来后到。”

杨月噘起嘴：“可是上次我们都让你们了呀。”

孔晓晓无所谓地一挑眉：“谁让你们每次都要晚来一步呢。”

“……”

好像也有道理。

杨月说不过她，转过身：“赵宇。”

赵宇往室内扫了一眼：“没事，让给他们吧，反正就他们这水平，我们少排练一次也输不了。”

杨月听见他这话，顺着他的视线往形体室的角落看了过去，然后又“呀”了一声：“天啊，你们就打算穿这种影楼租的化纤面料的古装去表演吗？”

孔晓晓：“？”

杨月一脸不能理解：“这也太廉价了吧，到时候舞台效果肯定不好的呀。你看我和赵宇的衣服都是我妈妈花了上万块钱去定做的，就怕显得没质感，会出戏。”

她噼里啪啦说了一通后，才好像突然意识到什么似的，做作地捂住嘴：“哎呀，抱歉抱歉，我不是那个意思，我这人就是心直口快，说话不过脑子，没有要冒犯你们的意思。毕竟我也知道，不是每个人都可以负担得起这种服装费的，是我说话欠考虑了，你们别介意呀。”

“呀”得孔晓晓白眼已经快翻到脚后跟了。

但对面是个女孩子，她又不好使用暴力。正憋得慌，角落里的夏枝野突然慢悠悠地问了宋厌一句：“这次买的奶茶是不是牛奶放太少了？”

宋厌似乎明白他想说什么，喝了一口：“有点儿。”

夏枝野点头：“果然，我说茶味儿怎么这么重。”

扑哧。

孔晓晓没忍住笑了出来。

杨月脸都绿了。

夏枝野却抬起头，一脸无辜：“怎么了？刚才发生什么了吗？”

孔晓晓忍着笑：“没什么，就是打算改天请你喝大红袍，缓缓雨前龙井的味儿。”

说完转头看向杨月：“既然你家这么有钱，你却还在三中和我们这种平民同台竞技，不如先想想你自己是不是有什么问题。不然每次考试只考人家一半的分数，传出去还以为我们学校长得漂亮的女生脑子都不好呢，多不合适。”

16 班是名义上的“艺体特招班”。实际上不过是家境还不错，成绩却稀烂的学生被家长用钱勉强送进来的一个吊车尾的重点高中的差生班而已，认真追究起来，连学籍都不一定在三中。

平时大家顾着面子，没什么人会提这茬儿。

这会儿孔晓晓直接戳破，是摆明了不想再和杨月说了。

杨月又羞又恼：“你……你……”

“你”了半天，杨月因为词汇量过于匮乏，实在没“你”出个玩意儿，只能气呼呼地扔下一句“有什么本事晚上见”，然后就拎着她那条价值上万的裙子噔噔噔地走了。

赵宇连忙追上。

孔晓晓打了胜仗，心情倍儿好，转过身招呼道：“来吧，继续彩排，奖不奖的不重要，重要的是我们不能输给那对大‘油茶’，这是我们1班在艺术领域最后的底线。”

好在彩排很顺利。

赵睿文有点儿才华，根据各个演员本身的情况，把剧本人设尽量改得贴合了些。

比如把祝英台改成了一个高冷美人，台词基本都是冷面嘲讽，有笑点有记忆点，宋厌演着也自然。

马文才就是一个憨憨富二代，本来还担心刘越不愿意演，结果这人请了一周假回来后，整个人安分了许多，说不上热情友善，但还算配合。

小胖和张面面他们几个搞笑配角也都很放得开。

至于夏枝野，天生戏精，完全不用操心。

孔晓晓十分满意：“不错，我们班艺术的底线不出意外的话应该能坚守住了。”

赵睿文说：“可能有点儿意外。”

孔晓晓问道：“什么？”

赵睿文说：“我刚才想起来，最后一幕要用的玫瑰花瓣我忘记准备了。”

孔晓晓冷静询问：“你是猪吗？”

赵睿文乖巧回答：“所以有没有人可以告诉猪，现在该怎么办？”

最后一幕为了效果好看，最少需要一两百朵玫瑰花，买回来后还要把花瓣一瓣一瓣摘下来，工程量巨大，还有半个小时会演就正式开始了，他们现在去哪儿弄这么多玫瑰花？

赵睿文视死如归：“不如你们最后一幕直接把我杀了助兴吧，应该比玫瑰花的效果还能强点儿。”

“别，我这人特柔弱，见不得血。”夏枝野拍拍手，站起身，“你们先去准备其他的吧，我和宋厌还有小胖去买玫瑰花。”

宋厌：“？”

夏枝野解释：“现在去找阮恬领班费肯定来不及了，目前只有你具备充当金主的实力。”

宋金主：“行。”

小胖疑惑：“那我去干吗？”

夏枝野看向他：“花挺重的，你舍得让这位瘦弱娇小的金主和我一起搬吗？”

小胖：“……”

你对“瘦弱”和“娇小”这两个词是不是有什么误解？

夏枝野不愧是能在这个片区和社会哥们儿一较高下的“三中小霸王”，对这些弯弯绕绕的巷子再熟悉不过。

夏枝野带着他们出了校门，拐来拐去，没多一会儿就找到了一家花店。

这家店的装修很文艺，看上去像是新开的。花束大多也包装得很有设计感，不像那些老花店全是平庸俗气地捆成一团。

“小夏，你怎么来啦，买花吗？”

店主是个很漂亮的年轻女孩儿，看见夏枝野，熟络地招呼着，看上去早就认识，而且关系还不错。

夏枝野偏头给宋厌解释：“这家店是暑假刚开的，小麻将特别喜欢来这儿玩。”

然后转头看向店主：“姐姐，我们需要一两百朵红玫瑰，你这儿有吗？”

店主小姐姐很热情：“有啊，我上午刚从花市进了一批红玫瑰，还没剃刺、去叶，你们要吗？要的话我便宜给你们。”

听到“便宜”两个字小胖眼睛都亮了：“要，要，要，我们要一百五十朵。”

“行。那我去库房给你们数。”

店主刚转身，花店门口的风铃就响了：“老板，三百朵红玫瑰，现在就要，麻烦快点儿。”

这熟悉而做作的声音。

大家回头一看，果然是赵宇。

赵宇也看见了他们，脸色瞬间沉下，然后选择抬起下巴，目中无人，继续对店主道：“九十九朵需要包起来，其他的散装就行，我们急用，麻烦现在就帮我们包一下。”

店主指了指夏枝野：“这两个帅哥先来的，我先帮他们数，然后才到你，明白？”

小胖：“？”

难道不是三个帅哥？

店主语气还算讲道理，赵宇却没得商量：“先给我包，我多出百分之二十的钱。”

这话说得和“霸道总裁”简直一个味儿。

店主小姐姐忍不住笑出了声：“小弟弟是不是玛丽苏霸总电视剧看得有点儿多？但抱歉啊，姐姐不吃这一套。反正我这儿呢，就讲究一个先来后到，你愿意等就等，不愿意等就去别的地方，慢走不送。”

她说完转身走进库房。

剩下赵宇脸色一阵红一阵白。

但凡有点儿血性，这时候就该掉头走人，然而方圆几里就这一家花店，再走远了去买，时间根本来不及，到时候花没买回去，舞台效果垮了，杨月能闹他三天三夜。所以再不情愿，他也只能干等着。

赵宇忍不住低声骂了一句。骂完转身打算到门外去抽根烟，却被一条长得过分的腿挡住了去路，他没好气地抬起头：“干吗？”

夏枝野扬着下巴，指了下库房：“道歉。”

“你有病吧，夏枝野？”杨月不在，赵宇也懒得再装绅士，“我骂那女的，关你啥事？你是不是一天到晚装上瘾了啊？”

夏枝野还没开口，小胖就不干了：“就你还好意思说别人装，也不看看自己是个什么德行？”

“我什么德行？”赵宇冷笑一声，“我再什么德行也不会沦落到被实外退学，然后跑到三中来打肿脸充胖子。怎么，一口一个‘夏神’被吹捧惯了，就忘了自己在实外混不下去的事了？”

“你才在实外混不下去了，我们夏爷是为了兄弟才来的三中的好吧。不像某些人，自己考不上重点高中就靠家里花钱，花得久了还真就蝙蝠身上插鸡毛，忘了自己是个什么鸟了。”

“对，我家就有钱，怎么了？羡慕吗？要不这些玫瑰的钱我也帮你们出了算了，好省点儿钱拯救一下你们那些破破烂烂的舞美。毕竟谁让你们班班长穷得连实外的学费都交不起，只能和我们这些差生混一个学校呢？”

语气里是藏不住的嫉妒和不屑。

因为其他地方比不上，就开始拿自己唯一的长处中伤。

小胖是真瞧不起这种人。

然而这次没等他激情开麦，角落里一直默不作声的宋厌就冷淡地开了口：“你们班的舞美好像挺着急用玫瑰的。”

他看向的是赵宇。

赵宇不知道他突然问这个干吗，不耐烦地扔了句：“废话，不是着急用的话，我犯得着和你们在这儿说半天？”

宋厌点头：“那就好。”

赵宇：“？”

不等他反应过来什么意思，宋厌就看向正在库房里忙碌的店主小姐姐，问道：“老板，你们家一共还有多少玫瑰？”

店主答得很快：“红的三百朵，白的三百朵，香槟色的两百朵。”

宋厌又问：“可以代替玫瑰的呢？”

店主想了下：“那就只有月季了，差不多一百来朵。”

宋厌闻言点头：“嗯，我全要了，一朵都别剩。”

一旁因为自己占了上风正沾沾自喜的赵宇微愣了一下，反应过来：“宋厌，你有病吧？！”

宋厌掏出宋明海之前给他的那张黑金卡，结了账，然后转过身，一脸无所谓的超凡淡然："抱歉，没病，只是单纯的有钱而已。"

赵宇："……"

小胖："……"

夏枝野："……"

难以反驳。

赵宇无话可说："行，你有钱，但你没事买这么多花是打算拿回去上坟吗？"

"你要是喜欢的话，我也不介意。"宋厌收好卡，语气冷然，"晚上送到你宿舍，就当提前祝你清明快乐，不用谢。"

赵宇："……"

他忍着脾气，刚想和宋厌好好说说，店主小姐姐就很气派地推出了一辆小三轮："来，我帮你们把花送到学校去。"

宋厌："好。"

于是三男一女就和一千朵花一起大摇大摆地消失在余晖中。

剩下赵宇独自站在原地，看上去十分凄惨。

几个人带着这么多玫瑰回来的时候要多气派有多气派。

再加上宋厌表示这些开销算他自己的，不走班费，孔晓晓恨不得把他当菩萨供起来。

她高高兴兴地拍了照，发了朋友圈，结果一刷新，就看见杨月紧跟着也发了一条。

月月小公主：气死我啦！气死我啦！有些班有些人就只知道抢场地、抢道具、抢玫瑰，你们是忘了你们因为节目太难看被校长轰下台的光荣历史了吗？！哼，别以为我们脾气好就好欺负！有本事晚上见！叉腰，气呼呼。

16 班路人甲：哎呀，宝宝，别气了，气了就不漂亮了。

16 班路人乙：就是，就是，别气了，我们水平高，人又美，照样赢他们。

16班路人丙：他们班连女主角都没有，说明都没拿得出手的女生，凭什么和你比？

16班路人丁：月月，你放心，我已经和我们班还有15班的都说好了，打死不投他们班的票，第一名肯定是我们的。

…………

孔晓晓觉得这群人是不是脑子不太好，大家都是校艺术团的，都加了微信，以为这些话她看不见是吗？

还是说明知道她看得见，就是故意发来气她的？幼不幼稚？

她没兴趣和这群人玩什么幼儿园版的宫斗戏，手机一关，跑到1班的根据地，去看这群大老爷们儿化装换衣服。

宋厌和夏枝野本身底子好，皮肤没什么瑕疵，五官也立体分明，戴上头套差不多就可以直接上阵。

但其他几个演员就有点儿惨不忍睹。

阮恬一边给他们化着装，一边叹气。这气叹得他们心里发慌："别啊，恬姐，你这反应让我们心里有点儿没底。"

阮恬没说话，只是拿出镜子。

那几个穿着古代学院服的男生看着镜子里戴上头套换上古装后的自己，被丑得倒吸一口冷气："这假发和戏服也太辣眼睛了吧。"

刚说完，戴着同款假发穿着同款戏服的宋厌和夏枝野就默默从他们身后飘过。

"……"

他们看了看宋厌和夏枝野，又看了看自己。

短暂沉默后，有人理智分析："其实丑成这样，我们和假发多少都得负点儿责任。"

阮恬爱怜地摸摸他们的脑袋："没事，喜剧演员本来就是越丑越好笑，老师看好你们，加油。"

"……"

他们可真是一点儿都没感觉到安慰。

好在这个节目的卖点本来也不是他们。

夏枝野和宋厌自从上次的升旗仪式后在整个三中算是出了名了。本身两个人就长得好，成绩好，又会来事，走哪儿都很打眼。两人要同台演出《梁山伯和祝英台》的消息传出后，整个高中部的女生都疯了。

一群高一学妹和高三学姐毅然决然地放弃了宝贵的晚自习时间，决定来音乐厅见证两大帅哥的“神仙”同台。

小胖在后台看见底下来了那么多女生，紧张得来回打转，却发现俩正主还在优哉游哉地斗地主，忍不住问：“你俩都不紧张吗？”

宋厌和夏枝野抽空抬头瞥了一眼，满脸写着“我为什么要紧张”。

小胖：“……”

行吧，嚣张的大佬就是不一样。

小胖决定放弃他们，去另一侧的候场区找自己的同伴交流正常人类的情感。过去的时候正好看见16班的人正趁着报幕的时间在把道具往台上搬，忍不住感叹了一声：“他们这服化道也太牛了吧，难怪都说16班这次肯定第一。”

“谁说的？”赵睿文问。

“贴吧和朋友圈都这么说的啊，不信你看。”小胖拿出手机，“他们还说这次杨月和赵宇都做出下血本送奶茶这种事了，再拿不到第一就太丢人了。”

“但是厌哥不是把玫瑰花买绝了吗？他们缺了个重要道具，多少会拉点儿胯吧。”

“谁拉胯了？谁缺道具了？谁稀罕那点儿玫瑰了？”赵睿文刚说完，杨月就拎着大裙子、踩着高跟鞋噔噔噔地走了过来，然后目不斜视地从他们身旁径直路过。

只留下一个高傲不屑的大白眼以及身后捧着一大束玫瑰花的赵宇：“抱歉，让你们失望了，我妈让我们家司机给我送来了。”

小胖和赵睿文：“……”

“我们说坏话好像被发现了。”

“我们是不是彻底结仇了。”

“他们有玫瑰了。”

“他们不拉胯了。”

“他们舞美、服装好牛啊。”

“我们要凉了。”

沉默，长久的沉默。

最终化作一句：“没事，我们要相信男主角的力量。”

两位“男主角”还不太清楚自己肩上背负的重担。

他俩只是输完了斗地主的豆子，百无聊赖地站在台侧的候场区看着16班的表演。

平心而论，16班毕竟是个艺术班，话剧排得还真不错。

虽然大段大段复刻莎翁的台词在高中校园的舞台上显得有些冗长倦乏，但无论是道具、服装还是演员的形体表演，都比前面那些稀稀拉拉凑上来的节目强上许多。

最后结尾的时候，赵宇和杨月还借着为艺术献身的理由假公济私地来了个吻额礼，一下刺激得三中这群没见过世面的普通快乐高中生立马起哄高呼。

尖叫、吹哨、鼓掌之声，不绝于耳。反响挺好。

杨月和赵宇下场的时候很得意，走路姿势简直就是孔雀开了屏，仿佛艺术节第一已经是他们的囊中之物。

赵宇甚至还特意在宋厌跟前停了下来。他脚下踩着欧洲中世纪的男式高跟鞋，总算比宋厌高了那么一两厘米，然后抬着下巴，睨着眉眼，勾着唇角：“不好意思，白让你浪费那么多钱了。”

似乎是想表达什么叫作居高临下的蔑视。

然而蔑视的眼神没来得及送到，夏枝野就懒洋洋地往前迈了一步，挡在宋厌身前，顺便垂下眼睑，低头俯视着赵宇，当场表演了一个什么叫作真正的居高临下：“没事，都是买给同学和老师的礼物，谈不上浪费。”

赵宇和杨月回头一看，果然透过幕布缝隙看见了 1 班那几个人正在挨个发放着玫瑰，收到的女生无不欢喜。

居然还来这一套。

他俩回过头，刚想再逞一下口舌之快，台上主持人已经大声宣布：“接下来，让我们掌声有请高二 1 班夏枝野、宋厌等同学为我们带来的改编话剧《梁山伯与祝英台》！”

掌声和尖叫瞬间成倍爆发，汹涌袭来。

1 班那群人在隔壁 13 班商淮和周子秋的带领下恬不知耻地喊道：“枝野、枝野！三中最野！宋厌、宋厌，南雾最艳！”

喊完，不知道哪里来的女生们立马用更大的声音喊道：“枝野、枝野，南雾最红！宋厌、宋厌，世界最先！”

声音大有盖过之势，1 班那群糙汉子怎么可能服，立马加大音量，再喊一遍。

来路不明的女生们也绝不认输，紧紧跟上。

1 班男人再次反超，“野厌”女孩儿绝地反击。

你来我往，战事胶着。听上去比刚才赵宇吻上杨月额头的时候还要激烈。

可是明明这两人连场都还没上。

本来还志得意满的赵宇脸色一下子就变得有些难看，但又不能大庭广众之下做什么，只能狠狠剜了他俩一眼，然后带着杨月愤然离场。

夏枝野懒懒散散地搭上宋厌的肩：“你把话都说到这个份儿上了，我们最后要是输了可怎么办啊？”

宋厌并不想回答这个问题，因为他的脸色并没有比赵宇好看到哪里去：“你们学校是不是其实是某个精神病院的秘密实验基地？”

夏枝野：“？”

宋厌说：“不然很难解释这种高密度的心智异常群体的聚集现象。”

夏枝野：“……”

“别这么说，这只是我们包容开放、求同存异的校园文化里的冰山一角而已。”夏枝野不但不引以为耻，甚至还引以为傲，“所以不如……”

宋厌侧眸看向他。

他回以认真凝视：“所以不如我们结尾来个双人劈叉 Ending pose，这样肯定不会输。”

“……”

夏枝野被宋厌一脚踹上了台。

好在夏枝野已经习惯了以最帅气的姿势挨揍，不但没有狼狈，还顺势一拽，带出了宋厌。

底下立时铺天盖地地传来了一群大老爷们儿做作的尖叫声：“啊啊啊！厌厌好帅！野野好帅！”

女生们也不甘落后：“啊啊啊！神仙同台！双份狂喜！”

此起彼伏，良性竞争，共同致富。

喊得给他们扮演丫鬟的两个男生一时间有点儿进退不得：“你说我们这是上呢，还是不上呢？不上吧，戏接不下去；上吧，好像我们又有点儿不配。”

孔晓晓直接一人一脚：“别磨叽。”

两个五大三粗的男生就这么穿着一红一绿的丫鬟装趴着出现在了舞台上，台下顿时爆发出一阵笑声，气氛立马被带了起来。

紧接着后面几个包袱也顺利抖响，那些略显拙劣的道具就成了恰到好处的笑点，并不让人觉得尴尬。

加上剧情紧凑，对白通俗易懂，笑点密集，两个主角的互动自然好笑，场景比演《罗密欧与朱丽叶》时热闹许多，气得杨月和赵宇牙都快磨没了。

然而生气是他们的，热闹和欢笑却是在座所有人的。

学生们都在看着热闹，笑着、叫着，在场的又全是年轻老师，根本压不住场，索性就一边假模假样地制止，一边笑着由他们闹去了。

这种氛围下，两人也不怯场，状态愈发地好，剧情到了高潮之处，夏枝野拱手问道："英台不是女儿身，因何耳上有环痕？"

宋厌也不怯场，自然侧身似有疏离之意："耳环痕有原因，梁兄何必起疑云，村里酬神多庙会，年年由我扮观音。梁兄啊，做文章要专心，你前程不想，想钗裙。"

宋厌说这话时恰好把右耳尖上那粒小小的耳洞暴露在了夏枝野的跟前。

夏枝野低下头，拱起折扇："我从此不敢看观音。"

一切情绪神态，都恰如其分，刚刚好。

而等到最后宋厌女装出来的时候，全场直接热闹得都跟疯了一样，也没人在意最后的悲惨结尾，只觉得原来新转来的这大帅哥女装扮相可真绝。

好好一出经典悲剧，愣是演出了喜剧的味道，如果是以前的评委组评奖，就这种掀翻房顶式的演出，给个安慰奖就不错了。

但偏偏这次是观众投票，于是就以毫无疑问的碾压式的姿态拿到了第一。

碾压到什么程度呢？大概就是明明全年级只有八百一十二个人，愣是收上来了九百三十一张票，其中还有八百二十七张票都投了《梁山伯与祝英台》。

对此，统票老师也没什么好说的，只能假装他们年级本来就有这么多人。

颁完奖，拿到奖金，阮恬说话算话，又贴了一千块钱，让孔晓晓组织大家去吃烧烤。

第二天就是国庆节，不用上课，不用早起，除了几个家里住得远的和几个明天一早要出远门的，基本都报名参加聚餐了。最后聚餐的名单统计出来，总共二十一人，数来数去却数出二十三个人头。

孔晓晓看着插在人堆里的商淮和周子秋："你们俩 13 班的好意思吗？要脸吗？不怕被打吗？"

"哎呀，晓姐，你这话就说得太见外了。就我们和夏爷这关系，能是外人吗？你没看见他们表演的时候就我们俩喊得最卖力吗？”商淮挤眉弄眼。

孔晓晓挑了下眉：“你们俩和夏爷是什么关系，我怎么不知道？”

“好兄弟啊。”商淮想都没想，指着周子秋，“我老大，他老二。”

夏枝野说：“想死吗？”

商淮立马改口：“宋厌老大，我老二。”

孔晓晓听到这话乐了：“你这么说倒也不是不行，走吧，一起。”

一旁突然“被老大”的宋厌：“……”

夏枝野看着他的小臭脸，笑着问：“怎么，突然多了两个弟弟，感觉如何？”

宋厌极度漠然：“终于知道你们三个为什么是朋友了。”

“为什么？”

“因为只有傻子才会和傻子做朋友。”

“……”

夏枝野觉得，这话说得也不是没有道理。

“逢烤必过”是开在三中后门的一家烧烤店。

因为价廉物美、名字吉利，生意一向不错，二十来个人屋里压根儿坐不下，就在马路边上摆了几张桌子，分开坐。

宋厌坐下之前，他那块儿的桌子椅子基本已经被夏枝野擦干净了。

擦完，夏枝野随手接过菜单，问：“你能吃辣吗？”

宋厌说：“还行。”

“微辣还是中辣？”

“中辣。”

“吃羊肉吗？”

“不吃。”

“五花肉呢？”

“行。”

“素菜喜欢吃什么？”

“随便。”

坐在他们对面的商淮和周子秋一言难尽地沉默着，偏头问小胖和赵睿文：“他们平时在班上就这么‘目中无人’吗？”

小胖见怪不怪：“差不多吧，反正我这一米七五的身高加一百七十五斤的体重在他们眼里基本上和蚂蚁差不多，就连买杯奶茶都不带我的。”

说完，对面本来在点菜的夏枝野抬起头，举起了手边的多肉葡萄奶茶。

众人：“？”

夏枝野说：“秋天的第一杯奶茶。”

众人问：“所以？”

夏枝野说：“我同桌买给我的。”

众人：“……”

片刻的无言。

商淮拍了拍小胖的肩：“苦了你了。”

小胖拍了拍商淮的腿：“共克时艰。”

夏枝野喝了口奶茶，往椅背一躺：“如果我没记错的话，某人今天晚上表演节目的那把吉他好像有我的一半功劳。如果觉得苦的话，麻烦先结一下账。”

商淮干脆利落：“对不起，夏爷，我错了。”

说到这个，宋厌才想起来今天13班的节目好像就是商淮和周子秋组织的乐队表演。唱得确实不错，好像还拿了二等奖，只是没想到那把吉他居然是夏枝野给凑钱买的。

这人果然瞎大方。

看着宋厌的表情，商淮似乎猜到他在想什么：“厌哥，我跟你说，我们夏爷这人可仗义了，对身边人特好，认识他绝对不亏。”

宋厌垂下眼睫，没说话。

商淮以为他不信："真的呀，就说我吧，初中时候夏爷还在隔壁实外，我在三中，那时候我发育晚，长得矮，天天被抢钱，夏爷还不认识我，但路上遇见了，就帮我出头打架，后来打着打着就打熟了。

"再后来我上初三，想组乐队，结果其他人都不搭理我，就夏爷觉得我行，然后拉上周子秋，我们仨打了整整一个暑假和一个寒假的黑工，最后才攒够钱买了吉他、键盘和架子鼓，组了乐队，还参加了上次青年音乐节表演。你说我们夏爷这人靠谱不靠谱？"

正好烧烤店老板把果啤送了过来，商淮随手拉开一听，咕咚咕咚一口气灌完，把易拉罐一拍："而且我跟你说，这次也就是夏爷不肯背叛你们班，不然跟我们一起上台的话，你就知道夏爷打架子鼓有多帅了。当年简直风靡全校，好多年轻女孩子喜欢看他打鼓。"

夏枝野听见这句话，指节搭在桌上轻叩了两下，有意打断。

商淮觉得自己是不是说错话了："怎么了？"

"没怎么。"夏枝野散漫道，"就是想纠正你一个事实性表述错误。"

商淮："？"

"不只年轻女孩子，我这个人招人喜欢的程度是超越年龄、全面通杀，所以请不要狭隘地替我划定受众范围，这样很不严谨。"

众人："……"

这人为什么可以这么不要脸?

但这话他们不敢直接说。

只有宋厌冷着脸把易拉罐往夏枝野面前一拍，直截了当："麻烦要点儿脸。"

夏枝野单手接过易拉罐，食指扣住拉环，轻轻一勾，刺啦一声，白色的泡沫就从锡灰色的金属罐中冒出，然后推回宋厌面前，笑道："当然，肯定没有我们宋大喜同学招人喜欢。"

"宋大……"

宋厌话没说完，电话就响了，一看来电显示，即将出口的"喜"字戛然而止。

“我去接个电话。”他起身离座。

宋厌来南雾已经一个半月了，这是宋明海打的第一个电话。

接通的时候，没有任何的嘘寒问暖和关心问候，甚至对于为什么他的开学考试成绩只有五百多分以及今天又是为什么突然买了一千多朵玫瑰，都全然不关心。

只是开门见山一句：“后天你妈祭日，明天回来。”

宋厌语气没什么情绪：“我不想回。”

电话那头的语气更没什么情绪：“不想回也行，明天我们要去乐乐姥姥姥爷家过中秋，没时间去给你妈扫墓，你要是良心过得去，自己看着办。”

宋厌耷拉着眼睑，看着地面，半晌，冷淡一声：“明天晚上回。”

“嗯。”

话音一落，电话那头立刻变成了冰冷的忙音，没有丝毫的停滞。

宋厌垂下手，低头看向地上的小水洼，里面倒映出自己孤零零的人影，歪歪曲曲，丑陋不堪，只剩浑浊和肮脏。

回过头，身后灯火明亮，所有人都在围着夏枝野说着、笑着，众星捧月般，十分热闹。

他突然之间就有点儿羡慕夏枝野，能招人喜欢，多好。

不像他，从小到大都只是个招人厌烦的累赘。

宋厌回到桌上的时候，烧烤已经端了上来。

夏枝野拿了串五花肉递给他：“有事？”

宋厌顺手接过：“没事。”

等肉送到嘴巴里的时候，他手腕顿了一下。

夏枝野问：“怎么了？”

宋厌停顿片刻，还是选择继续把五花肉送进了嘴里：“没怎么。”

就是这个程度确定只是中辣吗，为什么会比他们那儿的变态辣还要辣？

但如果直接说他被自己点的中辣辣到了，又有点儿没面子，于是强装面不改色，继续细嚼慢咽。

结果辣的程度实在有点儿超出他的承受范围，逞着强吃完一串后，嘴唇已经开始泛起不正常的红，还忍不住张开一点儿，不自觉地往里轻轻吸着气。

“嘶儿嘶儿”的，一看就是被辣着了。

夏枝野难得看到宋厌没那么镇定的样子，轻笑道：“缓缓。”

宋厌强撑着：“不辣。”

死鸭子嘴硬。

夏枝野忍着笑：“不辣的话，那就再来一串？”

“……”

幼稚的挑衅，傻子才会上当。

然后宋厌就拿起了一串裹满辣椒面的土豆片，面无表情地送到了嘴边。

夏枝野一看这傻子还真吃，正准备抢下来，宋厌却已经吃到了第一口，然后没忍住一咳，辣椒面瞬间就呛到了喉咙里。

就算不怕辣的人被辣椒面呛到喉咙也够难受的，更何况宋厌本来就不是很能吃辣，那感觉一时间简直就像上了天。

宋厌强忍着眼泪，等背过身后，才弯下腰，侧挡着嘴，尽量克制地低咳着。

大少爷就是大少爷，这时候还不忘记餐桌礼仪。

夏枝野一边替他拍着背，一边把手边唯一的水源递过去，冲商淮道：“去问问老板有没有凉白开和糖，有的话就拿过来，越多越好。”

宋厌实在被辣得难受，也不顾夏枝野递过来的是什么，接过来就咕咚咕咚地往下灌。

冰凉的液体顺着舌尖、喉咙一路流淌而下，浸润过被辣椒灼伤的细胞，安抚下那一丝丝疼痛的躁意，他总算舒服了些。

于是等商淮拿着凉白开回来的时候，宋厌已经就着夏枝野的手灌下了三大罐，然后趴在桌子上，似乎想缓缓。

商淮看了看他面前空空如也的易拉罐，又看了看自己手里的水壶，有些迟疑："那什么，还需要吗？"

"放这儿吧。"夏枝野打算待会儿拿这水给宋厌涮涮烤串，"糖呢？"

"哦，在这儿呢，话梅糖、薄荷糖、巧克力糖，要哪个？"

"薄荷的吧。"夏枝野顺手拈了一颗，拍了拍宋厌，"吃糖。"

宋厌抬起头，乖乖张开嘴，眨巴着眼睛，没说话。

小胖："……"

商淮："……"

周子秋："……"

不知道为什么，他们觉得这个画面有些惊悚。

夏枝野也觉得有点儿不对。

虽然平时宋厌懒，但不可能像现在这么……呆。

夏枝野指尖捏着糖，试探般地左右晃了两下，宋厌的脑袋也跟着乖乖左右晃了两下。

夏枝野上下晃了两下，宋厌也上下晃了两下。

夏枝野把糖送进自己嘴里，宋厌也就乖乖看着，眨巴眨巴眼。

夏枝野："……"

完了。

小胖他们也反应过来："不会吧，就三罐，然后醉了？"

商淮也不信，伸出一根手指头比画到宋厌面前："一加一等于几？"

宋厌说："二。"

商淮呼出一口气："看来没醉。"

周子秋嫌弃道："你对智力正常的要求标准是不是有点儿低了？"

商淮不服："那你来问。"

周子秋转过身："一乘二乘三乘四乘五乘六乘七乘八乘九再乘十，等于多少？三秒之内，请作答。"

完全没有醉所以智力和平时毫无二致的商淮和小胖："周子秋，你这个问题是不是有点儿为难人？”

话音刚落，宋厌答道：“三百六十二万八千八百。”

商淮和小胖：“？？”

拿出计算器一摁：“……”

“对不起，是我们浅薄了。”

就宋厌这智力，现在扔到数学考场上说不定还能拿个满分回来，但是这么乖巧温柔不暴力的状态实在不符合他们对宋厌的认知。

商淮问：“所以他到底醉没醉啊？”

夏枝野回道：“没醉的话，你觉得你们现在还能完好无损地活着？”

“……”

说得也对。夏枝野懒得搭理他们，剥了颗糖喂给宋厌，让他缓缓舌头的痛感后，就背起两人的书包，扶着他从座位上站了起来：“行了，你们吃吧，我先带宋厌回去了。”

“别啊，夏爷，这才刚上菜呢，回去干吗？”商淮连忙阻拦。

夏枝野瞥都没瞥他一眼，只是替宋厌把校服拉链拉好：“你没看他已经醉了。”

“醉就醉了呗。”商淮不能理解，“而且这不是挺好的嘛，还会做算数呢。”

夏枝野都不想回答他。

入了秋，夜里本来就凉，宋厌又不能吃辣，又不能喝，现在还是这么个状态，扔在这堆不靠谱的人里实在不放心，还是早点儿带回去睡觉比较好。

一旁的周子秋看了俩人一眼，把准备上去强行留住两人的商淮一把摁下：“想好好活着就坐下来吃你的。”

商淮：“？”

宋厌也很配合，乖乖被夏枝野带到路边。

夜色已深，车辆稀少，现在这个点宿舍肯定是回不去了，夏枝野低声问道：“我现在带你去我家，好不好？”

宋厌点头："嗯，好。"

夜幕低沉浓重，路灯昏黄微颤，蛰虫发出最后的衰弱鸣叫，少年们往家归去。

宋厌突然说："我闻到桂花香了。"

夏枝野解释："这条巷子以前种了好多桂花树，现在奶奶家的院子和我家的院子里都还各有一棵。"

宋厌应道："哦。"

夏枝野又说："所以它的名字其实叫'载酒巷'。"

宋厌偏过头："所以我们是住在载酒巷里吗？"

夏枝野觉得宋厌这个人称代词用得很有意思，偏过头看向宋厌。

宋厌正微抬着头，平时恹恹耷拉着的眼睫这会儿无辜地掀起，露出漆黑起雾的双眸，整个人仰着头看过来的时候，就显得特别乖巧。

夏枝野拿出手机，拍了一张，然后才答道："嗯，我们住在载酒巷，就是这间小院子，记住了吗？"

宋厌乖乖点头，夏枝野又笑了。

他掏出钥匙，打开了院子的门。

门刚开，隔壁的门也开了，小麻将嗒嗒嗒地跑出来，一把抱住夏枝野的膝盖："小麻将一个星期没见到野哥哥了！好想野哥哥呀！"

紧接着，刘奶奶也跑了出来："小麻将，都给你说了，晚上别乱跑。欸，小野，你怎么回来了？哎哟，小宋这是怎么回事？"

夏枝野说："他不小心多喝了点儿，就醉了。"

"哎呀，你说你们这些孩子，这么冷的天还跑去喝什么啊？晚饭吃了没？一看就没吃。等着，奶奶去给你们熬点儿小米粥，柜子上有蜂蜜，你先泡一杯给小宋喝。"

刘奶奶操心地唠叨完一大堆后，就慌里慌张地拎着小麻将跑进了厨房。

宋厌站在原地，视线跟随她的方向，眨巴眨巴眼。

夏枝野看着他这样，猜他可能没消化刘奶奶说的这一大段口音浓重的南雾话到底是什么意思，正准备解释，宋厌就开了口：“她肯定很爱你。”

夏枝野没想到宋厌会突然说这个，眉骨微抬。

宋厌说：“她会骂你，还会给你做饭。”

夏枝野打趣道：“这就算很爱了？”

宋厌很认真地点头：“嗯，因为没有人骂我，也没有人给我做饭。”

他顿了顿，又摇了摇头：“不对，阿姨会给我做饭，但那是因为给了她钱，所以她也不能算爱我。”

平时冷漠又强硬的一个人，这会儿耷拉着脑袋，认认真真地一字一句地说着这些幼稚的话语，让人没来由地觉得心口发酸。

夏枝野想起之前宋厌说过的小时候是保姆阿姨告诉他的男孩子打耳洞好养活的话，才终于确定，宋厌这位小朋友小时候原来真的没人疼，也难怪会养成这么难亲近的臭脾气。

可是也只是看起来臭而已，实际上很可爱。

看不得别人被欺负，也看不得别人为难，嘴硬心软，口是心非，所以那些不爱他的人到底怎么忍心的。

夏枝野想着，宋厌已经再次抬起了头，看向他，眼里倒映着夜幕：“你说我是不是一个特别招人讨厌的小朋友？”

夏枝野低声问：“宋厌小朋友为什么会这么想？”

“因为如果不是特别招人讨厌的话，为什么没人喜欢我呢？爸爸也不喜欢我，妈妈也不喜欢我，从小带我的阿姨也不喜欢我。”宋厌歪着脑袋，缓缓眨了下眼。

之前眸间的那层浅雾，被他这缓缓一眨，就化成了眼睫上不易察觉的湿润，像是试图藏起某种脆弱的情绪，漆黑的眸子里就只剩下了深沉未知的夜空。他在很认真地思考，像一个明明没有做错什么，却因为想要被大人喜欢而努力试图改正的小孩儿，委屈又茫然。

夏枝野长长地叹了口气，伸手轻轻揉了揉宋厌的脑袋：“不会的，有很多人喜欢你，真的。”

第六章

# 你要洁身自好

宋厌像是没听懂般，抬着头，呆呆地看着夏枝野，看了很久很久，才低下头瓮声瓮气地说了句：“骗子。”

夏枝野安抚般地在他的发间挠了两下：“没骗你。”

“那为什么他们不喜欢我呢？”

“因为他们傻。”

没一会儿，刘奶奶端了粥过来。

宋厌喝粥的时候倒是很乖，夏枝野送一勺，他就喝一勺，烫了就轻眨一下眼，也不说话，就是咽得比较慢。

夏枝野察觉出不对，试了一口温度，低声道：“烫了怎么不说？”

宋厌垂下眼睫：“会被骂。”

夏枝野：“……”

他会被骂吗？

宋厌醉了的表现明显是回归幼童时期的潜意识，会被骂，难道是小时候有人喂饭，宋厌如果闹点儿小脾气就会被骂吗？

光是看宋厌现在的样子，就不难想象他“小团子时期”该多漂亮，不放在手心里疼就算了，怎么还会被骂？宋厌小时候过的到底是什么日子？夏枝野很想问。

他也知道宋厌现在这种状态，他问什么都能问得出来。

可是宋厌是个自尊心和自我领地意识很强的人，如果他不是真心想说，自己却冒昧问了，就显得太不尊重人了。

于是夏枝野最后也没说什么，喂宋厌喝完粥后，让他刷了牙，洗了澡。在浴室外等着替他吹完头发，把他送回床上后，正准备自己去洗漱，衣角却被拽住。

回过头，宋厌顶着一头温顺的头发，裹着被子，仰着脑袋："我不要晚上一个人待在房间。"

夏枝野眉梢一抬。

宋厌认真道："我怕黑。"

夏枝野："……"

大概这就是冷面酷哥不为人知的一面吧。

宋厌醒来的时候，头疼得厉害。他忍着疼痛，翻出手机，看了眼时间，立马起身下床。

早就起床的夏枝野倚着门口问："不再睡会儿？"

宋厌穿着衣服："嗯，赶飞机，时间来不及了。"

夏枝野："……"

感受到夏枝野微妙的沉默，宋厌才想起来这个借口好像以前用过，又补了句："这次不是去马达加斯加，是回首都。"

夏枝野想起宋厌昨天接的电话："回首都过中秋？"

宋厌"嗯"了一声。

看宋厌不想多说，夏枝野也没多问。

等宋厌洗漱出来后，就看见夏枝野倚在门口，手里拿了个饭盒："奶奶自己做的桂花月饼，带上尝尝。"

宋厌顺手接过塞进书包："替我谢谢奶奶。"说完匆匆往门外走去。

夏枝野一把拽住他。

宋厌刚想问他"又要干吗"，手里就被塞进一把伞："外面下雨了，路上注意安全。如果在那边玩得不高兴，就早点儿回来，我一直在家，哪儿都不去。”

声音一如既往地散漫，却好像多了些什么。

宋厌没听出来，又觉得有些莫名其妙。

他从小在首都长大，熟门熟路还有家人朋友，夏枝野没事担心他在首都的事情干吗。但他还是随口应道：“行。”

飞机晚了点，到首都的时候，天色已经彻底黑了下来。

来接他的是宋家司机：“先生和夫人已经带着小少爷去覃家那边了，我送您过去。”

宋厌没什么兴趣：“不用，直接回家。”

司机为难道：“先生让我一定要带您过去。”

宋厌不知道他们一家人在覃家团团圆圆过中秋，非把自己这个外人叫过去干吗，但司机也是拿宋明海的钱，给宋明海办事，自己可以想不去就不去，他们却没法交差。

于是车子还是缓缓向某所大学校园的院士住宿区行驶而去。

覃家的老先生、老夫人早年都是知识分子，后来老夫人行至院士，老先生辞职经商，事业做得红火，名声也好。正好膝下独女看上了大自己七岁白手起家的商界新贵，两方一拍即合，就订了婚。

你借我的名，我借你的利，也算段美好佳缘。

如果不是他们订婚的日子就在宋厌母亲死了三个月后，而那时覃清已经有了两个月身孕的话，就连宋厌都觉得这桩婚事没什么可指摘的。

但说实话，宋厌不恨覃清，甚至连讨厌都说不上。可能是因为从覃清嫁过来后，他才知道原来不是所有夫妻吃饭的时候都会摔盘子、摔碗，再打儿子一个耳光，也不是所有母亲都会歇斯底里地发疯。

也会有人给他开家长会，给他按时按点添置衣服，问他有没有生病感冒，不说中间到底有多少真情，起码不用在和家里女主人独处的时候，担心自己随时可能或死或伤。

所以他对覃清一向还算客气礼貌，只是单纯地厌恶宋明海而已。

他到覃家的时候，晚宴已经开始。

宋乐乐一看见他，就冲过来一把抱住："哥哥，我好想你啊。"

宋厌刚抬起手想摸摸他的脑袋，覃老夫人就招呼道："乐乐，快过来，别打扰哥哥，姥姥给你剥虾。"

覃老夫人努力做得自然，神情中却是掩饰不住的紧张，像是下一秒宋厌就要把宋乐乐吃了一样。

宋乐乐也才刚十岁，一个什么都不懂的小孩儿，哪里明白大人的这些用意，听见姥姥叫他，开开心心地就跑过去了。

宋厌抬到一半的手落空，没说什么，自然垂下，顺势落座。

宋明海也没抬头看他一眼，就问："打算什么时候回来？"

宋厌说："高考后吧。"

"你打算就在那个破地方读完高中？"

"不是你让我去那儿的吗？"

"我让你去，是让你反省自己的错误。"

"那抱歉，我暂时还没发现自己的错误。"

餐桌上的气氛有些冷，没人敢开口说话。

少时，宋明海终于抬起头，用一种审视的眼神看向宋厌："因为嫉妒同学，就把同学从三楼阳台推下去，不算错误？"

宋厌低垂着眼，没什么情绪："我说过很多次，我没有。"

"所以尚唯是自己跳下去的？"

"我也回答过很多次，是，你信吗？"

宋厌抬起眼眸，迎上宋明海的视线。短暂的沉默。

宋明海冷笑一声："果然和你妈一样。"

果然和你妈一样。阴郁孤僻，敏感善妒，满口谎言，心理扭曲。

这些话，宋明海曾经一字不落地对他说过一次。

宋厌握着筷子的指节用力得泛出青白。

可是看了一眼覃清脸上浮现的紧张不安的表情，又看了一眼宋乐乐害怕的无辜眼神，他最终还是选择平静地放下筷子，拎起书包："你们慢用，我吃饱了。”

说完起身走到玄关。

身后宋明海冷冷道：“你敢出门，我就敢停了你的卡。”

宋厌想都没想，直接掏出那张黑卡，放到玄关处的柜子上，拧开门把手，径直走出家门。

沈嘉言来接宋厌的时候，看见天上挂着满满的圆月，人间点着万家的灯火，而地上就只有一个宋厌孤零零地站在路边。

路灯昏黄老旧，在夜里切割出一片还算是暖色的光束。

宋厌却站在光束之外，只穿了一件很薄的外套，夜风兜起衣摆，显出少年独有的清瘦的轮廓。在北方入了秋的夜里，看上去有种格格不入的孤独。

他叹了口气，走过去，问：“又和你爸吵架了？”

“嗯。”宋厌抬眸，“谢了。”

简单一句，沈嘉言心领神会：“有什么谢不谢的，我妈听说你要来，可高兴了，就等着你给我辅导作业呢。还蒸了好多大闸蟹，待会儿你多吃点儿。”

宋厌出生的时候，两家还是住的对门。

宋厌每次无家可归的时候，都是被沈嘉言捡回去的，后来两人一起上了初中、高中，来沈嘉言家留宿也就成了常事。

沈家父母看宋厌长得好，成绩好，又听说了他家里的情况，再加上宋厌初中时候救过沈嘉言一次，所以对宋厌的到来每次都还算欢迎。

沈家父母拉着宋厌吃了几只大闸蟹，喝了一杯红糖姜茶后，才放他跟沈嘉言回了房间。

“幸亏你来了，不然我妈肯定又要逼着我写完一整套理综卷子才让我睡觉。”沈嘉言瘫到床上，有气无力，“不过小厌，你到底什么时候才转回来啊？”

“高考后吧。”

“什么？！”沈嘉言如闻噩耗，晴天霹雳。

宋厌解释：“回来看着宋明海烦。”

“可是你不在的话，没人给我抄作业，没人给我讲题，没人陪我打游戏，我的人生真的好寂寞。呜呜呜，我亲爱的厌儿，你早点儿回来吧，失去你之前，我没有意识到原来你对我的人生这么重要，但只要你能再回到我身边，我一定会好好珍惜你的。”

沈嘉言说着就爬到床边抱住宋厌的大腿，一把鼻涕一把泪：“所以你能不能先帮我把这张数学卷子做了？”

宋厌：“……”

这感天动地的友谊。

“真的，求你了，厌儿，不是我不想做，真的是这套卷子实在太难了，我不会啊。而且我妈说国庆节做不完，这个月就不给我零花钱，所以你就行行好，救救孩子吧。”沈嘉言抱着宋厌的大腿，号得凄惨至极。

宋厌嫌弃地把腿抽了出来：“行了，拿来吧。”

沈嘉言当场一跃而起，送给宋厌一个无比炽热激烈的拥抱：“谢谢厌哥，厌哥，我爱你，厌哥明天想吃什么？厌哥渴吗？厌哥饿吗？厌哥需要什么特殊服务吗？厌哥，你看我这样叫还行吗？”

宋厌一脸平静：“闭嘴。”

“……”沈嘉言松开手，“打扰了。”

沈嘉言的书桌是一张巨大的折角长桌，宋厌在这头做着数学卷子，那头的沈嘉言已经打开了游戏。

边打还边和宋厌聊了起来：“我记得明天好像是你妈妈的忌日，需不需要我让我妈帮你准备点儿什么？”

宋厌说：“不用，我自己买束花就行。”

沈嘉言问：“需要我陪你去吗？”

宋厌回道：“你早上起得来吗？”

沈嘉言：“……”

默契的沉默。

“所以你就少说废话，该干吗干吗，也不用想着安慰我。”宋厌随手做完一道沈嘉言算了一天都没算出来的数学题，语气平淡。

沈嘉言听出来他不是很想继续谈论这个，就换了个话题：“行，不说这个，那说说你在南雾过得怎么样。”

沈嘉言问出这句话的时候，宋厌的笔尖在纸张上略微凝滞了一下。

他好像从来没想过自己在南雾过得怎么样。

那座城市气候潮湿，总是下雨，少见阳光，衣服怎么晒也晒不干，饭菜口味重油重辣，当地人还总喜欢说口音浓重的方言，时常听不懂。

学校环境和教学条件也很一般，没有保姆阿姨，更没有专车接送，许多事情都不如在北京方便。

但想起这座城市的时候，却有一种松弛的愉悦感。

大概是因为这座城市没有那些痛苦不堪的过往，也没有那些争论不休的误解冷战，只有一些看起来很傻的事情在不停地发生着。

可是那些看起来很傻的事情，仔细想起来，除了特别丢脸以外，好像也没什么值得愉悦的。而临走前夏枝野的那句“如果在那边玩得不高兴，就早点儿回来”也很莫名其妙。

早点儿回南雾吗？他在这里整整生活了十六年，在南雾生活了不过区区一个月，按理说应该算“背井离乡”，但为什么此时此刻身处此地想起南雾的时候，却有种奇异的归属感？

他怎么会有归属感这种东西？

宋厌捏着笔，神思飘得有些远。

而沈嘉言半天没等到他的回答，以为出了什么事，从游戏里抽空回过头：“怎么了？是在南雾过得不好吗，还是那个叫夏枝野的欺负你了？”

话音刚落，宋厌的手机屏幕就亮了起来。

Wild：宋大喜同学，中秋快乐，比心。

宋厌一边回复道少恶心，一边漫不经心地回答沈嘉言：“没，他是挺傻的，但没欺负我。”

“小厌？”沈嘉言突然叫他。

宋厌发着微信，头也没抬：“怎么了？”

“你这是什么表情？”

“什么什么表情？”

“你笑了。”

“？”

宋厌抬起头，就看见沈嘉言一脸悲愤：“你笑了，你居然在和别人发微信的时候笑了，你说，你是不是背着我在外面有了别的兄弟了！”

宋厌服了，转过手机，屏幕正对沈嘉言：“嗯，别的兄弟，身高一米八七，体重一百四十四斤，一拳能打死两个你的比你帅的新兄弟，看清楚了吗？”

“能比我帅？”沈嘉言将信将疑地接过手机，点开朋友圈，划拉了几下，发现朋友圈里基本全是和篮球摇滚乐有关的，除此之外还有几张刚打完球的照片，肩宽腿长，轮廓分明，肌肉线条流畅，攻势凌厉，荷尔蒙气息扑面而来。

“……”

好像确实比他帅。

略显尴尬的沉默后，沈嘉言说：“那什么，这哥们儿确实还不错哈。”

“是不是不错不知道，反正挺惹人讨厌。”宋厌起身走向房间角落的小冰箱，拿出一听可乐。

沈嘉言还打算说什么，突然一声惊天动地的“Aced”吓了他一跳。

回头一看，他操作的金克丝因为原地挂机已经惨死在了对面皮城女警的枪下，还连累己方团战被灭。

连忙按住陪玩软件的开麦键：“哎呀，不好意思，不好意思，刚才我妈妈来叫我，所以一不小心挂了会儿机，对不起呀，下把我一定好好打。”

明明说出去的时候是清朗的少年音，但等音响再次播放出来的时候却变成了又甜又嗲的萝莉音。

刚打开一听可乐的宋厌转过身：“？”

沈嘉言若无其事：“哎呀，没什么，就是我上次跟网吧那群人打了个赌，说我这个赛季肯定可以打上超凡大师，不然请他们喝一学期的饮料。但我的水平你也知道的，你不在我肯定上不去，所以就找了几个物美价廉的陪玩。”

宋厌无动于衷：“这就是你当变态的理由？”

“不是，这怎么能叫‘变态’呢？”沈嘉言极力辩解，“你不懂，这都是生活所迫，现在这些做陪玩的男高中生，就喜欢声音甜甜的小富婆，只要你声音够甜、够嗲、够会撒娇，玩得再菜他们都不会生气，我这不也是为了少挨几顿骂吗？”

“可真有出息。”宋厌不无嘲讽，“那你为什么不直接找代练？”

“找代练就不是我凭自己本事打上去的了。我，沈嘉言，堂堂七尺男儿，会做出这么违背电竞精神的事情吗？不存在的。”

“……”

“所以你要不多玩几天，有你带我，我就不用找陪玩了。”沈嘉言转过头，一双小狗眼扑闪扑闪地看向宋厌，充满真诚的期待。

宋厌觉得自己中秋节晚上还把人家叫出来接自己，也挺麻烦人家的，就随口道：“行，那我过几天再回去。”

“太好了！厌哥，我爱你！我这就去把陪玩退了！”沈嘉言开心得直接从电竞椅上弹了起来。

却突然被宋厌伸手按住：“等等。”

沈嘉言一脸迷茫：“怎么了？”

“没怎么。”

就是好像看见了一个熟悉的ID。

宋厌放下可乐，拨开沈嘉言的脑袋，拿起鼠标，点开了陪玩软件上的那个游戏头像。

资料展示页面：

账号 ID：性感美貌男高中生在线接陪玩。

所在地：南雾市下城区。

擅长游戏：LOL，DOTA2，PUBG，《王者荣耀》。

账号 ID 和夏枝野的只差了两个字。所在地一字不差。

而宋厌记得最开始那个“老娘美且野”找夏枝野陪玩的就是 LOL，只不过因为宿舍没电脑，去网吧也不方便，所以自己才找夏枝野陪玩的《王者荣耀》。

但现在放了假，夏枝野手边有电脑，重新接单陪玩 LOL 也是很正常的事情。所以这个 ID 难道是夏枝野的另一个账号？毕竟这个 ID 虽然说不上多特殊，但也没有普通到扎堆出现。

但说好的不骗小姑娘的钱，不连麦，不私聊，不听撒娇呢？现在这又算怎么回事？

宋厌想着从沈嘉言手里抽回手机，准备给夏枝野发个微信，结果手机一转回来就看见了夏枝野朋友圈最顶上的一张照片。

背景是一家西餐厅的落地窗，窗外是南雾市市中心的繁华夜色，窗前是一位十分漂亮的年轻女性。一手比 V，一手自拍，手腕上那款卡地亚的最新款钻石手镯闪闪发亮。

她身后的角落里夏枝野正低头切着牛排。

宋厌有些脸盲，分不太清楚照片上女孩子们的长相，但如果他没记错的话，这款镯子和“老娘美且野”的头像上的那款镯子一模一样。

而朋友圈下方的定位赫然写着：南雾市，希尔顿大酒店。

宋厌的声音冷了下来：“陪玩你别退了。”

沈嘉言：“？”

“明天扫完墓，我直接回南雾。”

“怎么了，回去有事？”

“嗯。”

“什么事？”

宋厌指尖点了两下屏幕上某人的侧颜，眼神漠然冷酷，然后判刑般地吐出两个字："执法。"

"……"

南雾总是雨多云厚，中秋也未见满月。

夏瑜对着外面拍了半天，什么也拍不着，把手机一扔："没意思。"

坐在对面的夏枝野总算拿回了自己的手机，把相册和朋友圈里某位大小姐的自拍删了个干净。

他语气散漫道："没意思就给你男朋友打个电话，让他来接你。而且麻烦你和你男朋友冷战，想让他来找你的时候，就直接告诉他你的位置，别用我的朋友圈发自拍和定位，行不行？"

"哎呀，你姐也要面子的嘛，而且用你的朋友圈发一下怎么了？"夏瑜搅了搅咖啡，"不过话说回来，你真就打算跟爷爷这么耗下去了？"

"嗯，反正饿不死。"夏枝野应得敷衍。

"你这孩子怎么就这么倔呢，出国也没什么不好的啊，你看你姐姐我，初中就去英国了，现在马上剑桥毕业，回来就进董事会，多少人羡慕。"

夏瑜说这话的时候，脸上一点儿开心的神色也没有。

夏枝野也就清楚自己完全没必要解释了。

果然，下一秒夏瑜就叹了口气："算了，我这辈子算是没自由了，不能让我弟也赔进去。你要是钱不够，就给我说，反正千万不能屈服于老头子的淫威，听见没？"

夏枝野没回答，只是端起咖啡，抿了一口："其实我也不是不想出国。"

夏瑜挑眉。

夏枝野漫不经意道："我说过想去南加大或者纽约大学学导演，他们不同意。"

"废话。"夏瑜翻了个白眼，"那群老古董能让你学这个？"

用那群老古董的话来说，这些都不是正经营生。在他们眼里，如果是家里某个不成器的小孩儿想玩，那也可以砸钱让他玩玩，就当去玩艺术，但夏枝野这种成绩、这种脑子，不用来把家族企业发扬光大就太可惜了。不知道的还以为夏家这么个普普通通的民营集团是有皇位要继承呢。

“所以你打算怎么办？”夏瑜问。

“再说吧。”

夏枝野偏头看向窗外，城市的灯光照亮路面上深深浅浅的水洼，像一个个小小的月亮。

路总是很多的，就像“月亮”也是很多的。

宋厌本来想着帮沈嘉言把卷子写完，顺便把相关知识点给他批注好，然后就去睡觉。

然而写着写着总会想到那条朋友圈，想着想着又总会想到那天晚上那个梦，然后就怎么也静不下心来。

一道立体几何题，辅助线画得佛光普照也没算出来思路。

最后索性直接拿着行李去了客房，打算先洗个澡冷静冷静再说。

冷静不了。

宋厌洗着澡越想越气。

夏枝野缺钱不能跟自己说吗？有困难自己会不帮？明明成绩这么好，高考好好发挥，拿到奖学金，大学就不是问题的，非要走这种歪路干吗？就算他这次只是去陪别人吃个饭，但是下次呢？下下次呢？一次底线突破，以后就永远没有底线了。

宋厌这个澡洗得心烦意乱。

他关掉浴头，换好衣服，走到阳台，推开窗户，夜风兜头一吹，才稍微冷静了些。

他生气是没有用的，他现在作为夏枝野的同桌兼室友，需要做的不是生气，而是力挽狂澜，把夏枝野从这条歧途上挽救回来，想到这儿，他掏出手机给夏枝野打了个电话。

夏枝野接得很快，声音也是一贯的散漫："喂，宋大喜，怎么了？"

电话那头清晰可闻西餐厅里小提琴拉奏的旋律，宋厌语气基本完全告别友善，冷淡道："你现在在哪儿？"

"和一个姐姐在外面吃饭呢。怎么了？"

"没怎么，就是我 iPad 找不到了，不知道是落在机场了还是落在宿舍了。"

"那我待会儿回宿舍帮你看一下。"

"行。"

如果是平时，宋厌肯定宁愿选择再买个 iPad 也不会麻烦别人，但是现在他听见夏枝野待会儿要回宿舍，居然松了口气。

不留宿就好，还算没有彻底没救。

然而刚想再说点儿什么，就听见手机那头的女生对夏枝野道："你晚上还要回去住呀？不是说好陪我住酒店的吗？"

宋厌握着手机边沿的指尖瞬间蜷缩了一下，等着夏枝野回答。

"有点儿事。"

电话那头夏枝野随口答得敷衍。

女生语气似乎有些不满："那算了，办完事你就回去吧。"

夏枝野补充道："十一点宿舍关门。"

"没事，来得及。"女生似乎也不挑，"十分钟够你解决了。我先上去洗澡，你到了敲门。"

"行。"

夏枝野这次没有拒绝。

女生踩着高跟鞋远去了。

本来已经松了口气的宋厌听完对话，只觉得一股火气涌上心头，忍不住冷声道："夏枝野，你洁身自好一点儿，行不行？"

宋厌大多时候的冷言冷语都是事不关己地没有情绪，这会儿却是罕见地真生气。

夏枝野一下子有点儿蒙："我怎么不洁身自好了？"

"大晚上去酒店这叫洁身自好？"

"我就帮她修个电脑。"

"……"

短暂的沉默后，夏枝野反应过来，觉得好气又好笑："宋大喜同学，你给我说清楚，你觉得我十分钟能干吗？"

宋厌面不改色地吐出三个字："不好说。"

不好说。还挺会气人。

夏枝野舌尖轻顶了下槽牙："宋大喜同学，你最近很嚣张啊。"

宋厌理不直气也壮："所以？"

"所以你知不知道你现在是在挑战底线？"

"然后？"

"然后我换个底线也不是不行。"

刚过变声期的少年，声音微低，松弛偏哑，笑意懒洋洋地从耳机里传来，让人瞬间发不出脾气。

宋厌却冷酷无情，十分漠然："你要真有底线的话，就别走这些歪门邪道，好好学习，努力考上大学，靠自己的勤劳和智慧发家致富，这才是堂堂正正的真男人，别让人瞧不起你。"

说完就径直掐掉了电话。

剩下电话那头的夏枝野听着忙音缓缓冒出个问号："？"

他怎么就不堂堂正正了？

宋厌挂掉电话后，手机一扔，往床上一躺，心想，夏枝野如果非要走上歪路的话，他的确也管不着，做到这样已经算仁至义尽了。

想着就蒙上被子，准备睡觉。

蒙着蒙着，眼前又浮现出之前梦里的场景。

宋厌觉得自己大概是没救了。

他掀开被子，拿起手机，想问夏枝野有没有回宿舍，但点开微信头像后又觉得自己今天的关怀份额已经超标，再问下去就显得古怪。

于是略一思忖，点开了陪玩软件。

人美钱多小富婆：王者。

清纯美貌男高中生在线接陪玩：不了。

人美钱多小富婆：？

清纯美貌男高中生在线接陪玩：我室友让我离你们这种来路不明、钱又多的女生远点儿。

宋厌："……"

你才来路不明的女生。

人美钱多小富婆：你这么听你室友的话？

清纯美貌男高中生在线接陪玩：当然。

人美钱多小富婆：为什么？

清纯美貌男高中生在线接陪玩：因为他可爱。

宋厌："……"

你才可爱，你全家都可爱。

清纯美貌男高中生在线接陪玩：而且他对我好。

宋厌："……"

他回忆了一下自己对夏枝野的所作所为，觉得夏枝野多少有点儿傻。

清纯美貌男高中生在线接陪玩：当然，最主要的原因是我打不过他，所以不敢不听。

宋厌："……"

好了，夏枝野可以死了。

清纯美貌男高中生在线接陪玩：不过你要实在想打的话也不是不行，我把我朋友叫上，五排，到时候我室友查起来也说得清楚。

我闲得慌才查你这些破事，宋厌没好气地想，而且他也不是很想打游戏。

但是总比夏枝野和其他女生在酒店夜不归宿强，于是勉强回复：行。

夏枝野拉他进了游戏房间。一进去就看见三个紧紧相连的 ID：

“清纯美貌男高中生”。

“可爱美貌男高中生”。

“性感美貌男高中生”。

整整齐齐，亮瞎狗眼。看上去像是进了什么不正经的游戏。

不过，等等？性感美貌男高中生？

宋厌心里那个可怕的想法还没完全成型，“性感美貌男高中生”头像右下角的那个话筒就亮了起来，紧接着传出商淮的声音：“我再拉一个我的客户。”

说完，一个粉嫩至极的头像就填充满了车队的最后一个位置。

宋厌看着那个熟悉的粉嫩头像和头像下方那排熟悉的“人间至甜小奶莓”：“……”

这个世界真的十分迷幻。

这么想来，账号 ID 重合度如此之高也就解释得通了，毕竟物以类聚，人以群分。

好在这个号虽然是托沈嘉言帮忙买的，但买回来后改过名字，沈嘉言应该认不出来，自己暂时还没有“掉马”的风险。

但这事想来想去还是挺迷幻的，沈嘉言找个陪玩，怎么就好死不死找上了商淮？

不过可能是因为自从认识夏枝野后各种迷幻的事就越来越多了，所以宋厌在短暂的冲击之后很快就变成了习惯性的无语。

沈嘉言还乐呵呵地在那儿卖萌：我只会玩中单，所以可不可以让我玩中单呀！

商淮：没问题，你中单，我打野，我们中野联动，天下无敌。

周子秋：我上单。

宋厌这种孤狼型选手字典里就没有辅助两个字，一个字都懒得多说，直接标号自己的路线：射手。

剩下夏枝野倒也好商量：行吧，我辅助。

夏枝野刚发完这句话，宋厌就眼睁睁地看着他在五楼选了个庄周，顺便还带了个斩杀。

人美钱多小富婆：?

清纯美貌男高中生：对面王昭君、兰陵王、白起、钟馗，我天克[1]。

人美钱多小富婆：知道，但是带虚弱[2]。

清纯美貌男高中生：不用。

人美钱多小富婆：?

清纯美貌男高中生：食人鱼[3]。

人美钱多小富婆：? ? ?

宋厌一直觉得自己属于团队游戏当中最让人讨厌的“毒瘤选手”了。

他的打法就是“我独步武林，天下第一，你们爱咋咋地”，但是因为技术不错，一般排到的路人队友都愿意保他，没想到居然在五黑里遇上了比他还毒瘤的选手。

作为王者峡谷里腿最短的射手，宋厌玩着鲁班，开局整整三分钟内都没看到过夏枝野这个辅助的影子。

等在下路1对2把对面虞姬和钟馗都消耗到残血后，那条鱼才突然带着对面野区的红蓝buff（增益）神秘出现，然后一个大招下海再接一个斩杀。

系统播报，庄周double kill（双杀）。

宋厌恨不得拎起屏幕上小鲁班的大炮直接把那条鲲架上烧烤架，实在没忍住，点开游戏的内置聊天。

人美钱多小富婆：?

清纯美貌男高中生：怕你输出不够。

人美钱多小富婆：? ? ?

清纯美貌男高中生：反正能赢。

的确能赢，最后那只欠揍的鱼顶着一身吸血装，带着斩杀，开大往

1 天克：指自己的英雄能克制对面英雄。

2 虚弱：游戏中召唤师的技能。

3 食人鱼：指《王者荣耀》中英雄庄周的一种出装方式。

人堆里一冲，宋厌在后面输出，对面基本全军覆没。

几个团战之后直接一波，赢得轻轻松松，金牌辅助和金牌射手也双双到手。就是小鲁班不得不迈着两条小短腿艰难地跟在一条鱼后面满地图跑的游戏体验真的差到极致。

之前宋厌找夏枝野陪玩都是夏枝野打他的野，宋厌玩他的边路，各自为王，互不干扰。

这次是第一次真正意义上的配合走一路，没想到能这么憋屈。

宋厌觉得这种局面再来一次，他和夏枝野的友谊基本也就走到尽头了。

于是出于世界和平的考虑，游戏结束回到房间后，直接冷着脸发了句：你们玩吧，我下了。

商淮和沈嘉言基本一整局都是混子，中路还差点儿打崩，全靠抱宋厌大腿躺赢，见他要走，一下就急了。

性感美貌男高中生：小姐姐，别啊，他这人就这样，玩输出玩多了，所以玩辅助意识贼差。你别走，下把我给你辅助，行不行？

人美钱多小富婆：不用，明天有事，睡了。

回完宋厌就下了线，退出“人美钱多小富婆”的号，切回了自己本来的微信账号，就看见沈嘉言之前给他发的消息：之前那个限定皮肤返场了，我送了你一套，你上线看一下。

后面还跟着一个赠送礼物的游戏链接。

宋厌顺手点了进去，手机屏幕跳转到游戏登录界面。

点击登录微信账号，刚登上，好友列表就弹出一条消息。

清纯美貌男高中生（Wild）：没睡？

不加好友（YAN）：嗯。

清纯美貌男高中生（Wild）：五黑，来吗？

来才怪。

宋厌刚准备拒绝，结果页面直接弹出游戏邀请，宋厌手指一抖，不小心点了“接受”。

于是进入游戏房间的那一刻，宋厌感受到了一种来自沈嘉言的虚拟又真实的窒息。

然而这种窒息只属于他们。

三个男高中生只觉得快乐。

性感美貌男高中生：厌哥？你也玩？

可爱美貌男高中生：那人齐了，开吧。

清纯美貌男高中生：行。

宋厌全程没来得及拒绝，就被迫进入了排位界面，再次不等他拒绝，夏枝野就发了条：厌哥射手，我保你。

说完选了个蔡文姬。

宋厌回忆了一下上把被夏枝野辅助的游戏体验，有点儿想挂机。

那头沈嘉言也从巨大的震惊中回过神来，私聊宋厌发了条微信消息：你们认识？？？

宋厌切出去回道：嗯，同班同学。

沈嘉言在一墙之隔的地方脑袋都要炸了：这个世界也太魔幻了吧！！！厌哥，你千万别出卖我啊！要让他们知道我是个男的，我一世英名就没了！

宋厌回：你本来也没什么英名。

沈嘉言都快疯了：求求你了，厌哥，就当我俩完全不认识，行不行？！我给你磕头拜个早年了！！！

早知今日之耻，又何必当初变声器。

不过宋厌回想了一下自己的所作所为，发现好像也没好到哪儿去。

毕竟假如有一天他的“人美钱多小富婆”的马甲掉了，那可能见证掉马之人都将血流百步，伏尸万里。

想到这儿，宋厌觉得自己有必要为捂住自己的马甲攒点儿人品，于是难得地好说话：放心，我本来也不认识你。

沈嘉言总算松了口气：谢谢厌哥，我将永远感谢你。

两人交换完地下情报，切回游戏，正好赶上全军出击。

同样是玩辅助，夏枝野这次居然没有义无反顾地跑到对面野区去反蓝，甚至没有去中路帮忙清线，而是直接坐着个“摇摇车”一摇一摆地紧紧跟在宋厌操控的马可·波罗后面。

宋厌去哪儿，他就去哪儿，不搞事，不离开，不抢人头，就蹦跶着两条小短腿追着宋厌奶[1]，距离永远不超过两个身位。

奶到最后商淮都快哭了，直接开麦：“夏爷！你别只盯着宋厌一个人奶了！他满血！不需要你！你看看你身后那个血量不足百分之十、还挂着五层毒的我吧！”

话音刚落，中路河道宋厌已经反杀了在草丛里蹲他的亚瑟，但他操作的马可·波罗也变成了残血，对面中单诸葛亮一个闪现上前，给他套了个大。

眼看宋厌就要没了，血量比马可波罗还少技能、又还在冷却中的蔡文姬想都没想，直接一个闪现上前，挡在宋厌身前，以小短腿的血肉之躯替他活生生接下来诸葛亮的大招。

与此同时，宋厌趁机反杀对方诸葛亮。

剩下三人看着屏幕上先后紧密出现的蔡文姬死亡和马可·波罗双杀的播报消息：“……”

这操作很顺溜啊。

商淮开麦：“谁说我夏爷不会玩辅助？”

周子秋打字：能把上把鲁班直接气死的程度。

沈嘉言变声器：“哇，辅助哥哥好给力呀！”

向来只是文字交流的夏枝野也按下了麦，游戏里传来懒洋洋的声线：“只要我不死，宋大喜就不可能死。别羡慕，别嫉妒，这是你们求不来的福分。”

声线慵懒，还带着点儿什么都不在意的散漫。

听得宋厌忍不住低声斥了句：“正经点儿。”

---

1 奶：游戏中意为加血。

上把他怎么追鱼都追不上，这把又怎么赶蔡文姬都赶不走，同一个人怎么能玩出这么截然不同的辅助？他是不是有什么毛病？

正想着，沈嘉言的微信切了进来。

人间至甜小奶莓：兄弟，我觉得你这个同学可能有点儿问题。

YAN：？

人间至甜小奶莓：你知道他上一把是怎么当辅助的吗？

YAN：？

人间至甜小奶莓：基本是把自己当输出把鲁班当挂件玩的。

YAN：……

人间至甜小奶莓：而我见过的上一个这么差别对待死保一个人的辅助现在已经问他的射手借了两万块钱没还了，所以你一定要提防一点儿，避免被骗。

宋厌：“……”

大概这就是陪玩吧。

事实证明，夏枝野绝对不是一时兴起死保宋厌，而是把把如此，尽心尽力到可歌可泣的程度。

所以后面几把宋厌玩得身心舒畅，把把超神 MVP，数据好看得不行。

但明天一早还要去郊区的陵园，还要帮沈嘉言做卷子，所以打了几把后，宋厌就下了线。

他不玩了，夏枝野也就没什么兴趣玩了，跟着下了线，切回微信：找了一下桌子和床上，没看见你的平板，你的抽屉和柜子我也不好翻。

没找到是必然的，因为平板现在就躺在宋厌的左手边，他当时只是随便找个借口而已。

YAN：嗯，没事，我回去自己找找。

回完后，对话框的顶部就在“Wild”和“对方正在输入……”来回切换，看上去像是有话想说却又很犹豫。

这可不像夏枝野的风格。

宋厌刚想问，消息却发了过来：今天还开心吗？

没头没尾的一句话，也值得纠结这么半天？

宋厌指尖微顿，觉得夏枝野这话意有所指，像是知道他回家过中秋可能会不开心一样。

须臾，他又觉得是自己想多了。夏枝野应该就是单纯地说游戏的事而已。

YAN：还行。

Wild：还行就行，记得早点儿回来，南雾需要你。

宋厌心里笑骂了一句，嘴角却不受控地扬起了点儿自己都没察觉的弧度。

他顺手订了第二天回南雾的机票。早点儿回去也行，免得夏枝野八天大长假一个人没事干，又去做什么可能误入歧途的事。

毕竟谁知道这个渣男有几个好姐姐呢。而且他的确也不想留在这儿，哪怕是他妈的忌日，他也没有额外的情绪。

他对母亲的感情早就在短暂的童年里被折磨得变了形，等后来亲眼看见她在自己面前死去后，那些所有的依赖、恐惧、深爱、害怕都散得干干净净，只剩下对她十月怀胎千辛万苦赠予了自己这条生命的感激。

宋厌每年的秋天都来这里扫干净墓地上的落叶，换上新的白色花束，再静静地站一会儿，就算他们母子一场最后的相处和羁绊。

“这样也好，起码你不用每年都难过一次。不过你放心，我妈就是你妈，回南雾后有什么需要的就跟我说。”沈嘉言一边说着一边把他妈做好的各种小吃点心疯狂地往宋厌行李箱里塞。

宋厌把他塞进去的那堆根本过不了安检的东西拿了出来：“行了，你与其操心我，不如多刷点儿题，让你妈少操心一点儿。”

说完掏出一个本子，连带着沈嘉言的那些教材和卷子，一起递了过去：“高二上学期的重要考点和你的易错题，都给你整理出来了，期末考前看完，你应该还能捡一条命。”

沈嘉言接过来，翻了几页，笔墨尚新，一看就是昨天对着他的错题和课本熬夜赶出来的。

想到宋厌这种时候还惦记着自己的事，沈嘉言一下眼眶有点儿热，一把抱住宋厌，声音哽咽：“老宋，你对我太好了。”

宋厌觉得这人大概是个傻子，一本笔记本就能把他骗成这样。但不是傻子也不至于和自己做朋友了，想着心里多少还是有些感动。

他正打算安慰安慰，沈嘉言却一抹眼泪，挺胸抬头：“不过老宋，你放心，兄弟也不会亏待你的。如果哪天你爸要打死你的话，你就来找我，兄弟一定誓死护你！”

“……”

宋厌安慰的话瞬间消失无踪，冷漠地扯回自己的笔记本：“你还是被你妈揍死吧。”

“别啊，老宋，我是认真的，没有你的话，我肯定活不过这个国庆，只可惜你这么早就要回……欸？”沈嘉言突然想到什么，一拍脑门，“虽然你不能留在这儿，但是我可以和你去南雾啊！”

宋厌：“？”

“我就跟我妈说你在南雾没什么朋友，我陪你去南雾玩几天，顺便让你给我辅导辅导作业，她肯定会同意，完美！”沈嘉言说完就冲下了楼，并且伴随着甜得发腻的一声，“哦！我最年轻美丽的妈妈呀！”

宋厌：“……”

这人怎么想一出是一出？

而沈嘉言最年轻美丽的妈妈本来就嫌这个傻子杵在家里碍眼，与其每天在家打游戏，不如让他跟着宋厌这个学霸出去长长见识，于是二话不说就帮沈嘉言买了机票。

直到两个人落地的时候，宋厌才反应过来，这事怎么就这么定了呢。自己还没告诉沈嘉言昨天一起开黑的那个双标辅助就是传说中的“三中小霸王”夏枝野。

要是这么两个脑回路都不怎么正常的人碰到一起了，把彼此的信息差一交换，再进行一些异于常人的诡异发散，很难保证会发生什么事情。

光是想想就觉得身心疲惫。好在他还没告诉夏枝野他回来了，带沈嘉言在酒店住两天，两人应该也碰不上。

另一头沈嘉言动作也很麻利："小厌，酒店订好了，希尔顿的套房，两个卧室，正好够你和我一起住。"

"嗯，那走吧。"

宋厌顺手拦了辆的士，拎着行李上了车。

南雾的夜晚远远比它的白天要来得好看有趣，车辆在高架上飞驰而过，两侧的霓虹灯被拉出绚丽的光带，应着夜市喧嚣的烟火，构成热闹璀璨的夜。

到了酒店门口，一下车，沈嘉言就闻到了不知道从哪儿飘过来的火锅味儿，直接喊了一声："好香！小厌，我们待会儿去吃火锅吧！"

宋厌玩着手机，头也没抬："随你。"

他身高腿长，走得极快，沈嘉言拎着大包小包的东西，跟得有点儿吃力："你走慢点儿，等等我，还有前面是玻璃门，你看路！"

得益于沈嘉言提醒，宋厌没有撞上去，然而步伐却没有慢下来。

沈嘉言跟得气喘吁吁，抱怨道："你和谁聊天呢，路都不看。"

宋厌随口答了句："夏枝野。"

"谁？"

沈嘉言提高音调，像是怀疑自己听差了。

宋厌为了避免沈嘉言瞎操心，一直没告诉他传说中的不良少年夏枝野就是他的室友兼同桌。但既然两人一起打过游戏了，也是时候纠正一下沈嘉言对夏枝野的错误认知了。

于是他补充道："夏枝野，我室友，就昨天晚上那辅助。"

"？？？"沈嘉言听到这话整个人都不好了，"你的意思是，昨天晚上那个辅助就是夏枝野？！"

“嗯。”

“那个一直玩蔡文姬和瑶瑶公主的，脾气巨好的暖心辅助，居然就是那个传说中身高两米、腹肌八块、把人打进医院，还有四十几个仰慕者的渣男夏枝野？？？”

语气里不难听出沈嘉言信念的崩塌。

宋厌一时不知如何回答。

毕竟某种程度上是事实，但又不全是。

他正在斟酌怎么把这句话纠正到没毛病，身后的沈嘉言已经当他是默认了。

沈嘉言拎着行李，顿住脚步，语气近乎怀疑人生：“这么说的话，昨天晚上和你聊微信的那个，你说他很讨厌的大帅哥也是夏枝野？”

宋厌答：“嗯。”

沈嘉言说：“那完了。”

宋厌没听懂这三个字，驻足回首：“怎么完了？”

沈嘉言站在原地，抬起胳膊，指向他身后：“因为那里有一个长得和那个大帅哥一模一样的人。”

“？”

“而且已经站在那里看了你很久很久了。”

“？？？”

宋厌顺着沈嘉言的视线转回了头，然后果然看见了酒店大堂的灯光下，一个身高腿长、眉高目深、鼻尖还有一粒小痣的大帅哥正双手插兜，懒洋洋地倚墙站着。

对上宋厌的视线后，夏枝野眉眼微弯，唇角微勾，带着松散的笑意甩出了直击灵魂的反问：“渣男？很讨厌？”

“……”

那一刻，宋厌在想，不要的发小儿，是不是可以直接裹上面粉，炸至金黄。

# 第七章

# 幽闭恐惧症

说坏话被当场抓包这种大型“社死”现场，通常都是以说坏话的人主动道歉解释加哄人作为解决方案的。

然而宋厌脾气坏了这么多年，自我反省的能力不怎么样，这种情况下，他第一时间想到的是昨天晚上夏枝野发的朋友圈的定位好像就是这家酒店。

所以夏枝野为什么会在酒店？难道又是来见他的好姐姐的？

想到这儿，宋厌掀起眼皮，表情和语气都充满冷淡的质询：“你怎么在这儿？”

本来想要个解释的夏枝野微抬了下眉。

这小东西瞒着自己偷偷回南雾，和别人来酒店不说，还被自己逮了个造谣诽谤的现行，结果不但不乖乖认错，还这么理直气壮地反问自己，看来是真的很嚣张啊。

夏枝野微眯着眸子看向宋厌，似乎是在恐吓。

宋厌却依然撩着眼皮，一脸理直气壮。

夏枝野恐吓了三秒，毫无效果，然后轻笑一声：“算了。”

宋厌依旧冷淡：“什么算了？”

夏枝野懒洋洋道：“没什么，就是昨天有东西落在前台了，今天来取一下。”

“你那位姐姐呢？”

“被她男朋友接走了。”

“……”

敢情勾搭的还是个有夫之妇。

宋厌这下是彻底不打算道歉了。

渣男，很讨厌——五个字，明明白白，清清楚楚，全是事实。

倒是一旁的沈嘉言心里有点儿过意不去，杵在两个人后面，戳着手指：“嗯，这个，那个，就是……”

想道歉又不知道从何说起，而且看宋厌这架势似乎也不打算跟对方道歉，他一时间有些不知所措。

好在夏枝野像是终于看见了他：“这位是？”

“哦，你好，我叫沈嘉言，是小厌的青梅竹马。”沈嘉言屁颠屁颠地往前跑了两步，挽住了宋厌的胳膊。

男生个子不高，长得奶白，五官精致，顶着一头小卷毛，“小狗眼”眨巴眨巴。

一点儿都没有臭着脸的宋厌可爱。

夏枝野得出了这种屁股歪到太平洋的结论。

“青梅竹马？”他反问了一句。

沈嘉言沉吟了一下：“或者说……竹马竹马？反正就是从小到大穿一条裤子、睡一张床那种。”

原来这位总是拒人于千里之外的宋大喜同学还有别的好兄弟，而且好到能穿一条裤子。

夏枝野看了眼宋厌手里的行李，问：“晚上不回去？”

宋厌漠然答道：“嗯。”

鉴于宋厌惜字如金得有点儿欠揍，沈嘉言连忙解释：“我对南雾不熟，所以想让小厌带我到处逛逛。”

夏枝野点点头，以示明白，然后反驳道：“但其实他也不熟。”

沈嘉言：“？”

“他每天都在学校，没时间出去逛。你们要是有需要的话，我倒是可以给你们当向导。”

夏枝野的声音很好听，笑得也很招人，撞破他们讲坏话后不但没有生气，还主动提供帮助，简直就是“人美心善”。

沈嘉言好感度噌噌噌上涨，刚想说“好呀好呀”，就被宋厌冷漠的眼神杀了回去，于是话到嘴边，变成小心翼翼的一句：“小厌，你觉得呢？”

小厌不想觉得。

他拎着行李箱，头也不回地走向前台。

沈嘉言觉得宋厌不喜欢夏枝野的话，也不好勉强，只得作罢。

正准备屁颠屁颠小跑跟上，路过夏枝野身边的时候，却听到头顶传来了轻飘飘的三个字：“小奶莓？”

沈嘉言如被雷击，呆立当场。

三秒后，他才僵硬地抬起头，一脸惊恐：“你……你怎么知道？难道你监听了小厌？”

“……”

饶是夏枝野自己脑回路已经足够特别，也有点儿跟不上沈嘉言的思维跨度。

本来还想编点儿瞎话，但从这位小同学表现出的智商来看，可能自己编什么他都信，就有点儿于心不忍，只是平静地提醒：“昨天晚上开黑的除了我朋友，就只有小奶莓了。”

沈嘉言：“……”

他这才想起自己刚才说了一大堆什么废话。

“不过你放心，我会替你保密的。”夏枝野笑得十分善良。

沈嘉言将信将疑：“真的？”

“当然是真的了。我相信宋厌的朋友的人品，也相信并尊重每个人自己独特的爱好或者不得已的苦衷，所以你不愿意说的话，我会替你保密的，别担心。”夏枝野声音低沉温柔，表情正经真诚。

听在沈嘉言耳里觉得简直字字肺腑，无比感人，当场一股热意涌上心头眼角，哽咽道："你人真好。"

夏枝野点点头："是吧，我也觉得，我人真好。只可惜……唉。"

夏枝野低头叹了口气，垂下浓密的眼睫，浅色的眸子藏着 QQ 空间式的青春伤痛。

看得沈嘉言心里一紧："可惜什么？"

"可惜宋厌对我有误解，他总觉得我是个欺凌弱小的不良少年，总觉得我不是正经人，我也很难过。"

夏枝野的语气充满了浅淡的无奈和悲伤。

沈嘉言一时间又愧疚，又同情，又心酸。

毕竟他好像知道宋厌对夏枝野的误解来源于哪儿。

如果夏枝野真的不是不良少年，难道是自己查的资料出了错？

这样想着，沈嘉言抬头看向夏枝野。

他的个子的确很高，但是是少年人的颀长清瘦，人长得好看又干净，脾气也好，又温柔又体贴，还愿意替他保守秘密，这种人怎么可能是不良少年？自己以前肯定是误解他了。解铃还须系铃人，这个锅一定要自己背。

沈嘉言当即一拍胸脯："你放心，这事就包在我身上了！不让小厌对你解开误会，我就不走了！"

夏枝野笑得像只即将偷到鸡的老狐狸："那就辛苦小沈同学了。"

沈嘉言本来都已经做好了死缠烂打的准备，结果刚提了一句让夏枝野晚上和他们一起，宋厌就冷淡回道："随你。"

宋厌什么时候这么好说话了？

沈嘉言隐隐觉得好像哪里不对，但是他的智力不支持发现到底哪里不对，于是直接放弃思考，开开心心地收拾东西出了门。

难得的不下雨的夜晚，依江而建的夜市，江风徐徐，灯火辉煌，空气里溢满火锅底料的味道。

沈嘉言哪儿哪儿都觉着稀奇。

走着走着，沈嘉言一回头，就看见夏枝野正侧头笑着对宋厌说着什么，而宋厌只是冷着一张脸，“啪”的一下把他刚搭上肩膀的爪子打了下去。

打得挺狠，还很熟练。看样子，小厌确实不怎么喜欢他这个室友。

但沈嘉言觉得这样不好，毕竟异地他乡能遇上个可以忍受宋厌脾气的人，实在难得。

而且这位叫夏枝野的大帅哥不仅不像传说中的那么凶神恶煞，反而很好说话，也很仗义，还很让着小厌，感觉是个挺靠谱的人。

所以为了避免宋厌在南雾孤独的生活两年，也是为了弥补自己曾经犯下的过错，沈嘉言觉得帮助宋厌缓和他跟夏枝野之间的关系这件事刻不容缓。

这样想着，沈嘉言招呼道：“小厌，这里有卖许愿手串的，我们一人买一个吧，图个彩头。”

所谓许愿手串就是普通的珠子手串，然后选一颗珠子，让手工师傅在内侧刻上不用放大镜就很难看得清的小字，算是许下的愿望。

店铺紧临着江边的一个菩萨洞，据说珠子都开过光，经常有网红来这儿玩的时候顺手推荐一下，这家店就成了网红店。价格水涨船高，基本就是骗往来游客和小学生的钱，和智商税大体不差。

宋厌没什么兴趣。

沈嘉言却拽着他撒娇：“哎呀，小厌，来都来了，就一人买一个，好不好嘛。”

沈嘉言是真正的人傻钱多，还很会缠人，想要什么东西能一直叨叨到让人耳朵发茧。以前遇到这种情况，宋厌一般都懒得搭理，直接掏钱走人，就当为傻子捐款做慈善。

但这次夏枝野在。

几百块钱一串，对宋厌和沈嘉言来说就是随手的事，但对夏枝野来说可能是不小的负担。

如果自己或者沈嘉言掏钱请客，以夏枝野的性格肯定不会接受，如果夏枝野一个人不买，沈嘉言那傻子多嘴一问，难免尴尬。

于是宋厌冷淡一声：“没兴趣。”

说完就准备走。

夏枝野却搭着宋厌的肩膀，朝着沈嘉言懒洋洋说了句：“旁边那串浅绿色的更适合你。”

“真的吗？”沈嘉言高高兴兴地就去试那串绿色的手串，“真的欸。”

卖手串的店家一看三人的样子，很快就判断出情形，对沈嘉言笑道：“小同学长得可爱，戴浅绿色好看，那两位男同学戴我们这款黑曜石好看，而且这款就剩最后两串了，我们做活动，买一送一。”

能在这种地方收到这么多的智商税的卖家都有些眼力见儿。

浅绿色那款清新俏皮，适合沈嘉言。

黑曜石这款没有任何多余的装饰，只是其中一串正中间串了颗深蓝色的月光石，另一串缀的是浅粉色，冷感中稍微多了点柔和，整体简洁利落，成色不错。

最主要的是买一送一。这样自己买一串，送的那一串给夏枝野，既可以遂了沈嘉言的愿省得他再叨叨，也可以自然而然地不用让夏枝野给钱，能够化解很多尴尬。

于是宋厌直接问：“多少钱？”

店家答：“六百八十八。”

宋厌打开支付宝，扫了码，从店家那里接过手串，冷漠着一张脸把带粉色月光石那串往夏枝野手里一塞。

夏枝野眉梢微挑，以示询问。

宋厌耷拉着眼睛，把手串套上腕骨：“不一人买一串的话，那傻子能叨叨到明天。”

夏枝野觉得买手串不是问题，毕竟没多少钱，出来玩一次买个彩头也很正常。

但为什么店里这么多款式，选都不选就直接挑了这一款？

以宋大少爷的挑剔程度来说，不至于这么敷衍，更不至于贪这么个买一送一的小便宜。

难道说……

宋厌是想和自己带同款手串？

冒出这个念头的时候，夏枝野无声地笑了一下，把自己的那串带上，然后轻轻地抓过宋厌的手腕，两只胳膊在月光下交错：“不错，还挺好看。”

少年手臂修长，腕骨凛冽，黑色的石头散发着冷硬的光泽，衬得肤色越发冷白，就连那一蓝一粉的两颗月光石都柔和得恰到好处。

不得不说，的确好看得醒目。

只不过沈嘉言看了看那两个大老爷们儿，再回头看了看柜台上那款手串原本的位置上写着的“知己”的标签，一时不知有句话当讲不当讲——他想推荐的其实是刚才看见的桃园结义款。

短暂的犹豫后，他最终决定还是别讲了。

毕竟他的目的就是缓和两人的关系，现在他们这么其乐融融的，哪种关系好不是关系好呢？

知己和桃园结义有什么区别吗？

没有。

所以皆大欢喜。

想到自己为缓和宋厌和夏枝野的关系略尽了一份绵薄之力，沈嘉言感到十分自豪。

买完手串，夏枝野和宋厌都没什么愿望想许，于是三个人就打算先去吃饭。

夏枝野带他们去了一家露天的火锅店。

火锅店开在江边，桌子摆在院子里，装修古色古香，四周点着通电的假灯笼，抬头就是夜空万里，江风也不急不缓，很是有些情调。

沈嘉言十分满意。

三个人就选了靠江的位置坐下。

夏枝野随手把菜单上宋厌爱吃的那几样菜勾了出来，然后递给他们：“想吃什么，我请客。”

宋厌接过菜单，头也没抬：“AA。”

“怎么？我们厌哥这是要亲兄弟明算账？”夏枝野右手轻点了下桌面，腕骨上的珠串发出轻响，似乎在暗示什么。

宋厌：“……”

算了。夏枝野本来就不是会占别人便宜的人，收了手串，肯定是要请客请回来的。而且当着沈嘉言的面，他总不能直接说是担心夏枝野没钱吧，只能这顿先让他请了，以后再想办法补回来就是。

宋厌想着，没再说话，低头点菜。

一旁的沈嘉言凑过脑袋来，看见一盘二百九十八元的深海虾就想点，却被宋厌捏着圆珠笔杆直接打上了手背。

沈嘉言捂着手背倒吸一口冷气，都要委屈死了：“小厌，你打我干吗呀？！”

宋厌面不改色：“我海鲜过敏。”

沈嘉言：“？”

他认识宋厌十几年了，怎么从来不知道宋厌海鲜过敏？而且宋厌不是昨天才吃了他们家三只大闸蟹嘛，也没见有事啊？怎么突然就过敏了？

他这一愣神的工夫，宋厌已经飞速地勾好了几个素菜和相对便宜的荤菜，然后把菜单递回给了服务员。

服务员扫了一遍菜单：“请问你们还需要什么酒水饮料吗？”

沈嘉言终于回过神：“哦，来杯……”

还没说完，就被宋厌打断：“不用，白开水就行。”

沈嘉言再次：“？”

宋厌依旧面不改色，一脸淡定：“我和沈嘉言都不喝碳酸饮料，也不爱喝甜的。”

听他这么说，夏枝野也没多想：“行，那就先这样吧，不够再加。”

服务员转身离去。

一生钟爱“肥宅快乐水”的沈嘉言：“？”

What happened（发生了什么）？

宋厌去饭店吃饭居然不是按着菜单上最贵的从上往下点？还不点饮料，只喝水壶里的白开水？这还是宋厌吗？这个世界难道是要崩塌了吗？

他认真地看向宋厌：“厌儿，你家是要破产了吗？”

宋厌平静地看向他：“你的脑子是要拿来涮脑花吗？”

“……”

好的，宋厌还是那个宋厌，所以到底是哪里出了问题？

脑仁儿天生比较光滑的沈嘉言想来想去都没想明白。

宋厌看着他苦恼的表情，就知道他又遇上了什么超出他大脑负荷的世纪难题，但也没兴趣传道授业解惑，只是站起身：“我去趟卫生间。”

沈嘉言事情忘得快，听他这么一说，也跟着站起身：“那我去拿小料。”

放小料的位置靠近厨房，在院子最左侧，卫生间在院子最右侧，绕过一个人造的小假山和亭榭楼台后两人分道扬镳。

然后沈嘉言又问了两次路才终于摸到地方。

“你们这个庭院设计得也太复杂了吧，跟迷宫似的，不过确实有点儿好看。”沈嘉言一边选着小料，一边和旁边的服务员唠起嗑儿。

服务员笑着答道：“我们这儿白天看着其实也没什么意思，主要就是晚上天一黑，灯光一开，倒映在水里，显得特别好看。”

“这个确实。”沈嘉言点了点头，看着琳琅满目的小料台半天也无从下手，又问，“那你们这儿有什么小料推荐吗？”

“哦，有的。”服务员递给他一个小碟，“这款酸菜山椒酱是我们店自制的……”

“啊！！！”

话没说完，“啪”的一声，整个江边霎时陷入黑暗，周围顿时充斥了许多惊慌失措的尖叫和惊呼。

沈嘉言胆子小，直接一把抓紧服务员的胳膊，嗓门直飙海豚音。

本来没被断电吓着的服务员被他这一抓吓得不轻：“嗷——疼疼疼，小同学，你轻点儿。”

沈嘉言不但没轻点儿，还抓得更紧了，颤抖着嗓音发问：“闹……闹鬼了？”

“没事，应该就是停电了，最近这边电路老化维修，负荷又重，基本一个星期就要来一次，过几分钟就好了。”服务员见惯了大风大浪，十分坦然。

沈嘉言这才松了口气：“那就好，吓死我了。”

服务员安抚道：“你这算运气好的了，如果在厕所突然遇到停电，那才倒霉。”

沈嘉言脑补了一下：“那确实，鬼故事一般都发生在厕……”

等等。厕所？！宋厌好像还在厕所！

想到这一点，沈嘉言顿时人也不怕了，声音也不抖了，抓住服务员就问：“厕所在哪边？”

服务员指了个方向：“靠右一直走，绕过那座假山就行。但其实有点儿远，你要不等来电了……”

“等不及了！”

沈嘉言匆匆扔下一句后就打开手机电筒，端着手里的酸菜碟子，飞快地往卫生间狂奔而去。

宋厌对小时候发生过的事有心理阴影，不能一个人待在漆黑的密闭空间，情况严重的话还会麻痹休克。

沈嘉言越想越着急，生怕宋厌出什么事。

然而等他终于绕了一大圈，找到卫生间，把门一脚踹开的时候，却站在门口愣住了。

想象中的宋厌独自一人蜷缩在角落瑟瑟发抖，急需他这个发小儿一个温暖又结实的拥抱的场景并没有出现。

因为宋厌身边已经有人了。

向来抗拒亲密接触，在幽闭恐惧症发作时尤其排斥他人的宋厌，此时此刻正站在夏枝野旁边，接受着这位据说关系不怎么好的同桌的无声安抚。

那一刻，沈嘉言站在门口，突然之间觉得自己好像一条酸菜鱼啊。

起初停电的时候，夏枝野并没有想那么多。

他正摆弄着腕骨上的手串，听见周遭的尖叫声，一抬头，发现目之所及一片漆黑，除了江对面的零星灯火，就只有每个人手机的光亮。

而宋厌的手机还在桌上。这黑灯瞎火的，没有手机基本是举步维艰，万一宋厌不小心摔倒了怎么办。小瘸子这腿才好没几天，可不能再瘸了。

夏枝野想着，拿起宋厌的手机，起身往卫生间走去。

这家火锅店也算高消费的店面，卫生间外部装修成了古色古香的竹舍模样，还点着熏香，周遭一片安静，似乎并没有人。

夏枝野推开外面的门，懒洋洋地叫了声："宋大……"

"喜"字未落，就借着手机微弱的灯光看见了那个熟悉的单薄的身影正伏在洗手台上，大口大口地喘着气。

宋厌一手撑着大理石台的边缘，一手攥着领口，手背因为用力过度，筋骨尽显，本来偏冷的肤色在手机光的照射下呈现出一种惨淡的白，额角还泛出细密的汗。

没有正常人怕黑会是这个反应。而且他们一起住了这么久，除了失眠，晚上也从来没见过宋厌有什么异常。

不对，宋厌醉了那天似乎明确地表示过不喜欢晚上一个人待在房间。

难道说宋厌是不能独自一个人待在黑暗的密闭空间？

夏枝野想到这儿，瞬间敛去所有不正经的神色，上前扶住宋厌，低低唤了声："宋厌。"

听见他的声音，宋厌在一瞬间卸下了所有的力气，撑在台沿的手指一点点松展开来，像是怕黑的孩子终于见到了光。

"别怕，没事了，我在。"

短短的三个词组背后，是黑暗中默契而无声的信任和陪伴。

那一刻，宋厌就像一个独自在沙漠里跋涉了许久许久，熬了许久许久，撑了许久许久的旅人，终于找到了一处可以接纳他的甘泉绿洲，获得了久违的安宁和纵容，而后他便一动也不敢动地沉溺于此。

他想着，哪怕这是海市蜃楼，他也愿意就一直待在这样的幻觉中，总好过继续在无望的沙漠里独自苦苦支撑。

场面一时安静而平和，直到一道开门声打破了这幻境。

夏枝野听见动静，偏过头，看见沈嘉言正一手拿着手机照亮，一手端着个不知道什么玩意儿的东西，站在门口呆呆地看着他们。

他微挑了下眉，大概意思是想表示"你知不知道这是怎么回事"。

但看在沈嘉言眼里就成了"你不是该麻溜儿地滚吗"。

于是求生欲让他准备假装什么都没看到，掉头就走。

然而"啪"的一声，电力恢复，室内瞬间一片明亮。

宋厌也调整好了状态，听见动静，站直了身体，一抬头看见沈嘉言一言难尽的表情，然后眉眼恢复漠然："有事？"

"……"

沈嘉言不敢说有事。

毕竟从他和宋厌多年相处的经验来看，撞破宋厌示弱的场面基本没什么好下场。

于是他缓缓端起了手里的酸菜碟："那个，就是想来问问你们……吃吗？"

"……"

宋厌和夏枝野看了看厕所门口的标志，又看了看沈嘉言手里那碟颜色诡异的糊状东西，沉默地离开了案发现场。

剩下沈嘉言独自一人呆呆地站在原地，开始反应过来好像有哪里不对。

说好的宋厌和夏枝野关系不好呢？

为什么他成了被排挤的那一个？？？

三人回到座位上，谁都没再提刚才的事。

宋厌是不想说。

夏枝野是知道宋厌不想说所以不说。

而沈嘉言是明明想说，但又不知道自己到底该不该说。

桌上的气氛就挺微妙的。

本来也没点多少肉，还全被夏枝野捞给了宋厌，但沈嘉言作为一个资深吃货居然也没说什么，只是默默观察着两人的举动。他越看越觉得不对劲。

这叫讨厌吗？是他对讨厌有什么误解，还是宋厌对讨厌有什么误解？而且这边还有个一米七四的大活人搁这儿喘着气儿呢，你们俩能不能抬头多看我一眼？

当夏枝野又把一片裹满辣油的肥牛伸进清汤里过了一遍才夹给宋厌的时候，沈嘉言笃定了这一点。

于是等吃完火锅，三个人出了商业区，准备分道扬镳的时候，沈嘉言一把扶住了出租车的车门，探出脑袋："夏同学和我们一起回酒店吧。"

夏枝野微挑了下眉。

沈嘉言解释道："这么晚了，你一个人回宿舍也没意思，而且明天还要出去玩的，你到时候再过来接我们多不方便啊，所以不如晚上就一起住吧，三个人还能斗斗地主。"

沈嘉言说得有理有据，但是意图过于明显，一看就是有诡计在身。

看来宋厌这位不太聪明的小竹马好像有话要对自己说。

想到宋厌停电时的异常，夏枝野也没戳穿，只是弯下腰，看向坐在里侧的宋厌："所以，这位小同学介意晚上收留我一下吗？"

傲娇的小同学别头看向窗外："爱来不来，关我何事。"

夏枝野低笑一声，上了车。

沈嘉言订的是间行政套房，有一个客厅，一个双人间，一个单人间，还有两个浴室。

本来想的是他和宋厌一人一个房间正好，现在却计划有变。

因为他有些事不敢问宋厌，只敢问夏枝野。

于是他鼓起勇气，提出建议："我和夏枝野住双人房吧。"

宋厌淡淡地掀起眼皮，看向他。

本来只是一个很平常的询问眼神，却吓得沈嘉言一个激灵，心虚地解释道："那什么，我就是觉得你觉浅，然后我晚上睡觉又不老实，万一吵着你了，你又失眠，多不好啊。"

说完偏过头，使劲朝夏枝野使着眼色，似乎是在寻求帮助。

看来这小同学还真不怎么聪明。

不过自己还需要他的帮助，所以夏枝野也就懒洋洋地附和道："正好我和这位小沈同学一见如故，十分投缘，所以晚上打算来个促膝长谈。"

性格八竿子打不到的两个人，有什么好促膝长谈的？怎么没见他跟自己谈？而且两个大男人的在这儿眉来眼去的是当他瞎吗？

宋厌就算是个傻子也能察觉到沈嘉言是别有所图。

但他图什么呢？

宋厌没再想下去，冷淡地"嗯"了一声，就自己回了单人间。

门带上的时候，沈嘉言挠了挠脑袋："我怎么觉得小厌好像有点儿不高兴？"

夏枝野看着宋厌背影消失的方向，若有所思："可能吧。"

"那怎么办？"

"没事。"夏枝野说着回头看向沈嘉言，语气散漫，"所以你现在可以说了吗？”

他比沈嘉言高了十几厘米，随便一瞥，就很有压迫感。

沈嘉言一下就有点儿慌：“说……说什么？”

“说你为什么非要和我独处。”夏枝野好整以暇地看着他，一脸“我就静静看着你表演”的神情，看得沈嘉言心里发慌。

他本来是想迂回试探的，但现在看来似乎已经暴露了，明显自己的智商不够在对方面前玩谍战，索性心念一转，觉得反正最后都是要说的，那不如直接一口气说个明白。

于是沈嘉言咬咬牙，心一狠，直接把夏枝野拉进房间，反锁上门，压低声音质问道：“你不是说小厌讨厌你嘛！”

“嗯。”夏枝野脸不红心不跳，“他确实讨厌我啊，你自己也看到了，他觉得我是渣男。”

“……”沈嘉言听到这话，沉默半晌，然后开口，“其实吧，这事也不能怪小厌，是我在你们学校贴吧看见有人说你有好多仰慕者，然后我就数了数那些自称是你仰慕者的人 ID，所以我就告诉小厌了……”

夏枝野：“……”

原来谣言的根源竟在于此。

他反思片刻，自省道：“对不起，怪我太有魅力。”

沈嘉言：“……”

这个人好不要脸。

但为了以防万一，沈嘉言还是确认了一句：“所以她们真的不是你仰慕者？”

夏枝野慢悠悠道：“你相信我，除了我以外，她们在网上可能还有八个弟弟、九个哥哥。”

沈嘉言：“……”

难以反驳。

“所以你还有什么想说的吗？”

“对不起。”

“没关系。”

“谢谢你。”

“不客气。”

诡异的儿童礼貌教学示范对话后，空气陷入了尴尬的沉默。

半晌，沈嘉言才终于开了口：“除了这点，其实你和小厌关系不错吧。”

夏枝野刚想开口，沈嘉言就打断了他：“别不承认了，我都看出来了。就小厌的性格，关系不好的话根本不可能和你聊微信、开黑、买同款手链，更不可能在 PTSD（创伤后应激障碍）发作的时候还让你在旁边！”

“PTSD？”

夏枝野抓住了重点。

沈嘉言点点头：“嗯，小厌不能一个人在漆黑的密闭空间待着，不然就会创伤应激症发作。”

夏枝野好像突然想到什么，问：“和小时候的经历有关？”

“唉，说来话长。”沈嘉言叹了口气，“其实这事我本来不该说的，因为小厌知道了肯定会不高兴，但他现在一个人在南雾，我确实不放心，所以才告诉你的，你得保密啊。”

“嗯。”

沈嘉言问：“你知道小厌家其实挺有钱的吧？”

夏枝野点了点头。

沈嘉言接着道：“但其实他们家是白手起家，他爸就是南雾三中出来的高考状元，后来在首都遇上他妈，两个人一起创业、结婚，吃尽了苦头，才打拼出现在的家业。

“具体中间经历了什么，我也不知道，但反正生小厌之前，他爸妈的感情就已经破裂了，怀上小厌的时候，他爸就想打掉，他妈不肯，非要生下来，但因为怀孕期间他爸冷暴力，他妈生下他后就得了产后抑郁症，再后来严重到精神都有点儿失常了。

“好的时候对小厌还好，坏的时候就使劲打骂，那时候我家还住小厌家对面，我妈遇上了就带他回家躲躲，没遇上他就一个人受着。有一次零下 10 摄氏度，他被关在门外关了整整一天。

“再后来她妈病情越来越严重，他爸又一直不着家，小厌五六岁的时候，在他爸妈结婚纪念日那天，他爸陪一个女明星出席剪彩活动去了，她妈从电视上看到后就把小厌和她自己一起反锁在了一间黑屋子里，想要带小厌一起死。

“但最后大概是实在狠不下心，没舍得让小厌陪着她死，就自己吞了一整瓶安眠药，在小厌面前睡了过去，等到第二天中午阿姨来做饭才发现他们。

“所以小厌就和他妈妈的尸体在黑屋子里待了整整一夜。他被救出来的时候没哭没闹，只是从那以后就不怎么爱和别人说话了，还落下了创伤应激症。

“小厌这人确实脾气不太好，臭毛病挺多的，但是他人真的很好。小时候我们两个一起去爬山，我不小心从栏杆上摔下去了，如果不是他拼命拽着我，我现在估计都已经投胎了。后来去医院检查才知道他胳膊当时都被我拽脱臼了，却一直没放手，所以就冲这一点，他这辈子都是我最好的朋友。

“但是我这人也挺不靠谱的，不怎么聪明，也不会打架，很多事都帮不上他，更别说现在还离得这么远了，所以如果可以的话，能不能麻烦你照顾一下他。

“我之所以和你说这些，是因为我觉得他对你挺不一样的，能在他 PTSD 发作的时候还陪在他身边的人，一定是他很信任很信任的人。”

沈嘉言说完最后一句话，看向了夏枝野，清澈的眼睛里充满了最单纯的真诚和期待。

夏枝野垂下了眼睫，漫长的沉默后，才终于低缓地应了句：“放心吧。”

他想过宋大喜小时候可能过得没那么好，但是没想到会过得这么不好。难怪会取名叫“厌”。可是这么嘴硬心软、漂亮聪明的小少爷，就应该是从小被人喜欢的才对。

想起那天，宋厌歪着脑袋问他为什么没人喜欢自己时的样子，夏枝野心脏酸楚得连呼吸都有些困难。

以至于他平复很久才勉强不动声色地应出这么一句“放心吧”。

而他让沈嘉言放心，并不是因为任何人的嘱托，只是他自己想要让宋厌明白他就是世界上最招人喜欢的小朋友而已。

宋大喜就应该是被人宠着的大少爷。

夏枝野低垂着眼眸，目光无意识地注视着腕骨上那串手链，浅褐色的眸子里没了平日里散漫不着调的笑意，只有一种或许连本人都没有察觉到的情绪。

这一切都落在了沈嘉言眼里。他张了张嘴，似乎是想说什么，但犹豫半晌后又给咽了下去，如此反复几次后，终于没忍住，还是试探着开了口：“那什么……夏同学，有句话我不知当讲不当讲。”

夏枝野漫不经心道：“讲。”

“那个，既然这样的话，你要不要试试给我们家小厌当个人形安眠药？”

沈嘉言话音落下的那一刻，夏枝野抬起了眼眸：“？”

人形安眠药？

好像也不是不行。

之前只是以为宋厌是单纯的睡眠质量不好，现在知道了其中隐情，夏枝野觉得自己作为好兄弟能帮一些是一些。

夏枝野看着沈嘉言进了浴室后，从柜子里拿出条空调被，径直去了客厅。

他刚刚躺上沙发，“吱呀”一声，单人间的房门就开了。

卧室的灯光从门里倾泻而出，在黑暗的客厅里切割出一个扭曲的几何光块，恰好把沙发上的夏枝野笼罩其中。

宋厌站在光影的分界处，蹙起眉：“你睡客厅干吗？”

夏枝野说瞎话连眼都不带眨：“沈嘉言打呼噜打得太响了，我睡不着。”

宋厌：“？”

沈嘉言打呼噜吗？他怎么不记得了？

看着宋厌将信将疑的样子，夏枝野装模作样地紧了紧身上的被子：“没事，睡客厅也挺好……阿嚏！”

话没说完，夏枝野就侧过头，挡着脸，轻轻打了个假喷嚏。

宋厌这才发现客厅空调温度很低，而夏枝野身上只有一床很薄的空调被。而且沙发说窄不窄，说宽也不宽，夏枝野毕竟一米八七的个子，躺在沙发上完全伸展不开，只能弯着两条大长腿，看上去憋屈得慌。

别人好心好意来当免费导游，没道理晚上连个舒服觉都捞不着。

宋厌认为自己不是在心疼夏枝野，而只是在尽最基本的宾主之仪而已，冷淡道：“你要是觉得客厅冷，就进来睡。”

说完转身进了屋，却没有带上房门。

从夏枝野的角度可以清楚地看见屋内只有一张不算宽的床。

于是夏枝野又装模作样地咳了两声，佯装不得已地说了句“唉，没办法，外面真的太冷了”，然后就抱着被子，带着藏不住的笑意慢悠悠地跟在宋厌身后晃进了他的房间。

果然，宋厌心软，好骗，只需略施小计，一切手到擒来。

两个一米八几的大男生挤一张单人床确实不算宽裕，宋厌平躺着，觉得略有些挤，于是侧过身，却借着床头朦胧的灯光隐约看见了夏枝野脖子后方似乎有什么红痕。

夏枝野皮肤白，红痕红得突兀，宋厌目光瞬间冷了下来，一把扯下夏枝野的睡衣领口：“怎么回事？”

夏枝野有点儿蒙：“什么怎么回事？”

“你自己看。”

宋厌拿出手机对着他的脖子拍了张照递了过去。

夏枝野看了一眼，心下了然，坐起身，开始解起睡衣的腰带：“酒店睡衣应该没除螨，有点儿过敏。”

夏枝野说这话的时候，睡衣已经彻底离开了他的身体。

宋厌一回过身，正好看见了他的背部，果然起了密密麻麻一大片红疹，衬着原本健康白皙的肤色，看上去有些触目惊心。

宋厌蹙起眉：“去医院？”

“不用，买点儿药擦一擦就行。”夏枝野一副稀松平常的模样。

看来这种过敏应该是常态了。平时看着夏枝野吊儿郎当、荤素不忌的，没想到还挺娇气。

宋厌下了床，打开行李箱，拿出一个药箱，翻了半天，翻出一管比平常药膏要大上许多的药膏，回头朝夏枝野道：“你看看这个你能不能用。”

宋厌对灰尘螨虫一类的东西也容易过敏，所以覃清在他的药盒里一直常备着这个药膏，据说是从国外带回来的，止痒杀菌，药效温和，基本可以应付大部分不太严重的皮肤红疹过敏。

夏枝野本来是打算叫个跑腿买点药送到酒店，听到宋厌的话，他走过去，接过药膏，看了一眼包装上的纯英文说明，点了点头：“可以，能用。”

“能用就行。”

夏枝野换下来的衣服已经送去了酒店洗衣房，睡衣因为过敏又脱了下来，所以此时此刻就只穿了一条黑色的平角内裤。

宋厌抬头见他这副样子，从行李箱里翻出一套最大的休闲服扔给他。

夏枝野好端端地突然被兜头砸了衣服裤子，本来还有些蒙，片刻后反应过来，忍不住勾起了嘴角。

夏枝野慢条斯理地套上了裤子，上衣却没穿。

宋厌忍不住问：“你是对你的腹肌很有自信？”

确实很有自信。

夏枝野举了举手里的药膏："衣服穿上了你怎么给我涂药？"

宋厌："……"

凭什么我要帮你擦药？

夏枝野像是看出他在想什么一样，慢悠悠地解释道："因为我够不着自己的背。"

"……"

红疹大多集中在背部，夏枝野自己确实没什么办法。

宋厌也不能见死不救，于是只能冷着脸，一脚把夏枝野踹上沙发："老实趴着。"

夏枝野其实背上痒得厉害，只是怕宋厌担心，所以没说，于是老老实实地趴在沙发上玩手机，试图转移自己的注意力。

而宋大少爷这是第一次给人涂药。他戴好透明乳胶手套后，站在沙发边，愣是不知道从哪儿下手，索性一脚踩上沙发，然后一巴掌拍上夏枝野的背："别乱动。"

夏枝野："……"

不敢动。

虽然宋厌的手法很生疏笨拙，但不难感受到刻意放缓的轻柔和谨慎。

凉凉的膏体敷上刺痒的肌肤，还挺舒服。

体贴，温柔。

夏枝野丝毫不觉得自己给宋厌贴上的这两个形容词有哪里不对，他默默享受着来自宋厌的顶级服务。

没过一会儿，药就涂完了，就在宋厌去卫生间洗手时，夏枝野的手机响了，是商淮打来的微信电话。

夏枝野懒洋洋道："大晚上的给我打视频电话什么事？"

"好事！"商淮眉眼中浮现出一丝兴奋，"我给你看样东西！"

说着镜头一转，正对电脑屏幕。

屏幕上是一封邮件。

发信人：寰月娱乐

主题：面试通知

正文：恭喜商淮先生通过了我司 demo 海选，请于十月五日上午十点参加二轮面试，地址……

夏枝野反应过来：“你之前说的那个选拔歌手的海选，你过了？”

商淮转回摄像头：“那必须，不过海选都对不起我夏爷。”

“行，那你缺什么就跟我说，我永远是你的好兄弟。”

“那倒也没缺什么，就是想找你们晚上一起吃个饭。我明天一大早就要去那边了，这次如果选上了，可能就不回来了，就当吃顿散伙饭。”

商淮的话说完，宋厌正好从卫生间出来，听到一字半句的，问：“什么散伙饭？”

“没什么。”夏枝野顺口解释道，“就是商淮之前报名的海选过了，五号去复试，明天一早走，走之前想请我们吃个饭。”

“五号复试，明天才三号，去那么早干吗？”

夏枝野也意识到这个问题，问商淮：“你这么早去有什么事？”

“嗐，我能有什么事。”商淮无奈地叹了口气，“还不是因为穷嘛。这事我没敢跟我妈说，身上总共不到一千块钱了，连往返高铁票都买不起，只能坐绿皮火车。”

宋厌对“绿皮火车”这个词实在没什么概念。

夏枝野解释：“从南雾到首都的绿皮火车差不多得坐三十个小时。”

商淮补充：“而且还是硬座。”

宋厌：“……”

难以想象。

“不过那你身上就这么点儿钱，去那边住哪儿？”夏枝野问商淮。

商淮一脸看得很开的表情：“随便找个地儿凑合一夜呗，这样等我以后爆红了，把这段经历拿出来一吹，绝对励志，绝对感人，绝对是人物传记中浓墨重彩的一笔！”

说完似乎已经陷入了对未来人生的美好幻想，一个劲儿地“嘿嘿”

傻笑。

他怎么就这么盲目乐观呢?

夏枝野看得好气又好笑:“行了，别在那儿美了，把地址发给我，待会儿我和宋厌一起过来，看能不能再给你凑点儿钱。”

“真不用凑钱……”

“行了，少废话，我挂了。”

夏枝野掐断视频，一偏头，发现宋厌正站在一旁握着手机，耷拉着眼睑，微抿着唇角，似乎有什么心事的样子。

他低声问道:“想什么呢?”

“没什么。”

宋厌指尖点着手机屏幕上刚查到的银行卡余额数目，敷衍地应了一声。

虽然把信用卡还给了宋明海，但宋厌也从来没担心过自己会缺钱。

因为从小到大宋明海再怎么冷言冷语，也从来没在经济这方面亏待过他，每年过年那些叔叔阿姨给的压岁钱加起来少说也有六位数，所以宋厌一直以为自己卡里还有不少钱。

但是他没想到，自己平时竟然也挺能花的，所有余额加在一起，竟然只剩七千五百一十八元了。

对于他来说，这个数目是到了冬天连件像样的大衣都买不起的程度，现在却要一直用到过年。但其实七千多块钱如果省吃俭用，凑合一下，用个四五个月倒也不是不行，只不过……

宋厌想起商淮刚才高兴又激动的样子，还是做出了决定，抬起头，看向夏枝野，若无其事道:“我转五千给你，你转给商淮吧。”

夏枝野迎上他的视线，微抬了下眉，似有质询。

宋厌似乎是不擅长表达这种善意，有些别扭地避开眼神，语气却还在假装漫不经心:“反正也没多少钱，让他来回坐个飞机，找个像样的酒店，再稍微收拾一下自己，别给我们三中丢脸。”

明明就是担心商淮坐绿皮火车太辛苦，休息不好，一个人在那边露宿街头也可能遇到危险，所以想帮他一把，偏偏要说得这么冷冰冰的样子，是真的傲娇。

夏枝野看着宋厌别别扭扭避开的小眼神，忍不住眉眼带笑。

不过傲娇得很可爱。

如果爷爷没冻他的卡，他是可以直接帮商淮的，但现在手里确实没钱，这事又来得急，于是他应道："行，这笔钱算我替他借的，年前一定还你。那晚上还和商淮吃夜宵吗？"

"给他买机票让他过两天走，今天晚上不去，累得慌。"

说完，门外突然传来啪啪啪的一阵动静，然后房门被一把推开，沈嘉言着急问道："你们知道那个'性感美貌男高中生'出什么事了吗？"

"商淮？"宋厌稍微思考了一下，才反应过来"性感美貌男高中生"是谁，"他找你有事？"

"我之前直接找他下了两百局的单，钱都付了，结果现在还剩一百多局，他突然跟我说他以后都不能再玩游戏了，把我的单转给那个'可爱美貌男高中生'，问我同不同意。"

"你不同意？"

"这倒没有，反正谁陪玩都一样，只要能带我上分就行，我主要担心他是不是出了什么变故，怎么好好的，突然就再也不能玩游戏了？我一个网友，也不好问他，就想着你们不是同学嘛，是不是知道些什么。"

宋厌说："商淮他没事，就是通过了一个歌手的海选，要去面试，估计后面没时间玩了而已。"

"哦，那就好。"沈嘉言松了口气，又问，"那那个'可爱美貌男高中生'怎么样？"

宋厌和商淮以及周子秋的交集基本仅限于夏枝野，所以说熟也不算熟，只能凭借平时的接触和几次开黑的经验做出粗略的判断："可能性格没商淮那么好，话也没那么多，但是人应该不错，游戏技术也好一些。"

"哦，行。那就祝你那位同学面试顺利。"沈嘉言终于松了口气。

宋厌想到什么，问：“那你要不明天和我们一起去聚餐？”

沈嘉言一向最爱热闹，当即一拍大腿：“好啊！”

第二天的聚餐选在了载酒巷的小院子里。

刘奶奶亲自下厨做了一大桌饭，商淮自己拎了两大盆牛蛙加一箱饮料往桌上一放，送行宴算是正式开始。

商淮给自己倒了满满一杯可乐，往宋厌面前一敬：“第一杯，敬我的好兄弟，宋厌同学。主要是想感谢你这次慷慨解囊，仗义相助。”

说完，他一口气闷完一杯“肥宅快乐水”，感叹道：“厌哥，说实话，最开始我都想不通夏爷对你那么好干吗，就觉得你这人特高冷，特挑剔，特装，特不近人情，特……”

“特”到一半，撞上宋厌杀气腾腾的冰块脸，生生咽下去，当即一声大义凛然的“但是”，然后话锋一转。

“但是我现在知道错了，我们厌哥不仅长得帅，成绩好，家里有钱，而且还十分善良、讲义气，绝对是朋友中的朋友，难怪能博得我们校花好感，以后但凡有需要的，给我说一声，上刀山下火海，义不容辞！钱我也会尽快还的！”

“校花？”沈嘉言一听这个词可就来劲了。

难得有人捧场，商淮也是吃瓜不嫌事大：“就我们学校校花，长得可漂亮了，也是野哥的仰慕者之一。”

这事他怎么不知道。

宋厌撩起点儿眼皮，夏枝野忙给他夹了一筷子菜：“别听他瞎说，就一高三学姐，平时没事爱开些玩笑。”

“和我没关系，反正你仰慕者多，也不差这一个。”宋厌面无表情地把夏枝野夹的菜拨到一边。

夏枝野：“……”

沈嘉言：“……”

商淮：“……”

“那个，我能问一句吗，你从哪儿知道的夏枝野有很多仰慕者？”商淮小心翼翼试探道。

宋厌瞥向沈嘉言。

沈嘉言心虚地往后一躲。

宋厌再瞥，沈嘉言再躲。

再瞥，再躲。

再瞥，再……

吧唧——

沈嘉言一屁股滑下椅子，幸好旁边的周子秋手疾眼快，一把将他捞了起来。

沈嘉言忙冲着旁边这个身穿黑色卫衣的男生说道：“谢谢，谢谢。”

然后心虚地看向宋厌：“那个……都是江湖传言……可能有那么一些欠缺真实性。”

“一些？”商淮“啧”了两声，“你这个用词可以再大胆一点儿，岂止一些，简直就是胡编乱造，我们夏爷可是著名的钢铁直男，不近女色，‘母胎’单身。你知道他曾经做过什么事吗？”

沈嘉言：“什么？”

“以前有个级花好不容易鼓起勇气向夏爷表达了仰慕之情，结果他看了一眼人家的数学卷子，就说他不可能和分数只有自己一半的人做朋友，给级花气得当场报了数学补习班。”

“然后呢？”

“然后考试结果出来那天，她爸妈带着一大堆礼物把夏爷堵在了教室门口。”

“为何？”

“级花受到刺激后不打扮了，不看偶像剧了，刻苦学习，坚持要争一口气，最后考上了我们市最好的学校，她父母感动地送了夏爷一面锦旗。”

“写啥了？”

“劝学。”

沈嘉言：“……”

宋厌：“……”

事情的发展竟然如此出乎意料。

商淮回忆起往事，意犹未尽：“我这辈子就没见过夏爷这么不解风情的人，白瞎了这脸、这腿、这腹肌了。”

沈嘉言拍了拍他的肩，安抚道：“没事，以后等你红了，一定会遇上欣赏你才华的女生的。”

“她就不能欣赏我的脸吗？”

“……”

此时无声胜有声。

商淮很受伤，叹了口气：“所以还是网友好，你看小奶莓……”

沈嘉言听见这个词猛呛了一下。

“你这么激动干吗？”商淮有些不解，但也没多想，“只可惜我现在要去忙事业了，只能先把人暂时托付给我兄弟了。”

说着，他看向周子秋。

周子秋都懒得理他：“我对那种不会好好说话的、嗲得不行的女生没兴趣。”

沈嘉言：“……”

你才不会好好说话，你才嗲得不行，你才是女生。

一旁的夏枝野好不容易从盆里挑中一只肥硕的牛蛙腿，夹给宋厌，顺便笑道：“万一是个男的呢？”

周子秋挑眉：“就那名字，那声音，那语气，能是个男的？”

“这可不好说。表面叫着‘小甜甜’，实际可能是个小哥哥……”

“咳咳咳——”

夏枝野本来是想逗沈嘉言，以报被诋毁之仇，结果本来好好吃着牛蛙的宋厌却突然被呛到，低头猛咳了起来。

夏枝野忙递过一杯水：“慢点儿吃，没人跟你抢。”

“就是，多着呢。”那头商淮伸着筷子往盆里一探，突然发现大事不妙，“欸，不对啊！我点了八只牛蛙，怎么就没了！”

周子秋筷子一点，示意他看向宋厌面前那堆“骨山骨海”：“全被夏枝野挑到这儿来了。”

“也不对啊。凭我多年的吃蛙经验，这绝对没有八只。”商淮不信邪，重新掰了双公筷，一个一个捡过骨头拼了起来，拼得熟练而专注。

很快，他一拍桌子：“你看，我点了八只牛蛙，现在有十个背，却只有十六条腿！还有十六条腿去哪儿了！这个商家太可恶了！我要拍照留证，找他说理去！”

商淮一脸义愤填膺，仿佛受了奇耻大辱。

以至于沈嘉言没太看懂：“至于吗？不就是几只牛蛙吗？不够吃再点两份就是了。”

“这不是够不够吃的问题，这是欺骗，这是失信，这是原则问题。不信你问夏爷，如果有人故意骗他，是不是连朋友都没得做？”

沈嘉言偏头看向夏枝野。

刚咳完起身，端起水杯正准备喝一口水润润嗓子的宋厌听到这话，动作不自觉地顿住，似乎也在屏息等待夏枝野的答案。

而夏枝野正剥着一颗薄荷糖，答得漫不经心：“确实。尤其是男装女骗人这种，实在太过分了。”

沈嘉言：“……”

宋厌：“……”

沈嘉言确信夏枝野是在内涵自己，一脸敢怒不敢言。

而宋厌只是默默放下杯子。

反正他也没亲口说过自己是女生。

毕竟谁说叫“人美钱多小富婆”的就一定是女孩儿了？

他，宋厌，坦坦荡荡。

## 第八章

# 豌豆小公主

十月的桂花也谢得差不多了，细碎地铺了满地，它们被夜里落下的秋雨打湿，嵌在院子的水泥地里，犹自奉献着最后的清香。

缺的那十六条牛蛙腿最后也没去找店家算账，用商淮的话来说，就当为他追求梦想的道路攒点儿人品。笑闹玩后，大家吃饱喝足。五个人就搬了五把椅子，在屋檐下坐成一排，看着南雾最寻常不过的雨夜。

“你们说，我这次去能行吗？”退去插科打诨，商淮的笑容多了些意味不明的惆怅，“我怎么总觉得我不行呢，长得没夏爷帅，个子没周子秋高，除了会唱点儿歌以外，啥也不会，总感觉去也是白跑一趟。”

宋厌不会安慰人，也不会昧着良心撒谎，于是只能选择沉默。

倒是夏枝野靠在竹椅背上，支着两条大长腿，语气散漫又无谓：“不行就不行呗，大不了去晃一圈，就当一日游了，反正以后有的是机会。”

再平淡不过的一句话，却最是奢侈。

只有十几岁的少年才敢这么狂妄地觉得日子还很长，机会还很多，而梦想也有的是时间实现。

尽管很多时候面对这个世界带来的阻碍时，他们显得那么一无所有又无能为力，然而年轻和狂妄就是他们永远可以用来对抗成年世界的最奢侈的资本。

所以那个时候商淮才会信誓旦旦地说：“对！这次不行还有下次！

反正我以后一定可以成为最红的歌手！”

沈嘉言也坚信不疑地认为：“我以后也一定可以建立最厉害的游戏战队！”

就连周子秋都觉得自己能成为全世界最棒的游戏设计师。

“说到这个，夏爷，你的梦想是什么？认识你这么多年还从来没听你提过。”商淮偏头看向身旁的夏枝野。

夏枝野倒也没多想：“世界和平。”

“……”

看众人似乎不信的样子，夏枝野又慢悠悠补充道：“我是说真的。我从小到大也没什么特别缺的，或者特别想要的，非要说个什么梦想的话，就世界和平吧，这样起码可以活得久一点儿。”

这么一说，倒也很符合夏枝野的性格。

“那厌哥，你呢？”商淮又问。

宋厌则冷静地吐出四个字：“高考状元。”

“……”

明明是最现实的愿望，但不知道为什么，听上去感觉比世界和平还要离谱。毕竟很少有人会说我的梦想是次次考试第一，我的梦想是高考状元，因为在绝大部分人的观念里，所谓学习、考试只是一个逼不得已的人生过程而已，并不是他们真正想要的结果。

商淮觉得宋厌可能是误解了这个“梦想”的意思，试探着引导道：“除了这个，有没有再长远一点儿的。”

宋厌毫不犹豫：“没了。”

众人：“……”

商淮不死心，问：“你就不想当个科学家、宇航员、发明家什么的？”

宋厌侧眸看向他，仿佛在看一个小学未毕业的孩子。

商淮：“……”

行吧。可能长得帅的富二代学霸就是和别人不一样。

“反正不管怎么样，希望在座各位的梦想都可以实现！”商淮也懒得管那么多，高举杯子，大喊一声。

沈嘉言立马十分给面子地举起了自己的豆奶：“对！祝我们的梦想都可以实现！”

周子秋笑骂了声，也举起了手中的杯子。

一旁的宋厌实在干不出这种事，夏枝野就拿着自己的可乐，往他手里的易拉罐边缘轻轻一碰，笑得松弛又纵容：“希望宋大喜的梦想也可以早日实现，到时候我屈居第二，当高考状元的好兄弟就行。”

话音刚落，隔壁的商淮立马不服气：“夏爷，你偏心！我也要祝福！”

“你要啥祝福？！”

“我就要，我就要，别人有的我都要有。”商淮不要脸地缠上来抱住夏枝野的大腿。

夏枝野笑着踹了他一脚：“滚。”

“不滚。祝福。你偏心……”

“走开，别恶心人。”

“不走，不走，就不走。”

“商淮，我打人了啊。”

十几岁的男生的幼稚程度总是难以想象，院子里嘈杂的嬉笑怒骂声混成一团，吵得巷子里其他人家直接开门怒斥。

宋厌心里骂道都是群什么傻子，却到底忍不住仰头呷了一口饮料，来掩饰住自己轻勾的唇角。

后来宋厌想，他本该冷冷清清孤家寡人的一生就是从这条巷子开始走向了完全不一样的方向。

只是因为拐进了一个不该拐进的院子，遇到了一个和别人都不同的人，然后就被带进了那些热闹喧嚣里去。

这让他寡淡的少年时代从此变得鲜活起来，才不至于在往后许多年的回忆里，都只有和从前那十几年一样如出一辙的沉默和孤独。

欲买桂花同载酒。

宋厌觉得这条巷子还真是取了个好名字。

送走沈嘉言和商淮的那一天，南雾下了场很大的雨，气温在一夜之间就降了下来。

沈嘉言拉着夏枝野的手在一旁叨叨了半天，没完没了，最后宋厌实在没忍住，给一脚踹进了安检口，才算作罢。

这两个人才认识几天，哪儿有这么多话要说。

宋厌想着，面无表情地转身走出了机场大厅。

一出门，冷风迎面吹来，透过薄薄的卫衣在宋厌背上刮起一层鸡皮疙瘩，他忍不住打了个寒战。

夏枝野从身后搭上宋厌的肩，懒洋洋道："你对沈嘉言那么凶干吗？人家可是在嘱咐我一定要好好照顾你。"

宋厌双手插进衣兜，没好气道："我用你照顾？"

"怎么不用？你看我不是正在用我伟岸的身躯替你遮风挡雨？"

"滚。"

宋厌手肘往后一屈，试图顶开夏枝野，夏枝野却笑着问："你这次回去没带厚衣服回来？"

因为压根儿就没回家。

但是这话宋厌不想告诉夏枝野，他随口敷衍了句："嗯，忘了。"

"那你穿我的？"

宋厌拒绝得很果断："我宁愿选择冻死。"

大不了再撑两天，等沈嘉言去他家帮他把衣服寄来就行。

宋厌已经做好了挨冻的准备，然而回到宿舍的时候，宿管阿姨却叫住了他："哎哟，宋厌呀，你总算回来了，你快递都堆在这儿两天了，我们过路都不好过的，你赶快把他们搬走了啦。"

宋厌回头一看，值班室的角落里果然放着很大的两个箱子，垒起来差不多有一人高。

谁会突然给他寄东西？

宋厌心中隐隐有了答案，过去一看，发现寄件人果然是覃清，而寄出时间就是他离开家的第二天。

等一人一箱把快递扛上六楼，拆开一看，里面全是分门别类叠得整整齐齐的秋装和冬衣，防尘袋里还细心地放上了干燥剂，还附带着一小箱秋冬常用药品。

想来覃清是一直惦记着这件事情的，只是因为自己当时离开覃家后就把她和宋明海的微信和电话都屏蔽了，所以才没注意到她的消息。

宋厌也不是不知好歹的人。他翻出微信，解除屏蔽，斟酌了半晌，最后发了条：谢谢覃姨。

覃清回得很快：没事的，你还好吗？身上还有钱吗？还缺什么就跟覃姨讲。

宋厌不知道这段对话里有多少是愧疚，又有多少是关心，指尖略微踌躇，回道：还好，不缺，我去忙了。

便终止了这次对话。

他还是不适应这种在义务范围之外的温情，应对得总是笨拙又冷漠。而那头夏枝野已经帮他把衣服都拿了出来，忍不住“啧”了声：“我们厌哥可真够讲究的啊。”

铺了满屋子的衣服、鞋子不是奢侈大牌就是死贵的潮牌，两箱子衣服鞋子加在一起的价格够在南雾郊区买个小户型了。

“以后你要是落难了，上网店卖二手货估计都能卖成个富一代。”夏枝野随口调侃了一句。

宋厌却觉得以自己现在两千五百一十八元的全部身家来说，跟落难也差不多了：“也不是不行。”

看他似乎真的在考虑的样子，夏枝野笑道：“放心，就算你落难了，还有我，不至于让大少爷去卖衣服。”

靠你，也不知道谁先饿死。

宋厌懒得搭理夏枝野，自顾自地收拾起衣物。

他们俩的衣服其实都不少，好在这个四人宿舍只有他们两个人住，东西勉强放得下，只是需要把夏枝野的东西挪一挪而已。

和宋厌那堆价格昂贵的衣服正好相反，夏枝野的衣服基本都是些说不出名字的杂牌，一看就是九十九元三件批发回来的。

其中有双平价牌子的篮球鞋侧面还沾了油漆，看上去有些日子了，油漆已经彻底干透，估摸着不太好洗。

宋厌刚想问夏枝野要不要把这双鞋子和他的衣服一块儿送去干洗，夏枝野的手机就响了。

“我先接个电话。”夏枝野看了眼来电显示，放下手里的东西，走到窗边，“喂，刘越。”

听到刘越的名字，宋厌停下了手上的动作，本来以为刘越是来找夏枝野麻烦的。然而夏枝野握着手机沉默一会儿后，只是懒洋洋应了句：“行，这事我来想办法。”

说完就挂了电话。

一偏头，正好对上宋厌的视线，眉眼之间顿时闪过一抹奸诈，挑唇一笑：“宋大喜同学，听沈嘉言同学说，你篮球打得好像还不错？”

宋厌警觉：“所以？”

“所以考完期中考后就是运动会，我们学校到时候和实外有场篮球友谊赛，但商淮去北京了，现在少个人，不知道我们厌哥有没有兴趣来和我并肩作战一次。”

“没兴趣。”宋厌拒绝得十分果断。

夏枝野：“……”

不愧是宋厌。看来只能来软的了。

夏枝野轻轻叹了口气：“没事，没兴趣也不要紧，只是今年报仇雪恨、扬眉吐气的机会估计没了。”

语气故作轻松，眉目间却似有伤感。

宋厌微蹙起眉：“‘报仇雪恨’是什么意思？”

“没什么，就是我们学校高二以后的期中期末考都是参加的区联考，实外每次分数都比我们学校高，所以爱嘲讽我们几句，其他也没什么。”

也就是说过往历史都是联考的时候实外碾压嘲讽，然后篮球赛的时候三中再碾压回来争一次面子。

本来这种无聊的较量不关宋厌什么事，但宋厌突然想起了之前在花店的时候赵宇说过的话。大概意思好像是夏枝野初中时候其实是在实外上的学，后来不知道因为什么原因被实外劝退了才来的三中。

赵宇当时的原话是“在实外混不下去”。

宋厌不认为夏枝野这样的人会在什么地方混不下去，如果一定会，那么必然也不是夏枝野的问题。所以尽管宋厌对实外一无所知，但已经自动给这个学校戴上了敌对滤镜，于是面无表情地低下头继续整理起衣服：“实在找不到人可以算我一个，但不保证成绩。”

夏枝野露出了毫不意外的笑容。

果然，宋大喜吃软不吃硬，只要稍微套路一下，简直一套一个准。还好这人平时总装出一副冷冰冰的样子，不然要是被别人发现了他其实是这样的，可该怎么办啊。

想到这儿，夏枝野笑着搭上宋厌的肩：“放心，有你野哥哥在，不可能输。”

“要点儿脸。”

“哎呀，真的，不信你自己看，去年区篮球赛和市篮球赛我们都是冠军。”夏枝野说着，把手机递到宋厌跟前。

手指一划拉，果然全是篮球赛获奖的照片。

不得不说，在一群很意气风发的高个子少年中间，懒懒散散地站在人群中的夏枝野始终都是最瞩目的那一个。

那是一种与生俱来的醒目和得体。

然而宋厌的目光却落到其中一张比赛照片的底部——在一群装备精良的篮球队员中间，夏枝野脚上那双沾着油漆的旧球鞋看上去有些格格不入。

尽管他身上的自信和耀眼足以让人忽视这些细节，但宋厌想到赵宇曾经嘲讽夏枝野是因为交不起实外的学费才混到三中来的，心里突然就很不舒服。

他不想夏枝野在任何地方、任何情况下有任何一丝可能存在的窘迫，于是冷淡地收回视线：“也就那样，少嘚瑟了，去问阿姨要点儿樟脑丸过来。”

宋厌说的“也就那样”，差不多就是“十分棒”。

夏枝野“嘁”了一声，笑着出了门。

宿舍里剩下宋厌独自一人，他打开支付宝看了看自己的余额，然后又偏头看了看角落里夏枝野那双旧球鞋。

他微一抿唇，最后还是下定决心，登录网站，选中了一双他觉得最适合夏枝野又正好有四十五码现货的球鞋，付了款。

一千三百九十九元。和他的其他鞋子相比价格并不算贵，却是他现在的大半身家。而夏枝野这种性格的人，收了什么价格的礼物，一定就会回怎样的礼，宋厌不想给夏枝野添加额外的负担。

因此填收货地址的时候，宋厌直接输入了“南雾三中高二 1 班夏枝野收”，顺便备注：千万不要向任何人透露任何关于付款人的信息。

于是返校那天，夏枝野看着突然出现在自己座位上的那双来路不明的崭新的球鞋，一头雾水：“这玩意儿哪儿来的？”

宋厌低头刷着题，面不改色心不跳：“估计是哪个仰慕你的人送的吧。”

夏枝野认真思忖半晌，觉得凭借自己的魅力来说，也不是没有可能。

从小学开始，夏枝野就特别招女孩儿喜欢，到了初中高中，什么奶茶、蛋糕、小礼物更是隔三岔五地就有人偷偷送来，整个 1 班都见惯不怪。而夏枝野对此的态度是一概不收。

但以前送的那些东西一般都会附上姓名和联系方式，他退回去也知道往哪儿退。

然而这次把鞋盒里里外外都翻了个遍，却没找到任何信息，打电话给客服被告知无权透露客户隐私，想退货没有付款信息也不给退。

实在没有办法，夏枝野索性把鞋盒一盖，塞回购物袋里，站起了身。

宋厌抬头侧眸："去哪儿？

"失物招领处。"

"？"

夏枝野拎了拎手里的袋子："这种来路不明的东西要不得。"

"……"

你买的东西才来路不明呢。

好歹花了自己大半个身家，宋厌总不能眼睁睁地看着这东西躺进失物招领处去，没好气道："都说了可能是哪个仰慕你的人送你的，怎么就来路不明了？"

"？"

宋厌怎么突然在意起这种事？

夏枝野正疑惑着，宋厌又冷淡补了一句："反正你也不差这一两个。"

夏枝野说："放心，我不是那种乱收别人东西的人。"

说完不等宋厌再阻拦，就把东西交给了正准备去学生会办公室的孔晓晓："晓姐，麻烦顺路帮我带到失物招领处去一下。"

孔晓晓对这种事情已经习以为常，看都懒得多看一眼，直接顺手接过，然后就抱着一大堆资料快步往学生会办公室走去。

宋厌看着她带着一千三百九十九块钱决然离去的背影："……"

夏枝野就是个纯种大傻子。

夏枝野还自我感觉良好，他坐回座位，拿出手机，体贴地问："厌哥，中午想吃什么？"

想吃你的脑子。

宋厌忍住当场把夏枝野打死的冲动，扯出一本化学练习册往桌上用力一拍，冷冷道："吃食堂。"

宋厌整整一个下午都没搭理夏枝野。

小胖也就整整一个下午没听到俩人像平时那么闹，有点儿不适应，回过头，偷偷问夏枝野："夏爷，你又怎么惹着厌哥了？"

夏枝野闻言偏头看向宋厌，懒洋洋道："厌哥，小胖问我又怎么惹着你了。"

小胖："……"

你们二人打闹，何苦拉上我这个胖子垫背。

好在宋厌没有打算伤及无辜的意思，低头写着卷子，指尖挪动飞快，语气冷淡无澜："没惹着我，就单纯没空。"

说着，左手探进桌肚，捞出一块红底白字的立牌往右手边一拍，立牌上的八个大字瞬间刺疼了小胖那双属于学渣的眼——闭关学习，请勿打扰。

"别吧，厌哥，你缺考一门都已经吊打我了，还要这么努力复习，莫不是想当高考状元？"

小胖本来只是想随口批判一句这些试图继续扩大"贫富差距"的万恶的学霸阶层，没想到却听到宋厌平淡地"嗯"了一声。

愣了愣，反应过来，小胖试探着问："这个'嗯'的意思是我想的那个意思？"

"嗯。"

"……"

小胖伸出右手，竖起了自己的大拇指："不愧是我厌哥，志向如此伟大，三中有你真是了不起。今天你以三中为荣，明天三中以你为荣。"

"抱歉，我并不以三中为荣。"宋厌理智地打断了小胖的慷慨陈词。

小胖微哽，然后昧着良心道："哎呀，厌哥，你也不能这么说，其实我们三中也是很不错的，你不知道，我们学校三十五年前也出过省状元。"

宋厌："我知道。"

小胖："你知道？！"

"嗯，因为那是我爸。"

“……”

小胖突然之间就不是很想和宋厌说话。

什么叫不公平？这就叫不公平。

人家爸妈从小成绩好，长大事业好，生个富二代，继续成绩好，事业好，子子孙孙无穷尽也，阶层固化，始于足下。

所以他成绩差怪他吗？

不怪。

要怪只能怪他爸妈两个人当年高考成绩一个二百五，一个二百五十一，他能有今天的成绩已经属于“基因突变”。

“所以你是为了证明你比你爸强，才要立志拿到高考状元？”小胖回忆了一下自己看过的那些带有父子恩怨的青春励志片，做出合理猜测。

宋厌却毫不犹豫地扔出两个字：“不是。”

“那是因为……”

“因为我以前的学校高考状元可以拿到一百万奖学金。”

“……”

好现实。

奖学金倒是不难理解，毕竟就三中这破学校出一个高考状元都能有二十万奖学金呢，更何况宋厌以前上的那种学费死贵的私立学校。

但是比较难以理解的是，宋厌一个富二代差钱吗？

小胖还想发问，却被夏枝野一巴掌罩上后脑勺儿给拍了回去：“行了，好好复习你的，一个一本线都上不了的人管什么富二代学霸的事。”

小胖委屈巴巴地揉了揉本就不甚聪明的脑袋：“谁说我上不了一本线了，我这次花了足足八十块钱买了实外大神的复习资料，期中考不上一本线都对不起我省吃俭用的零花钱。”

“那就祝你好运。”夏枝野不以为意。

宋厌也没再说话，继续埋头奋笔疾书。

他从进入初中开始，就已经决定好了以后不走竞赛，也不走保送，只拼高考分数。因为只有有了奖学金他才有独立生活的能力，才可以彻底离开宋明海，堂堂正正地去过自己想过的生活。所以宋明海要收回他的信用卡，他二话不说就还了回去。

他不会矫情地故意不用宋明海的钱，毕竟那份家业里还有他妈留给他的那一份，但如果宋明海不给，他也绝对不会拉下脸来主动去要。

反正总不至于离了宋明海那点儿零花钱他就活不下去，没必要再去受那份窝囊气。从小到大，大笔大笔的零花钱都是定时定点打到卡上的宋大少爷觉得这根本不算什么事。

直到他晚上拎着一大袋衣服去干洗店然后被告知干洗费用是他全部身家的二分之一的时候，宋厌才陷入了长久的沉默。

以前因为大手大脚，从来没在意过价格，没想到今天一问，就已经是自己承受不起的程度。

宋厌站在干洗店门口沉默半晌，最终压低帽檐，拐进隔壁便利店，买了一瓶洗衣液。

夏枝野下了晚自习后，有事回了载酒巷一趟，等他再回到宿舍的时候，一推门，就陷入了洗衣液的芬芳中。

没个大半瓶洗衣液擦地，都营造不出这么震撼的效果。

夏枝野看了看湿漉漉还偶尔冒泡的地面，又看了看阳台上那一排还在哗啦啦滴着水的衣服，再看了看正拿着拖把左右横飞、一脸暴躁恨不得直接当场把宿舍给拆了的宋厌：“……”

宋厌感受到门口沉默的注视，握着拖把不耐烦地抬起头：“没见过人洗衣服？”

“……”

见是见过，但没见过洗衣服顺便把整个宿舍都洗了的。

夏枝野脑补了一下大少爷试图自食其力体验生活，结果洗衣服洗得手忙脚乱，打衣服衣服也不听话，洗衣液还倒在地上了，只能一边生气一边暴躁，最后还要不情不愿地把衣服洗完的场景，感到既心疼又好笑。

夏枝野走上阳台，顺手从宋厌手里接过拖把：“怎么突然想起自己洗衣服了？”

宋厌没好气道：“干洗店关门了，我乐意自己洗，关你何事。”

干洗店在和学校方向完全相反的一条居民小巷子里，夏枝野平日里也没机会路过，听宋厌这么一说，也就没多想，直接信了。

他伸手捏住其中一件针织衫的下摆，指节用力往内一收。

哗啦啦——

咕嘟嘟——

除了没拧干的水分，还冒出了一串、两串、三四串雪白雪白的洗衣液泡泡。

宋厌：“……”

夏枝野：“……”

半晌，夏枝野点头：“看得出来这些衣服也挺乐意的，高兴得都冒泡了。”

宋厌：“……”

他一句话都不想和夏枝野多说，板着脸，伸手就去扯衣服，打算自己重洗。

夏枝野却抓住了他的手腕，往跟前一带，看着某位大少爷原本细腻白皙、毫无瑕疵的指腹上突然出现的皱皮和白色的破皮小孔，问：“洗衣服的时候弄的？”

宋厌自己本来都没察觉，听他一说，顺着视线一看，才发现手指上出现了很多被针尖挑破一样的小孔，但也没当回事：“可能吧。”

“原来还是个‘豌豆小公主’。”夏枝野低头轻笑了声。

宋厌没听清：“什么主？”

“没什么主，就是说这个洗衣液碱性太强，你皮肤太嫩，有点儿灼烧现象。”

“所以？”

“所以你就回床上躺着吧，让奴婢来帮少爷浆洗衣物。”夏枝野一边懒洋洋地笑着，一边把那一排洗了和没洗一样的衣服收了回来。

宋厌冷着脸去抢：“不用。”

夏枝野个子高，胳膊长，随手一抬，就轻轻避开：“行了，我一会儿就洗完了，要是等你洗完，我大概今天晚上都没法洗澡睡觉了。明天一大早还要去校队参加篮球训练，我们厌哥就当心疼心疼我，行不行？”

夏枝野的嗓音有着一种独特的松弛和散漫，一旦裹着笑意哄人，就总是让人觉得他说什么都对。

宋厌对自己洗衣服的实力和动静还是有点儿数，一旦开始重洗，可能不到凌晨两点没法睡觉，于是一个迟疑之间，夏枝野已经走进卫生间，顺便带上了门。

宋厌回到座位，拿出手机，觉得这样下去不是办法。

吃饭他可以吃食堂，用饭卡。洗衣服他可以自己洗，大不了还有夏枝野。但以后其他用钱的地方肯定还有很多。

不说别的，就说他那个“人美钱多小富婆”的马甲，每个星期最少要支付给夏枝野两百块钱，总不能说停就停吧？不然夏枝野又去找那些奇奇怪怪的好姐姐怎么办。

所以除了节流，他还必须开源。

但是能怎么开源，上二手网店卖衣服、鞋子是不可能的，想到自己穿过的衣服鞋子最后可能不知道被什么奇奇怪怪的人买去做些什么奇奇怪怪的事情，宋厌就浑身上下不舒服。

打游戏倒也还行，但是就他的打法和性格，做陪玩基本等于消费欺诈。剩下的最擅长的就是学习，但是学习怎么变……

学习怎么就不能变现。

宋厌突然想起今天上午小胖好像说过他花了八十块钱买了一份实外大神的复习资料。

略一思忖，宋厌点开了小胖的微信头像。

YAN：在？

不准来日方长：？？？

不准来日方长：！！！

不准来日方长：哇！活的厌哥！

YAN：……

不准来日方长：我们加了两个月好友，这是你第一次找我聊天！天啊！我太激动了！还是说你其实是夏爷？

YAN：……

夏枝野怎么会用他的手机？在这群人眼里他和夏枝野的关系已经好到这种程度了吗？

他和夏枝野明明就不熟。

宋厌一边想着，一边继续回复。

YAN：不是，是我找你有点儿事。

不准来日方长：哦，好的，厌哥，您吩咐。

YAN：今天早上你说的那个买学习资料的事是什么情况？

不准来日方长：哦，那个啊，就是我们区这几所重点高中有个考试学习交流群，每次区联考之前就会互通一下有无，帮助彼此提高成绩，有时候也会有大神进来卖一些学习资料。

宋厌思考了一下，才回复。

YAN：你们知道实外大神是谁吗？

不准来日方长：这个不知道，都是小号加群，大神先在群里上传一个单元的学习资料，如果觉得有用，就加大神小号买剩下的部分，企鹅转账，不透露个人信息。

不准来日方长：不过厌哥你怎么突然想起来问这个？

YAN：哦，没什么，就是我有一个朋友，成绩不太好，也想买一份。

不准来日方长：那行，那我把群号发给你，里面不止一个大神，针对各种成绩和科目的都有，但思路最清楚的还是那个“天下第一大帅哥”，强推他。

YAN：嗯，谢了。

宋厌从初中开始一直被叫作“学神”，因为他长得帅，成绩好，还打游戏，看上去比那种每天把自己扎在题海里的学霸好像要轻松很多，但实际上宋厌该刷的题、该整理的笔记一样都没落下，只是他更注重效率而已。所以一般他最后留下的笔记都是重中之重，精华中的精华，无论是知识点概括还是解题思路总结梳理，绝对都是给成绩本来就不错的人提分的利器。

正好他去沈嘉言家给沈嘉言整理知识点的时候，把自己的笔记本全部扫描了一份存档，当时是为了存在手机上方便平时随时随地复习，现在却正好派上用场。

群管理员很快通过了宋厌小号的申请。

群里倒是很热闹，消息噌噌噌地往外冒，一分钟不到，就是99+。

但宋厌没兴趣闲聊，直接发了条消息进去：

Like：高二上册重点难点学习资料出售，科目数理化生，内容主抓重点难点。适合人群：1. 稳一本线，试图冲重本，但是难点难以消化人群。2. 稳重本线，试图冲 top5，但最后两道大题发挥不稳定人群。3. 一本线以下勿扰。价格：八十元一科，一百五十元两科，二百一十元三科，二百五四科。试读见群相册。

刚刚发完，后面就跟了一排问号。

取不出来名字 1：？？？

取不出来名字 2：？？？

取不出来名字 3：？？？

取不出来名字 1：这是从哪儿冒出来的新人？真是猖狂，上来就敢和大帅哥大神一个价？

取不出来名字 2：就是，而且还一本线下勿扰，成绩歧视？

取不出来名字 3：这个不报上名号来，只有傻子才会买吧。

…………

不考清北誓不罢休：对不起，我就是那个傻子。

取不出来名字1、2、3：清神，怎么说？

不考清北誓不罢休：绝了，真的绝了，我从来没见过把数学最后两道大题吃得这么透的学习资料，虽然试读只总结了数列题，但是管中窥豹，可见一斑。我决定这次不买大帅哥的了，就买这个Like的。

取不出来名字1：真的假的？

小怪兽只想上重点：真的！我刚看了他的物理！也是绝了！我已经加他好友了，求他快点儿通过。

取不出来名字2：对不起，我去看了试读，我也决定背叛大帅哥。

取不出来名字1：那我也去看看。

…………

一切都在宋厌的预料之中。

他关掉群聊界面，果然收到了好几个好友申请。

他这份资料针对的人群主要就是中上层的那些学生，受众其实很有限，所以并没有指望销量有多少，但只要能把这部分顾客稳住就行。

宋厌也对自己的资料有信心。

然而他刚刚收到钱，把完整的学习资料给那个“不考清北誓不罢休”的人发了过去，对方就立马回了两个感叹号。

Like：？

不考清北誓不罢休：帅神在群里打折大甩卖。

Like：？

不考清北誓不罢休：他的学习资料之前一直是群里最好的那一批，只是相对你的来说更偏向基础受众，不那么适合我，但是他这么一打折，其他好多人估计还是更愿意买他的。

宋厌切回群里一看，果然看见一个十年前非常流行的非主流头像在群里发了个消息：跳楼大甩卖，原价八十元一科，现价只要六十八元，不要九百九十八元，不要八百八十八元，只要二百二十八元，四科资料带回家！

宋厌：“？”

这年头连卖个学习资料都要内卷了？

刚想完，“天下第一大帅哥”又发道：其实我也不是想故意和 Like 大神竞争，只是生活不易，猫猫卖艺，我真的太缺钱了。

取不出来名字 1：帅神，遇上啥事了？

天下第一大帅哥：其实也没什么，就是你们都知道的，我孤苦无依，家庭困难，只能承蒙各位厚爱，卖卖学习资料维持生计。

天下第一大帅哥：然而最近我却交到了一个朋友，他那么耀眼，那么富有，那么讲义气，还那么优秀，我知道我和他不是一个世界的人，但是为了感谢他为我做过的事情，我决定也尽己所能报答他。我想在两个月后的圣诞节送他一个礼物。

取不出来名字 1：呜呜呜，太感动了！

取不出来名字 2：帅神加油！我们支持你！

取不出来名字 3：对！你成绩这么好！一定可以逆袭人生的！加油！

天下第一大帅哥：所以你们愿意买我的学习资料吗？

取不出来名字 1：买！

取不出来名字 2：买！

取不出来名字 3：买！

宋厌：“……”

他一时竟不知道是该感叹这个大帅哥的厚颜无耻，还是感叹这些吃瓜群众的愚蠢。

正无语凝噎，卫生间的门开了，一抬头，看见夏枝野一手抱着盆，一手摆弄着手机，从里面走了出来。

宋厌虽然不会洗衣服，但还不至于不会晾，看夏枝野的样子好像是有事在忙，他起身走过去，接过盆子：“你先忙吧，我自己晾。”

“没事，马上忙完了，我来晾吧，不然回头把你衣服打湿了。”夏枝野说着指尖在屏幕上飞快挪动，像是要回很多人的消息。

宋厌忍不住朝他屏幕瞥了一眼，然而这轻轻一瞥，视线就再也移不开了。

因为他看见了夏枝野的屏幕上赫然是一个企鹅聊天群的界面。

群名：法外之地。

右侧头像：葬爱家族。

头像上方 ID：天下第一大帅哥。

宋厌：“……”

所以那个卖惨哭穷、厚颜无耻、死不要脸的竞争对手竟然远在天边近在眼前。自己花了大半个身家给他买鞋子，他却还要跟自己抢生意就为了圣诞节给人送礼物。

宋厌紧紧攥住拳头。

半晌，他才深深呼出一口气：“夏枝野，我们打一架吧。”

正数着钱够不够给这位大少爷在宿舍里添置一台小型洗衣机的夏枝野茫然地抬起头。

他又做错什么了吗？

宋厌应该是真的被气得想跟夏枝野打一架。

宋厌话音刚落，一个拳头就直直地揍了过去。

夏枝野还没反应过来，全凭本能往后一退，然后就一手抱盆、一手握着手机被抵到了墙角。

而宋厌的拳头正好擦过他的耳侧，裹挟着一阵迅猛的拳风，狠狠捶到了墙上。

他一抬头，就看见夏枝野眨巴着桃花眼，夏枝野的手里还紧紧抱着一大盆衣服。

球鞋是自己要送的，匿名也是因为自己怕夏枝野心里有负担才这样选择的，而站在夏枝野的角度来说，来路不明的礼物本来就不应该收，至于卖资料、抢生意这件事就更是各凭本事。

所以说到底，夏枝野从头到尾也没做错什么，人家甚至还帮自己洗了衣服，自己该说声“谢谢”才对。

道理是这么个道理，可宋厌心里却不知道为什么就是堵得慌。

宋厌冷冷地收回拳头，接过盆，转过身，一言不发地晾起了衣服，一脸“今天不开心”的表情，怎么藏也藏不住。

夏枝野这才回味过来，宋厌刚才是真想揍他，而且估摸着那一拳如果真的揍到他身上的话，起码得断一根肋骨。

求生欲让他意识到事情的严重性，低声问道：“怎么突然不高兴了？”

宋厌面无表情：“没不高兴。”

“你这还叫没不高兴？”

“我天生面瘫，你介意？”

“……”

不敢介意。

夏枝野乖巧答道：“不介意，非常好。”

“那就给我让开。”

宋厌晾完衣服，回过神，发现夏枝野堵住了阳台门，没好气地掀起眼皮。夏枝野才发现宋厌今天的不高兴有点儿不对劲，相比之前那些正儿八经的不开心和冷漠，今天这个不高兴怎么看怎么都有点儿发小脾气的意思。他倒是不介意宋厌发点儿小脾气，但是他没想明白宋厌为什么突然发小脾气。

“是不是遇上什么不开心的事了？”夏枝野垂眸看向宋厌。

宋厌平静答道：“难道你觉得今天有什么事值得我开心？”

怨念好像还挺大。

夏枝野回忆了一下，今天除了干洗店关门导致某位大少爷不得不亲自动手洗了两个小时衣服加地板还没洗明白以外，好像也没发生什么值得宋厌不开心的事情。

难道宋厌真的讨厌洗衣服已经讨厌到了这种程度？

看来自己买洗衣机的计划必须得提前了。

夏枝野立刻说：“放心吧，有我在，一切都会好起来的。”

“？”

“从此以后，你的衣服就是我的衣服，我会像对待‘亲生衣服’一样对待它们的，绝不让它们受半点儿委屈。”

“……”

宋厌觉得夏枝野这个人不被揍一顿实在太可惜了。

不过宋厌最后还是忍住了没揍夏枝野，冷着脸洗漱完就躺上了床。

大概是因为火气没发出来，宋厌一晚上都没怎么睡好，连助眠药也没了效果。他只觉得心里烦闷得很，翻来覆去的睡不着。

第二天早上起来的时候脑袋有些昏沉，宋厌也没当回事，到了教室就准备趴在桌上开始补觉。

夏枝野把一袋插好吸管的热豆浆和一颗剥好的茶叶蛋递到他跟前：“早饭吃了再睡。”

宋厌恹恹支起身子，习以为常地接过豆浆，喝了一口，微皱起眉：“苦。”

“苦吗？”夏枝野从他手里拿回豆浆，喝了一口，“不苦啊。”

“可能早上起来嘴巴里的味道不对吧。”宋厌没什么胃口，把早餐往夏枝野那边一推，就又恹恹地趴下，合上了眼。

他眉头轻皱，看上去困倦得难受。

夏枝野也就没再闹他，慢条斯理地把剩下的豆浆喝完了。

夏枝野一手捏着豆浆袋子，一手勾着英语选择题，察觉到小胖和赵睿文在看着自己，眼皮都没抬：“有事就说。”

“也没什么，就是想让你帮我们看一下这个学习资料值不值得买。”

夏枝野手指微顿，撩起点儿眼皮：“什么学习资料？”

“喏，就是这个。”赵睿文把手机推到他跟前，“昨天群里新来了个 Like 大神，一来价格就抬到了和帅神一样，说是只针对中上等成绩拔尖冲刺，我有点儿心动，但不知道真的假的。”

夏枝野扫了一眼，隐约觉得字迹好像有些熟悉，但也没多想，看了两页后，懒洋洋地把手机推了回去："挺适合你的，但小胖就算了。"

小胖问："为啥？"

夏枝野说："因为你看不懂。"

小胖当场"暴毙"，然后"诈尸"："算了，我还是继续支持帅神吧。"

夏枝野心理素质极好，面不改色心不跳："你说得对，人家穷人家的孩子想给有钱人家的朋友送个礼物也不容易。"

"就是，虽然我很心动 Like 大神的，但是帅神的我也一样会买。穷小子学霸和白富美小太阳的跨阶层之交一旦成了，那就是人间佳话啊。"赵睿文推了推眼镜，一脸向往，"我开始无比憧憬起这一年的圣诞节，那该是个多么感人的'高山流水觅知己'的故事啊。"

"没错。"小胖十分坚定。

夏枝野认同地点点头："嗯，确实，都是知己了，想送的礼物肯定也不便宜，所以你们记得帮他多宣传宣传。"

"你放心。"

"没问题。"

两人应得痛快，一旁趴着补觉的宋厌却烦躁地抓了两下后脑勺儿，从瘦削苍白的指节间支棱而出的漆黑短发是肉眼可见的"暴躁不耐"。

夏枝野以为他是嫌吵，一个眼神示意，赵睿文和小胖就闭上嘴，默默转回了身。

然而宋厌只是单纯地烦夏枝野。

平时也没看他和其他什么人走得特别近，怎么突然一下就成知己了？而且自己穷成这样，他还想着送别人礼物，真的是没良心。

宋厌越想越烦，越想越气。最后烦着烦着，迷迷糊糊地睡了过去，连睡梦中偶尔两声低咳都充斥着不高兴的情绪。

怎么突然开始咳起来了？是不是嗓子不舒服？

夏枝野想到这儿，拿上保温杯起身给宋厌接了杯热水。

刚回座位，阮恬就进了教室。

阮恬不大的脸上戴了个很大的口罩，连说话的时候都没摘，嗓子还有些哑："同学们，十分抱歉，老师不小心感冒了，嗓子有点儿撑不住，所以这几天我们主要就是做题、做卷子，等老师嗓子好了，我们再集中讲解，行不行？"

"没事的，恬姐，你好好休息，身体要紧。"

"就是，我们还有英语科代表和班长，你放心吧。"

"对，实在不行我们可以自习。"

这群小孩儿皮归皮，关键时候还是很贴心，阮恬倍感欣慰："老师没事，就是最近季节交替，降温降得快，也是流感易发期，你们一定要注意保暖，勤洗手，如果身体有不舒服，一定要及时通知老师，隔离观察，听见没？"

说完，眼角的余光正好瞥见教室后排角落里宋厌还在趴着睡觉，看上去没有要起来听课的意思，阮恬眼神一转，看向旁边的夏枝野，友情提醒："比如这个天趴在教室里睡觉就很容易受凉感冒，建议同桌最好采取一下关怀手段。"

夏枝野觉得很有道理，转过身，取下搭在自己椅背上的一件厚外套，严严实实地给宋厌披了上去。

阮恬："……"

小胖："……"

全班同学："……"

倒也是种打法。

阮恬本意是想让夏枝野叫宋厌起来，不过宋厌这孩子学习一向自觉，各种事情心里也有数，可能实在是困，想睡那就睡会儿吧。

在阮恬的纵容之下，宋厌直接睡过了两节英语课。

但第三节课是数学课，罗伟可没这么好说话。

为了避免宋厌又被罚站，夏枝野轻轻拍了拍宋厌的脑袋："宋厌，起床了。"

宋厌压根儿不搭理他。

夏枝野继续道："宋大喜，起床了。"

宋厌还是不搭理他。

夏枝野只能凑到他旁边："宋厌……"

宋厌头都没抬，反手就抄起一本英语练习册砸了过去："你烦不烦？"

啧，起床气还是这么大。不过他的鼻音今天怎么这么重，听上去瓮声瓮气的。

夏枝野问："是不是哪儿不舒服？"

宋厌脑袋疼得厉害，只想睡觉。他趴在桌子上，没好气道："关你什么事。"

夏枝野已经学会习惯性地无视他的这些话："起来喝点儿热水再睡。"

宋厌依然没好气："不想喝。"

"不想喝也要喝，你声音听着不对。"

"我都说了，不喝，而且我声音对不对不关你事。"

宋厌被烦得不行，坐起身，一把推开了夏枝野硬塞过来的保温杯。

他秀气的眉头烦躁地拧成一团，眼尾和脸颊泛出些异样的潮红，在苍白的肤色上有一种明显异常的病态。

夏枝野一下子敛去刚才笑嘻嘻的哄劝神色，一把抓住宋厌又准备趴下去的肩头，严肃道："别动。"

他伸出右手，掌心轻柔地贴上宋厌的额头，感受到一向体温偏低的某人这会儿炙热得异常的体温。夏枝野二话不说，用外套把宋厌一包："你发烧了，去医务室。"

宋厌这才意识到自己的不舒服可能不是单纯地因为没睡好。但这个节骨眼儿上发烧了可不是什么小事，谁知道是不是流感，万一传染性很强呢？

宋厌冷着脸一把将夏枝野推开："你让开，我自己去。"

夏枝野反问："你自己怎么去？"

"我自己爱怎么去怎么去。"宋厌说着就戴好口罩站起了身。

然而他一站起来，头重脚轻的眩晕感就猛然袭来，浑身肌肉都透出一种无力的酸软，全然无法支撑他稳稳站立，更遑论多走一步。于是宋厌直接身体一软，重新栽回到了座位上。

夏枝野连忙上前一把扶住他。

没戴口罩，还凑过来。

宋厌心里一急，直接上手用力去推："你能不能离我远点儿？！"

宋厌的语气又急又厉，眉头紧皱，动作像是出于本能，看上去是某种极度暴躁排斥的表现。

夏枝野想起昨天晚上宋厌就开始闹小脾气，心里一沉，不知道他为什么突然开始排斥自己。

然而现在这些都不重要，重要的是宋厌的身体状况。

夏枝野不管宋厌的推搡，扶着他站了起来，语气冷静："先去医务室再说。"

"我说了我自己能……夏枝野，你干吗？！"

宋厌话还没说完，身体突然一软，向后栽了过去，紧接着就感觉到自己骤然腾空，他被夏枝野突然背了起来。

众目睽睽之下，他还要不要面子："夏枝野，你有病吧？！"

夏枝野脸上没有任何一点儿开玩笑的意思："现在不是闹脾气的时候。"

"谁跟你闹脾气了，你放开我……"

宋厌这会儿要力气没力气，要脑子没脑子，拼尽全力反抗了两下后，毫无用处，只能把整张脸低头藏起来，假装这样其他人就看不见自己。

做了病毒检测后，确认了宋厌只是普通的免疫力低下引起的发烧。但是为了以防万一，校医还是决定先把他隔离在医务室里单独观察一段时间，不让其他人接触，因此宋厌暂时失去了亲手掐死夏枝野的机会。

宋厌独自一人躺在医务室白色的单人床上，微蜷着身子，看上去脆弱又孤独。

夏枝野站在窗外看着里面宋厌的背影，偏过头，第一百零八次发问："我真的不能进去？"

校医被他问得又好气又好笑："小同学，你再问我一百次，我也不可能让你进去。"

"不是都检查出来只是普通发烧了吗？"

"那也不行，这是学校，一切都要以防万一。"校医看了眼时间，"而且同学，你该回去上课了。"

夏枝野偏回头，重新看向屋内："没事，我年级第一，不上课也行。"

校医："……"

现在的年轻人都这么不懂谦虚吗？

最后，看着夏枝野这样子，校医没忍住，叹了口气："行了，你要是怕他无聊，在这儿干守着也不是办法，还不如去帮他收拾收拾东西，拿些什么书啊，手机啊，平板啊，给他玩玩，还能打发打发时间。"

校医这话说得倒是有点儿道理。

夏枝野点了点头："嗯，行。那你记得一定要一直守在这里，窗帘不要拉，灯也不要关，不能让他一个……"

"行了行了，你都说了八百遍了，快走吧！"好脾气的校医也实在忍无可忍，暴力地赶走了夏枝野。

夏枝野回到教室的时候，其他人也不避讳，纷纷凑上来关心宋厌的病情。

听夏枝野说了宋厌没事后，都松了口气："没事就好，没事就好，不过夏爷，你刚才强行带他去医务室，没被他打死吗？"

说的人只是无心调侃。

夏枝野却沉默着没说话。

暂时没被打死，但等宋厌病好了，一切就不好说了。

想到宋厌从昨天开始就好像很生气的样子和今天直接排斥的暴力推

搡，夏枝野觉得宋厌可能是烦自己了，所以才不高兴了。

孔晓晓是女孩儿，心思到底敏感些，夏枝野这一沉默，她就觉得有些不对，小声地试探着问道：“夏爷，你怎么心情不太好的样子？”

“没。”夏枝野敷衍地应了一句，继续帮宋厌收拾东西，拿出书包的时候，没注意，手机从侧兜滑落，掉在了地上。

夏枝野弯腰捡起，准备塞回书包，屏幕却自动抬起唤醒，夏枝野的目光瞬间就捕捉到了锁屏上的一条消息。

那条消息夏枝野并不陌生，是某个球鞋交易平台确认收货二十四小时后的回访信息。

**尊敬的宋厌先生，您于10月5日17时32分在我公司购买的×××球鞋已签收，请对产品和服务做出评价……**

十月五日下午。

和自己收到的那双球鞋一样的型号。

宋厌说是仰慕自己的人送的，但是自己却把它送到了失物招领处。

所以……

难道……

那一瞬间，夏枝野像是突然明白了什么，把东西囫囵往书包里一塞，捏着手机，站起身：“晓姐，我昨天交给你的东西，还在失物招领处吗？”

孔晓晓看着上一秒还一脸深沉忧郁的夏枝野这一秒就突然春风得意起来，迷茫地眨了眨眼：“在啊，怎么了？”

“没怎么，就是不招了，有主了。”

夏枝野拎着书包飞快地往学生会办公室跑去，脸上带着怎么压也压不下去的笑意。

原来宋厌没烦他，真好。

# 第九章

# 失物招领

难怪宋厌这两天不高兴。

如果自己送了宋厌礼物，宋厌却看都没看一眼就扔到失物招领处，自己心里肯定也会不痛快，更何况宋厌还是个受不得气的大少爷性子。

好在自己阴错阳差发现得及时，还来得及补救。

夏枝野想着，推开了学生会办公室的门。

学生办失物招领处的负责人和夏枝野也算老相识了，看见夏枝野进来，忍不住揶揄道：“我们野哥这是又收到什么好东西要给我们送来了？”

夏枝野心情好，不和他计较，走到放失物的架子前，扫了一圈：“孔晓晓昨天送来的鞋呢？”

“这儿呢。”负责人从桌子下拎出一个购物袋，“怎么？你的？”

“嗯。”

负责人直接就无语了：“是你的你还让人给我送来？是嫌我一天到晚坐在这个学生会办公室太闲了，是吗？”

夏枝野倒是散漫得理直气壮：“昨天我也不知道这是我的。”

负责人没听懂：“什么意思？”

夏枝野说：“没什么意思，就是别人送我的，但我昨天不知道是谁送的。”

“那你今天知道了？”

“嗯。”

“所以就收了？”

“嗯。”

“夏爷，有情况啊！”负责人激动地一拍大腿。

他认识夏枝野这么久以来，还是头一次见夏枝野收下这种礼物。他拖着椅子，凑到夏枝野跟前，挤眉弄眼地八卦道：“给哥们儿透露透露，是哪路神仙，我好回去宣扬宣扬。”

夏枝野警告地睨了他一眼：“少给我整事，就好朋友而已。”

“好朋友送你这种礼物？”负责人一脸难以置信。

夏枝野散漫道：“嗯，羡慕吗？”

“羡慕。”

“别羡慕。”

“？”

“限量版的球鞋你可以买到，但送你限量版球鞋的好朋友却可遇不可求，所以这都是命中注定的福分，羡慕是羡慕不来的，不如早点儿节哀，回头见。”

说完夏枝野就拎着那双限量版的球鞋慢悠悠地晃出了办公室。

剩下被一顿暴击的负责人：“……”

要不是他打不过夏枝野，夏枝野今天就别想活着走出这道门。

宋厌睡得昏昏沉沉，迷迷糊糊中，嗓子发紧，口干得厉害，想喝水，却又不想动弹，下意识地往被子里缩了缩，习惯性地叫了声：“夏枝野。”

然而他许久也没等到那声熟悉的“怎么了，宋大喜”。

宋厌皱着眉，吃力地掀起点儿眼皮，看见雪白雪白的床单，才想起自己是在医务室。夏枝野不在，想喝个水都要自己倒。宋厌突然有点儿烦躁，难受地撑起身子，正准备起身，一杯温水却递到了他跟前。

宋厌抬头，发现是校医，心中划过一丝失望，接过杯子，低声道：“谢谢。”

“不客气。”校医是个年轻帅哥。他收回手，插进白大褂的衣兜里，看着宋厌笑道：“你刚才叫的是那位同学吧？”

宋厌微抬起眸，似有疑惑。

校医笑着朝窗外扬了扬下巴：“喏，就是那位帅哥，你在这儿挂了两个小时的水，他在外面磨了我同事半个小时了，再磨下去估计我同事要崩溃了。”

宋厌顺着他的视线偏头看了过去，果然看见窗外的夏枝野正倚着墙懒洋洋地笑着说什么，而他面前头发已屈指可数的男医生一脸忍无可忍试图暴走的表情。

想到夏枝野的不走寻常路，宋厌问：“他怎么磨的？”

“也没怎么磨，就是接了杯热水，然后把杯子在额头上贴了两分钟，试图伪装成发烧，进来陪你隔离。”

“然后呢？”

“然后被识破了。”

“？”

“贴得太久，额温枪一扫，52.8 摄氏度，我同事差点儿当场拨打119。”

“……”

夏枝野这个家伙。

校医笑道：“所以，你想让他进来吗？”

宋厌握着杯子的指节微动。

校医又笑道：“你就是普通的免疫力低下引起的血液交叉感染，体内白细胞和中性粒增多才发的烧，不传染人，现在输了液，烧也退得差不多了，可以让他把你接走了。”

“……”

宋厌冷冰冰地别过脸：“不用了。”

“哦。”校医道，然后转头打开门，“夏同学，进来吧，宋同学说他需要你。”

宋厌：“？”

校医回头笑道：“小同学，口是心非可不是什么好习惯哦。”

宋厌：“……”

不等他反驳，夏枝野已经到了他跟前，伸手摸了摸他的脑袋：“怎么还有点儿烫？”

“哪儿能好得那么快，明天还得再去医院输一天液才行，如果体内白细胞数量反复，晚上可能还会发烧，你要随时多注意。”校医自然而然地把夏枝野这个室友当家属一样嘱咐起来。

夏枝野问：“还有其他什么需要注意的吗？”

“其他的也没了，就是他体重严重偏轻，平时记得让他多吃饭、多睡觉，不然免疫力差，很容易再生其他病。”

“好，谢谢医生。”

“没事，快把你这小同桌带走吧，我也要下班了。”校医说完走进里侧屋内，带上了门。

夏枝野伸手去扶宋厌：“我背你回去。”

“不用，我自己能走。”宋厌打算站起身，眼角的余光却瞥到夏枝野手里的袋子，微皱起眉，“你拿回来了？”

“嗯，专门去失物招领处拿回来的。”

“不是说来路不明的礼物不收？”

宋厌微偏着头，眉尾一挑，一脸记仇。

夏枝野看着他的小表情，弯着眉眼笑道：“我是觉得你说得对，无论如何，不能辜负别人的心意。”

然后转头就去找其他知己。

呵，垃圾。

宋厌一把推开夏枝野，冷冷地从他手里抢过自己的手机，头也不回地往医务室外走去。

夏枝野却只当他是不好意思了，笑着跟了上去。

看来宋厌偷偷送自己球鞋这事一时半会儿暂时还是别戳破比较好。

不然就宋厌这薄脸皮，指不定得臊得好几天不搭理自己。

傲娇的小少爷，交个朋友都这么傲娇。

宋厌的低烧没退，明天一早还要再去医院输液，阮恬索性放了宋厌一天半的假。结果夏枝野这人心情一好，脸皮就厚，脸皮一厚，那双带着笑的桃花眼和那张唇红齿白的小嘴就十分能哄人。

几句话下来，就让阮恬觉得宋厌这个孤身一人漂泊他乡的小可怜如果没了夏枝野的陪伴，明天就要病中焚稿，郁郁而终，于是鬼使神差地连着夏枝野的假条也一起批了。等她反应过来不对的时候，夏枝野已经带着宋厌大摇大摆地回了载酒巷。

宋厌身上还穿着夏枝野的大外套，往身上裹了裹，没好气地问道："你带我来你家干吗？"

夏枝野替他把拉链拉好："我把你生病的事跟奶奶说了，奶奶非让我带你回来，说要给你补补。"

"你没事告诉她干吗？"宋厌不满地撩起眼皮。

夏枝野理直气壮："生病了不告诉家长告诉谁？"

"……"

那是你家长，又不是我家长，反正我没家长。

宋厌想着，顺手把拉链拉到最顶端，低头把下巴埋了进去，似乎想回避这个问题。

夏枝野看着他这个样子，大概猜到他在想什么："奶奶很担心你，中午收到消息就开始给你做病号饭了。"

宋厌打开他的手："我不饿。"

"她年纪大了，你多少吃点儿。"

"……"宋厌确实没什么胃口，"就一点儿。"

"嗯，就'亿'点儿。"

说“亿”点儿，就“亿”点儿。

刘奶奶看见宋厌惨白惨白的小脸的时候，直接心疼地把他扶上床，裹紧被子，然后把饭摆到小桌子上，给他端了过去，说什么也不可能让他下来。

宋厌看着面前满满一锅排骨竹荪汤，一大碗煮得很烂的病号粥，还有一盏冰糖雪梨，抿着唇不说话。

刘奶奶以为他是嫌弃不好，忙说道：“这个排骨是给你补营养的，竹荪提高免疫力，我都买的最新鲜的，油腥都撇了，不腻。粥里面我加了蔬菜、香菇和火腿丁，熬了两个小时，很好消化。那个冰糖雪梨我是听小野说你嘴巴苦，就多放了点儿冰糖，很甜。肯定是不如你平时在家里吃得好，但是你看看你这孩子都瘦成什么样了，我们就不挑食了，多吃点儿，好不好？”

刘奶奶说得着急又担忧。

宋厌抱着碗，低着头：“没，比我平时在家里吃的都好。”

“那就好，那就好，那就多吃点儿，听见没？你看看你这孩子瘦的，就剩一把骨头了，脸也卡白卡白的，爹妈看着得多心疼啊。”刘奶奶是真的心疼，直接挑了一大块排骨肉塞到他碗里，“多吃点儿肉，别挑食。”

小麻将不知道什么时候也抱着她的小木碗爬上了床，坐到宋厌对面：“就是，幼儿园老师说了，小朋友不能挑食，你们大朋友也不能挑食。”

说着就夹起自己碗里的荷包蛋颤颤巍巍地往宋厌碗里送：“小麻将把自己最喜欢的荷包蛋给漂亮哥哥，漂亮哥哥的病可以早点儿好吗？”

宋厌低头看着碗里那块爱心形的荷包蛋，淡淡地“嗯”了一声：“可以。”

很淡的一句话，好像并不怎么在意。

然而他却一直没抬起头，像是不敢看谁。

夏枝野见他这样，心中了然，伸出大长胳膊，一把把使劲想往漂亮哥哥身上蹭的天生“颜狗”小麻将捞了下来，送到刘奶奶怀里：“行了，奶奶，您先带小麻将去吃晚饭吧。宋厌性子害羞，你们看着他他容易消化不良。”

这孩子看上去是挺害羞的。

刘奶奶不放心道：“那你一定要盯着他吃完啊。”

“行，吃得一粒米都不剩。”夏枝野点了点头，“但问题是我的晚饭呢？”

刘奶奶嫌弃地撇了下嘴：“你这有手有脚的，自己下碗面不行？”

“真是有了新孙子忘了旧孙子。”夏枝野好气又好笑地把刘奶奶和小麻将送了出去，“您老慢走，记得给我留点儿面就行。”

夏枝野关上门，坐回床边，看着埋头慢条斯理吃着饭的宋厌，笑了笑，低声道：“怎么，我们厌哥这是感动了？”

“你在说什么废话？”宋厌答得毫不犹豫。

夏枝野轻笑一声：“行，没感动。”

夏枝野又问：“味道还行吗？”

宋厌没说话，点了点头。

夏枝野放下心：“还行就行，明天我让奶奶照着这个口味再做。”

“不用了。”

“怎么了？”

宋厌低着头：“没必要让老人家破费。”

就算宋厌再四体不勤、五谷不分，也见过刘奶奶平时在家和小麻将吃的是什么。无非是些再简单不过的粗茶淡饭。像排骨、竹荪、火腿这些食材，虽然说不上名贵，但也明显超出了她们平时的消费水平。

一想到刘奶奶平时连荷包蛋都舍不得给自己多煎一个的样子，宋厌心里就有些泛酸。

夏枝野倒是没想过他会说出这个答案，毕竟在他心里，宋厌一直是个“不食人间烟火”的大少爷，没想到他心里居然还惦记着这些。

这么想着，就觉得宋厌好像更可爱了，笑意也温柔了些：“放心吧，钱是我给奶奶的，不会让她破费的。”

宋厌闻言抬起头，眉头微皱：“你哪儿来的钱？”

语气像是在质询。

夏枝野挑眉：“我看上去难道没钱？”

宋厌：“……”

你看上去确实没什么钱。

宋厌又想起昨天自己那份受众面偏小的学习资料，都能一晚上卖了一千多块钱，那夏枝野那份受众面比他大，还有卖惨营销，打折甩卖，怎么着也能卖个三四千块，手里确实应该暂时不缺钱。

于是他又低下头：“有钱也省着点儿花。奶奶带着小麻将也不容易，我刚看见她毛衣肩膀上都破了个洞，你有钱不如给她买件新衣服。”

“……”

夏枝野自己都没发现这件事，没想到宋厌看着是个脾气不好的大少爷，心思却比谁都细。

有的人真的是表面像个大椰子，但只要找到那条缝，轻轻撬开，里面就是又软又甜的椰汁，只有越接触，才越会发现可爱。

夏枝野轻声笑道：“嗯，回头我们就一起去给奶奶挑件衣服。但是饭你也要好好吃，反正你野哥哥我多才多艺，不说发家致富，但肯定饿不着你们，所以你就安心在家养病吧，奶奶和小麻将都很喜欢你。”

宋厌低着头，喝了一口粥。

其实他也不知道这算不算好喝的病号粥。

因为这是他十几年的人生里第一次在生病的时候有人给他熬了一碗粥。

宋厌大概是头一次一口气吃这么多东西。

吃完后就懒恹恹地缩回被窝，裹着被子，目光涣散，看样子是把孩子给吃蒙了。

也行，吃了就睡，长肉，挺好。

夏枝野看着宋厌难得有点儿呆呆的表情，微微勾起唇角，端着碗筷去了厨房，给自己煮了包泡面，凑合吃完后，又把碗筷都洗了，才回到房间。

而房间里的某人显然已经睡熟了，被子裹得严严实实，一个角落都没给夏枝野留。

偏偏又睡得好乖，让人不忍心叫醒他。

夏枝野只能认命般地叹了口气，从柜子里拿出条毯子凑合，又摸了摸宋厌的额头，确认他已经暂时不烧了，才定好闹钟，把手机设置成振动模式，塞到了枕头底下。

闹钟每隔一小时一响。备注无一例外，全是“给宋大喜量体温”。

校医下午说过，宋厌晚上随时都可能再发烧，万一自己没来得及发现，一烧就是一整夜，把好好一个学霸烧成了小傻子，到时候找谁说理去。

于是夏枝野每次刚刚睡着，就被脑袋底下的手机震醒，然后强撑着睡意掐断闹铃，拿出体温计，确认宋厌体温正常后才又重新躺下。

如此循环往复，一整夜都没能睡安生，直到天光微亮，他才勉强放下心来，把闹钟调到两个小时以后，打算暂且眯一会儿。

脑袋里紧紧绷了一夜的弦终于得到松懈，困意汹涌地没过神经末梢，迷迷糊糊中感觉到有团热得发烫的东西在旁边。

夏枝野困得厉害，连眼皮也睁不开，只能伸手去探，然而当下一秒掌心触到的温度，让脑袋里将将松下的那根弦近乎本能地在一瞬间绷紧。

夏枝野清醒过来，坐起身，伸手抚上宋厌的额头，掌心肌肤滚烫发热，拿出体温计一量，39.9 摄氏度。

怎么突然烧到这么高？

夏枝野的睡意瞬间荡然无存，起身下床，草草穿好衣服，从衣柜里扯出件大衣把宋厌一包，随手拎过病历袋子，再把人整个儿背起，快步往屋外走去。

正好遇上刘奶奶起床出门买菜，一看见这情况，紧张地跑过来：“小宋这是怎么了？”

清晨风大，夏枝野把宋厌包紧了点儿，语气低平：“又烧起来了，温度很高，我想先送医院。”

“我的天，怎么又烧起来了？你等等，奶奶跟你一起去，有个大人好照应。”刘奶奶说完就匆忙回屋，拿上自己的银行卡和医保卡，跟着夏枝野上了车。

出租车穿过刚起的薄雾，抵达医院。

一通检查后，医生看了看既往病例，又看了看检查结果，长长地叹了口气。

这一叹，叹得夏枝野的指甲掐进了掌心，面上却努力维持沉稳：“医生，他没事吧？”

医生抿了抿唇，在夏枝野努力保持冷静的目光中斟酌半晌，答道：“不能说有事，但也不能说没事。”

夏枝野：“……”

不能说是废话，但确实很没用。

“别着急，你听我慢慢说。”医生慢条斯理地敲了敲病历，“根据你拿的这份校医务室提供的病历来看，这个病人是长期的心理亚健康引起的长期失眠，休息不好，心情不好，那肯定会给身体带来很大负担，所以这次发烧其实就是身体机能给他提的一个醒，明白吗？”

“明白。”夏枝野垂眸看着病历，问，“那为什么又说没事？”

“没事是因为这种情况不是器官性病变，只是身体的一个调节而已。”

“调节？”

“嗯。”医生点了点头，“这种病态积累不是一天两天了，不过是仗着年轻，身体好，一直压着，没表现出来而已。一旦精神状态崩了，或者突然放松下来，整个人没有了强撑着的那口气，就会一下‘病来如山倒’，但其实没什么大问题，好好休息，保持身心愉悦，反而是件好事。不过……”

“不过什么？”夏枝野提起心。

医生又叹了口气：“我看了看这孩子的情况，应该是进行过一些类似于抗抑郁的治疗，现在看着没事了，但你们还是得多注意一下他的身心健康。”

抗抑郁治疗？！

夏枝野抵在桌边的拳头，指节又收紧了些。

这件事怎么从来没听宋厌和沈嘉言提过。

他点了点头：“嗯，知道了。还有什么需要注意的吗？”

“还有就是让他多休息，多吃饭，争取体重达标，然后也就没什么了。”

“好的，谢谢医生。”夏枝野拿着病历，出了值班室。

刘奶奶站在门口听了半天，其实没完全听明白，只能大概听懂宋厌这孩子是因为心里有事，心思重，所以身体才不好的。

刘奶奶见夏枝野出来后，忙拽着他的手腕，把他扯到墙角，有些指责地问：“这么大的事，你通知小宋爸妈了吗？”

“没。”

“你这孩子。”刘奶奶急了，“我们再怎么照顾都只是外人，人家小宋病成这样了，肯定想爸爸妈妈，你怎么能不通知呢？”

通知了宋厌的爸爸妈妈，怕是宋厌这病就彻底好不起来了。

但涉及宋厌的隐私，夏枝野也不好多说什么，只是低下头，随口答了句：“他爸妈忙，没时间管他，通知了也没用。”

“这样啊。”刘奶奶好像懂了，“我说这孩子怎么瘦成这样都没人管，原来是家长压根儿不上心，唉，造孽。那有什么事，你就跟奶奶说，人家一个小孩子在这边，人生地不熟的，我们得好好照顾人家。”

“放心吧，奶奶，现在没事了，您先回去照顾小麻将吧，我守在这儿就行。”

刘奶奶本意是想留下来照顾宋厌的，然而把小麻将一个人扔在家里到底还是有些不放心，想了想，掏出自己用布包着的银行卡往夏枝野手里塞："这里面还有两个月的养老金，要是不够……"

"奶奶。"夏枝野笑了，"您把卡收回去，我身上的钱够，实在不行，我问家里要都行，哪儿能用您的。"

"真有钱？"

"真有。"夏枝野拿出手机，打开支付宝，"您看，五千多元呢，刚卖学习资料挣的。"

一个一个数字看清后，刘奶奶才总算是信了，收回银行卡又嘱咐了几句，才放心不下地离开了。

夏枝野回到宋厌的病床边。

床上的人，脸色几乎快要和惨白的床单颜色融为一体，漆黑的睫翼安静低垂，在脸上拓下一层淡淡的荫翳，额发也有些过长，耷拉过眼角眉梢，看上去透着一股颓丧的病气。

好像见宋厌的第一面就是这样的。就只是觉得这男生虽然长得好，穿着也很讲究，但是就是有一种莫名其妙的冷恹的颓丧，让人难以亲近。

那时候觉得宋厌可能本来就是这样的性子，但是后来朝夕相处才发现宋厌其实心肠软，还很好骗，偏偏又不知道自己很好骗，还天天板着个脸，就感觉很可爱。

所以这么可爱的宋厌以前到底是遇上了什么事，才需要进行抗抑郁治疗，又是遇上了什么事让他爸狠心把他一个人扔到南雾来，不管不问。

"我们宋大喜以前到底过的什么糟心日子？"

窗外已经天色初明，浅白的日光慵懒地洒下，驱散了裹挟着寒气的层层薄雾，落在熟睡的少年脸上，显出全然信任和依赖的脆弱姿态。

夏枝野想，不管以前宋厌过的什么日子，以后他都想让宋厌过得高高兴兴，欢欢喜喜。

宋厌感觉自己睡了有生以来最酣畅淋漓的一个长觉。

觉里有一个很舒服的恒温枕头，枕头还会给他挠痒痒，而且不用担心是不是要迟到了，也不用担心作业写没写完，潜意识里就觉得什么事都有人给他兜着，于是就肆无忌惮地放纵自己不管不顾地睡了下去。

直到积压许久的疲惫和困乏全都消失殆尽，睡得再也睡不着了，才不情不愿地睁开了眼睛。

一睁眼，就看见床边椅子上支着两条大长腿，腿上搭了张英语卷子，夏枝野一只手捏着纸张，一只手捏着笔，有一下没一下地勾着选择题的答案。

这人居然趁着自己生病了偷偷学习。

似乎是感受到宋厌谴责的目光，夏枝野抬起了头，然后就看见睡得一头乱毛的宋厌正盯着自己的大长腿，轻笑道："怎么，是不是发现我这双腿简直堪称完美？"

宋厌："……"

他的大脑刚刚苏醒，语言功能还没恢复运转，内心极度想骂人，但是脑子没跟上，一下子卡了壳。

没被宋厌的冷言冷语嘲讽回来，夏枝野有些不习惯，看着宋厌依然有些发蒙的样子，微抬起眉。

烧是退了，指标也正常了，怎么人好像傻了？

他捏着笔杆在宋厌眼前晃了晃："我是谁？"

宋厌没好气地翻了个白眼。

夏枝野轻笑一声，还会翻白眼，说明没傻透："考你道数学题。"

"问。"

"17 加上 52.8，再乘以 5，然后减去 3.9343，再除以 0.5，最后减去 167，等于多少？"

"523.1314。"

"不错，看来还没傻。"夏枝野十分满意。

宋厌："……"

宋厌实在没忍住："这题就算是个傻子也能答出来。"

"可别这么说，小心小胖听见跟你急。"夏枝野眸底荡起笑意，"所以为了奖励我们宋厌同学答对了这么难的一道题，小夏老师决定颁发给你一个奖品。"

宋厌警觉地抬起眼眸。

然后就看见夏枝野变戏法似的掏出了一个手串。

黑曜石串底，中间缀了颗深蓝色的月光石。

宋厌看向自己的左手手腕，那里已经空空如也："这是我自己买的东西。"

"但愿望可是我亲手帮你刻的。"夏枝野嘴角噙着点儿笑，帮他把手串重新套了回去。

宋厌低头，指尖捏住那颗蓝色的月光石一转，果然刻着一个歪歪扭扭的"悦"字。

刻得非常丑，丑到一看就是某人亲手操刀的。

"这算什么愿望？"宋厌似有嫌弃。

夏枝野却一本正经道："这可是奶奶亲自找大师问的，说这个'悦'字可以冲走你名字里的凶气，以后就能保佑你一辈子健康快乐。"

宋厌松开月光石，垂下手，语气平淡："我不信鬼神。"

"我也不信。"夏枝野懒洋洋地往椅背上一靠，"鬼神哪儿会管人开不开心。"

那你还刻这么个丑八怪的字。

宋厌刚想反问，夏枝野就慢悠悠地扔出一句："但是我信人。"

信人？

宋厌抬眸看向夏枝野。

夏枝野迎上他的视线，微弯着眉眼，浅褐色的眸子漾着松散不着调的笑意，嗓音也散漫无形："鬼神不可信，但我可信。"

"……"

那一瞬间，宋厌好像明白了夏枝野的意思。

明白这个意思的刹那间，宋厌有点儿感动，又有点儿不好意思。他背对着夏枝野，胡乱扔出一句："能不能别这么恶心？"

"恶心吗？"身后的夏枝野好像浑然不觉，"我还觉得挺感人的。"

"一个大男人能不能别这么矫情。"

"那也不知道昨晚是谁生病了还拽着别人的手腕不放。你说我一个心地善良、见不得别人难受的手无缚鸡之力的弱男子能怎么办呢？"

宋厌："……"

他有了种不好的预感。

他重新翻回身，看向夏枝野的手腕，果然看见腕骨上浮出一圈浅浅的红痕，像是被人暴力施虐了一样。

夏枝野举起手腕，晃了晃："这名犯罪嫌疑人要不要再好好欣赏欣赏自己的犯罪证据。"

"……"

宋厌有点儿心虚。

他觉得自己昨天晚上梦里的枕头还真可能是这只手，而且看着红痕的深浅，估计得抓了五六个小时。

他心里有点儿愧疚，面上却还是绷得冷淡："少卖惨，你一个大活人想让我一个睡着的人松手难道我还能不松手？"

"你说得也对。不过……"

夏枝野拖长腔调。

宋厌再次抬眸看向他。

夏枝野眉眼一弯，狭长的眼尾轻轻一挑："不过好兄弟想拽着我，我还能不忍一忍了？"

宋厌："……"

有"亿"点点感动。

在这样的感动气氛中，宋厌一上午都没再耍性子，而是老老实实地由着夏枝野带自己办理了出院，回了家，全程十分乖巧配合。

夏枝野本来还想着带宋厌再回载酒巷住两天，但是宋厌不想给刘奶奶添麻烦，而且也没带换洗衣服什么的，就直接回了宿舍。

宋厌回去就先冲进了洗手间，洗了个澡。洗完澡，皮肤上那层因为发热发汗而起的闷闷的黏腻褪去，整个人顿时舒畅清爽了许多，然而换下来的脏衣服往盆子里一扔的时候，宋厌觉得自己又想躺回医院去了。

他站在水池边，麻木地看着盆子里的衣服，盆子里的衣服躺在水里可怜巴巴地看着他。

对视三秒后，宋厌面无表情地扯过一块床单，把盆子一盖，假装只要自己看不见，这盆脏衣服就不存在，然后面无表情地转身上了床。

全程表情“高贵冷艳”，一脸漠然，丝毫不能从他的神色之中看出来他做了什么幼稚鬼才干的事。

然而夏枝野躺在上铺，一垂眸，就把整个逃避洗衣现场的过程看得清清楚楚。

天不怕地不怕南雾三中第一哥宋厌同学居然这么怕洗衣服？

可爱。

夏枝野心情颇好地低下头，继续浏览着手机里神秘而又无所不能的橙色软件。看了一大圈，总算看见个满意的。

点击客服，发送链接：包配送安装吗？

网店客服飞速回复：您好，亲亲，在的，您看中的这款是我们现在卖得最好的全自动带烘干和除菌除螨的居家单人洗衣机，原价六千八百九十九元，现在做活动，打八折，五千五百二十元就可以拿下，十一月发货，店铺包免费配送和安装，有兴趣吗，亲？

夏枝野挑了这么久，这是唯一一台各方面都满意的。

因为宿舍阳台只有这么大，宿管阿姨同意他装个单人大小的洗衣机都已经是他拍了一下午马屁的结果，不可能再买更大的了。

但是单人洗衣机一般功能又不齐全，配不上宋大少爷高贵的生活习惯，又小又齐全的，往往价格更贵，所以能找到这么一款各方面都合适的已经很不容易。只是夏枝野现在全部身家，一共五千零二十三块八毛，就算对方包邮都还差五百元。

夏枝野问：还有其他优惠吗？

客服：亲亲，这个已经是我们的最低折扣了哦，保证全网最低价，所以价格上不能再便宜了呢，但看在您是新客户的分儿上，我们可以再送一些最新赠品哦。

夏枝野复制型号，一搜，还真是全网最低价。

他自己不是个挑剔的人，但总觉得给宋厌买的东西不能随便凑合，于是想了想，问：活动什么时候结束？

客服：截止到明天中午十二点呢，亲亲。

那还来得及。

夏枝野退出某橙色软件，点开“法外之地”。

天下第一大帅哥：十年寒窗读，一朝金榜题，距离期中区联考只剩二十二天，此时不冲刺，更待何时，你比别人晚一天买下资料，你就将被无情甩在身后，而我愿意陪你走过高中生涯每一次孤独又无畏的考前冲刺，所以最后一天打折促销，有没有人了解一下？

取不出来名字 1：帅神，没了，真没了，这个群里就这么多人，都被你榨干了。

取不出来名字 2：是的，差生根本没兴趣，优生都去买 Like 神的提升宝典了，剩下我们这些中间的已经一滴都不剩了。

取不出来名字 3：或许你可以试试和 Like 神抢占一下优等生的市场。

Like：？

取不出来名字 3：对不起，打扰了，我走了，你们慢慢打。

修罗现场，众人等待着围观南雾市下城区两大学习巨鳄为了抢占市场而即将掀起的血雨腥风。

然后就看见那个“杀马特”葬爱家族头像发了个小黄鸡比心的表情包。

天下第一大帅哥：Like 神，买学习资料吗？给你五折哦。

取不出来名字 3：？

取不出来名字 1：？

取不出来名字 2：？

取不出来名字 3：帅神可能疯了。

取不出来名字 2：我仿佛看见了肯德基老爷爷走进麦当劳里问人家的厨师要不要买份上校鸡块。

取不出来名字 1：简而言之，找打。

众人无比期待着学习资料界异军突起的商业新贵狠狠给出一个漂亮回击。

然后就看到那个一片空白的头像发出了简短的一个字：买。

取不出来名字 1：？

取不出来名字 2：？

取不出来名字 3：？

天下第一大帅哥：私戳你了，比心哦。

取不出来名字 1、2、3：……

说好的商战呢？这个世界怎么突然充满爱？难道学霸的世界都是这么清新脱俗，不计较功名利禄？他们心中涌起了一种“不明觉厉”的人格崇拜。

而只有 Like 本人知道，纯粹是因为自己傻。

看完病后剩下的存款总共不到两千，结果还莫名其妙转给某人两百，买了一份自己根本用不上的学习资料，真的有毛病。

交易达成后，宋厌看着自己可怜巴巴的余额，冷漠地退出支付宝，准备关掉手机。

然而就在屏幕熄灭的前一秒，陪玩软件及时地推送来了一条消息。

清纯美貌男高中生在线接陪玩：在？有空？上线？

宋厌：“……”

夏枝野今天是不是想抢钱？

人美钱多小富婆：几把？

青春美貌男高中生在线接陪玩：看你，想玩多久玩多久，打到明天早上都行。

宋厌："……"

他还是第一次感受到夏枝野这么热情的陪玩态度。

虽然看上去自己是金主，夏枝野是打工人，但以前为数不多的几次陪玩基本都是自己主动找夏枝野的，夏枝野这么积极地找自己还是头一次。看来夏枝野确实急用钱。但不是才靠着卖学习资料挣了小几千元吗？所以是遇上什么事了？

宋厌想问，但又怕问得太直接反而问不出个所以然来，还可能暴露自己的身份。

他斟酌后，模仿着沈嘉言平时装妹子的语气，冷脸回道：哥哥今天好热情哦，是遇上什么开心的事情了吗？

夏枝野一向的原则是只陪玩，不闲聊，只出卖技术，不出卖灵魂。

但是给宋厌买洗衣机这事迫在眉睫，学习资料市场又饱和了，周子秋为了凑钱让商淮去北京也是一贫如洗，小富婆就成了他眼下唯一的快速稳定凑够钱的希望，不能得罪。

所以为了宋厌，只能暂时委屈一下自己冰清玉洁的灵魂了。

清纯美貌男高中生在线接陪玩：嗯，我的知己给我送礼物了。

宋厌躺在下铺，看着对话框里跳出来的这句带有笑意的回答，指尖微顿，自己天天和夏枝野在一起，怎么不知道有谁给他送了礼物？

不过也是，这么久了，夏枝野连他那个知己是谁都没告诉过自己，自己又怎么可能知道谁送了他礼物。

毕竟人家也没义务跟一个室友汇报自己的交友情况。

这样想着，宋厌面上的表情又冷了两分，指尖却恢复飞快挪动：哇！好棒呀！那哥哥要加油哦！

清纯美貌男高中生在线接陪玩：嗯，所以缺钱。

人美钱多小富婆：？

清纯美貌男高中生在线接陪玩：想回礼物，但现在还差三百元，刚好十五局的价格，你有时间吗？

原来是这样。难怪会纡尊降贵地主动来找这个金主，原来是为了知己啊。

看来夏枝野应该挺在意这个知己的，不然也不会为这个人这么费心费力地委屈自己。

宋厌唇角不自觉地微微抿起。

人美钱多小富婆：有时间呀！但是哥哥你看来很看重这个知己啊，她是不是特别好呀！

这句话一发出去，宋厌就有点儿后悔。

他没事问这个干吗，夏枝野和谁是知己关他何事。

刚想撤回，那头的夏枝野已经回了过来。

清纯美貌男高中生在线接陪玩：嗯，他特别好，长得好看，成绩好，家境也好，而且特别善良心软，傻乎乎的，很好骗，但又不知道自己好骗，所以每次都会嘴硬不承认，但是只要一装可怜，他马上就会上当。

宋厌成为“人美钱多小富婆”以来，还是第一次看到夏枝野发这么长一大段话，字里行间都是抑制不住的欣赏。

原来夏枝野相交的朋友是这种善良心软的傻白甜，也难为他和自己这种脾气又冷心肠又硬脸色又臭的聪明人做室友了。

真是委屈他了。

人美钱多小富婆：那哥哥要加油哦！你就是最棒哒！

清纯美貌男高中生在线接陪玩：我棒吗？

我很棒。

本来是个卖弄风姿的自问自答，结果后面三个字还没发出去，夏枝野就看到“人美钱多小富婆”飞快地回了一句：你当然棒呀！

人美钱多小富婆：你又高又帅，成绩又好，脾气、性格都不错，你怎么不棒啦！

又高又帅成绩又好？

夏枝野微抬了下眉，删掉对话框里的字，重新输入：脾气、性格还可以理解，你是怎么看出来我又高又帅、成绩又好的？

宋厌：“……”

大意了。

宋厌只能硬着头皮回复：当然是我猜的啦！之前游戏听过一次哥哥指挥打团的声音，好好听哦！肯定是大帅哥才会有的声音！而且哥哥打游戏意识这么好，肯定超级聪明的呀，聪明的人成绩不会差哒，我就是哥哥的无脑小迷妹！

发完之后，宋厌把手机往旁边一扔，整个脑袋深深埋进被子里。

太羞耻了。沈嘉言平时到底是怎么装下去的？还好是披着马甲，万一被别人知道自己说了这么恶心的话，宋厌觉得不如死了算了。

他完全不想再去看聊天记录，然而手机一振动，他还是不得不重新捡起来。捡起来一看，直接一口气哽住。

清纯美貌男高中生在线接陪玩：不要太感动，我们只可能是单纯的上分关系，你好自为之。

宋厌：“……”

不要脸。

这句话气得宋厌直接抬腿一脚踹上了上铺床板。

好端端地躺着的夏枝野突然被隔板一踹，愣了愣：“怎么了？”

“没怎么，就是看见我上面有只蟑螂，想踹死。”

夏枝野：“？”

都秋天了，还有蟑螂吗？可能是什么宋厌这个北方人没见过的南方虫子吧。

夏枝野也没多想，低头又回了“人美钱多小富婆”一句：所以今天上分吗？十五局，带你上荣耀。

上什么荣耀。

但气归气，宋厌还是打算帮夏枝野把礼物钱凑齐，于是臭着脸顺着游戏链接点了进去。

然而大概是被气昏了头，他点进去的时候习惯性地选了微信登录。

于是本身好端端地躺在上铺的夏枝野，看着突然出现在自己开黑房间里的那个“YAN”，头顶缓缓地打出了一个问号。

进入游戏房间看到自己头像和ID的那一瞬间，宋厌连夏枝野下辈子在哪家医院出生都想好了。

宋厌坐在原地，握着手机，看着屏幕，一动不动。似乎只要他不动，时间就会凝固于此，尴尬和社死也就永远不会到来。

然而头顶上的夏枝野却偏偏不知好歹地叫了声“宋厌”。

于是宋厌面无表情地放下了手机，掰动脖子，活动手腕，开始热身。

他发誓，只要夏枝野敢说一个不该说的字，王者峡谷的上空从此以后就将永远飘荡着一个清纯美貌男高中生的亡灵。

男高中生对于下铺的浓浓杀意一无所知，只是语气稀松平常地问了句：“你有多的充电器吗？”

宋厌转着手腕的动作顿住了。

然后就看见一只修长白皙的胳膊从上铺垂下。

夏枝野探出身子，指尖松松地捏着手机边缘，把漆黑的屏幕正对着他晃了两下：“充了半天结果突然自动关机，应该是充电器坏了，能不能先借你的用用？我刚和别人约了开黑。”

宋厌低下头，床铺角落里，自己的手机屏幕上夏枝野的头像的确正显示着离开计时。

还真掉线了。看样子夏枝野好像没发现要和他开黑的人就是自己。

所以难道说在自己进入游戏房间之前，夏枝野的手机就已经自动关机了？也不是没有可能。

毕竟按照夏枝野这脑子，要是真发现了，指不定要怎么骚。

宋厌抱着侥幸心理，故作自然地冷淡地问了句：“和周子秋他们开黑？”

“不是，是一人美钱多小富婆，人挺可爱的，结果我刚邀请了人家，手机就突然关机了，所以我们厌哥能不能江湖救个急？”夏枝野俯着身子，低头看向宋厌，笑得吊儿郎当又松弛散漫。

宋厌面无表情地从床头的插线板上拔下自己的充电器，往上铺一抛：“拿着滚。”

“谢陛下赏赐。”夏枝野随手一抬胳膊，轻松接住，然后重新躺回了床上。

全程神色、表情毫无异常。

这要是演的，那夏枝野不如直接问鼎奥斯卡。

看来老天爷还是仁慈的，不忍心让夏枝野年纪轻轻就命丧黄泉。

宋厌有种从犯罪边缘被及时拽回来的劫后余生的感觉。他冷着脸，拿起手机，退出游戏，切换账号，重新进入房间。

人美钱多小富婆：小哥哥，你人呢？

人美钱多小富婆：突然有事下线了吗？

人美钱多小富婆：小哥哥，小哥哥，还在不在？

人美钱多小富婆：嘤。

只要足够不要脸，马甲就能捂得严。

宋厌满脸生无可恋地发完四条消息后，终于明白了一个道理——一个谎言往往需要用千千万万个谎言去圆。

而上铺的夏枝野看着这四条消息，忍不住轻轻勾起了唇角。

有的人表面上是个酷哥，实际上却是个甜妹，现实中高贵冷艳，网络上一口一个“小哥哥”，真是想不到这家伙还有两副面孔呢。

还好他反应快，演技好，不然这要是当场戳穿了，就宋厌那小薄脸皮估计能直接选择换个星球生活。

到时候自己被打成残废是小，再也看不到宋厌的这一面可就亏大发了。

所以这个马甲暂时不能拆。不然到时候宋厌羞愤之下一怒转学了，他再到哪儿找这么一个好兄弟去？

不过他没想到，宋厌居然有这样的一面。

想来应该是当时宋厌想了解他又找不到地方下手，所以才披了这么个马甲。自己竟然一直没发现，还想着从小富婆这里挣点儿外快去给宋厌买礼物。

结果绕了一圈，羊毛出在羊身上。

但这样也好。这样算下来的话，这台洗衣机就是自己和宋厌一起买的了，多有纪念意义。

夏枝野想着，唇角的笑意更深了。

然后估摸着手机自动关机后重新充电开机的时间应该差不多到了，重新点了准备。

清纯美貌男高中生在线接陪玩：不好意思，刚才手机没电了。

人美钱多小富婆：没事呀，哥哥，不过我今天晚上突然有事了欸，你要急缺钱的话我就先把十五局的钱结给你，后面再划账，好不好呀？

看来某人是要临阵脱逃啊。

清纯美貌男高中生在线接陪玩：你就这么信任我？

人美钱多小富婆：当然啦！

人美钱多小富婆：钱已经转啦，我先去写作业了，哥哥再见。

发完最后一条消息，宋厌光速下线，手机一扔，平躺在床，一脸可以直接收棺入殓的表情。

他决定了，以后夏枝野爱找哪个好姐姐就找哪个好姐姐，关他何事。

反正他不能为了扶个贫把自己一世英名搭了进去。

就让这最后的三百块钱终结掉“人美钱多小富婆”和“清纯美貌男高中生”的这段本就不该存在的缘分吧。

夏枝野并不知道自己已经被三百块钱给打发了。

只是连着几天邀请小富婆打游戏都被以各种理由拒绝后，猜想大概是某人因为过于羞耻而暂时不敢直面现实。

光是看着屏幕上那条“最近要期中考试，妈妈不准我打游戏，所以哥哥最近不用来找我啦"的消息，夏枝野都能脑补出下铺某人咬牙切齿又耳根通红地说"别来找我了"的样子。

于是他轻笑一声，回了一个：行。

的确快要期中考试了，考完后还有运动会和篮球赛，所以不仅要忙着复习，还要准备篮球训练，确实挺忙的，就暂时先放某人一马。

反正人就在他下铺，跑也跑不掉，以后有的是机会。

而宋厌的确也在忙着复习。

高二上的基础内容他基本已经自学完了，数理化生这几科除了最后两道大题，他都可以百分之百地保证不丢分。

但是南雾三中的师资力量和学生基础到底是差了些，对于每科考试用来拉开顶尖优生和中上等生分数的那些难点和考题并不会着重系统地讲。问了两次老师，也都只是就题讲题，并没有一个清晰的训练思路和归纳总结。

所以宋厌基本上只能靠自己。自己买练习册，自己上网搜题目，自己做，自己修改，自己把错题分门别类，再整理出易错点和解题思路，这么一通忙下来，也没时间再去想那些杂七杂八的。

只是宋厌喜欢安静，白天教室里吵，所以都是晚上一个人在宿舍学习。等到了白天，听着老师讲那些他根本不用再听的基础点的时候就一个劲儿犯困。

所以小胖和赵睿文每次回头都只能看见趴在桌子上的一个后脑勺儿，忍不住痛心疾首地谴责道："厌哥，你不能这样，你可是我们年级的二号种子选手，你再这么堕落下去，我们三中就又要被实外碾压了！"

二号种子选手头也没抬，反手就是一个笔记本砸过去。

小胖灵活躲过，又看向隔壁的一号种子选手："夏爷，你倒是管管他呀，上次刘越那事在升旗仪式上闹出那么大动静，要是这次没考好，刘德青指定得找你们麻烦。"

夏枝野一边飞快地刷着题，一边慢悠悠地反问了句："你们觉得我管得了他？”

小胖和赵睿文想了想夏枝野每天被揍的日常：“……”

似乎并不能。

“那可怎么办啊？”小胖愁都要愁死了。

夏枝野清醒而残忍：“为什么你一个数学七十四分的人要操心一个数学一百四十八分的人怎么办？”

“……”

杀人不见血。

小胖：“对不起，打扰了。”

于是宋厌就在众目睽睽之下，一口气睡到了下午放学。

夏枝野把买回来的晚饭推到他面前：“吃了稍微休息会儿，我们就去篮球场，主要是先练一下配合。”

“嗯。”宋厌应得没精打采，打开饭盒，一眼看见猪肝和芹菜，嫌弃地皱起眉，一股脑儿全扒给了夏枝野。

夏枝野看着自己跟前摞得高高的一座小山，眉梢微抬：“你不吃？”

宋厌刚睡醒，没多想，冷淡地“嗯”了声：“味道太重，吃了泛恶心。”

“……”

所以宋厌不喜欢吃猪肝？

那为什么在住进宿舍的第二天晚上就点了那么满满一大盆猪肝？

夏枝野刚想问，门口就有人叫了声：“夏枝野同学，可以麻烦你先出来一下吗？”

两人闻声抬头，发现是个不太熟悉的女生，清清秀秀、白白净净、斯斯文文，正冲着夏枝野笑得腼腆。

宋厌问：“谁？”

夏枝野说：“好像见过，但不记得了。”

宋厌一看见那个女生怀里抱着的东西，就猜到大概是怎么回事了，低下头，继续吃起自己的晚饭。

夏枝野出于礼貌和修养，不得不先放下筷子，起身走到女生跟前：“有什么事吗？”

“那个……”女生似乎有些不好意思，低着头，声音小小的，“就是我听说你们篮球队好像恢复训练了，下个月还有比赛，所以……”

女生双手握着鞋盒，递到夏枝野跟前：“希望你可以喜欢。”

唇角抿得很紧，眉眼低垂轻颤。

其实是个很可爱的小姑娘，但夏枝野只是礼貌又客气地答了句：“谢谢你的好意，但不合适。”

女生连忙低声反驳：“合适的，我特地找周子秋问过你的鞋码和喜好了，他说……”

“不是这个不合适。”夏枝野眸光从眼尾扫过，瞥了眼正在教室后面一脸嫌弃地挑着食的某人，唇角勾起点笑，“是我已经有鞋了。”

话外之意，不言而喻。

女生轻咬了下唇，试探着问：“就是那天你放到失物招领的找不到主人的那双吗？”

夏枝野点头：“嗯。”

话音一落，女生立马露出一个灿烂的笑容：“那就太好了！反正这个也不是给你的，是给宋厌的，麻烦你转交一下吧！”

说完把鞋盒一收，变戏法似的从身后掏出另一个浅粉色的精致礼盒，往夏枝野手里一塞，然后不等他拒绝，就“啊啊啊啊”地跑远了。

剩下夏枝野抱着突如其来的礼品盒站在教室门口微愣了一下。

所以他其实只是个工具人？

从小到大都是商淮和周子秋帮别人转交礼物给他，这还是头一次他帮忙转交礼物给别人。

看来宋大喜确实很招人喜欢啊，甚至都超过自己了？

夏枝野轻磨了下后槽牙，被激起了奇怪的胜负欲。

# 第十章

# 定点扶贫

宋厌坐在教室最后面，没听清他们的对话，只看见夏枝野回来的时候手里拿了个粉色礼盒，问他：“又是哪个班的送的？”

“来自13班。”夏枝野把礼盒推到宋厌面前，“不过这次是送给你的。”

宋厌抬起头。

夏枝野随手拉开椅子坐下，懒洋洋道：“你的仰慕者让我转交给你的，对此情况，我们宋大喜同学有没有什么想说的？”

“有。”宋大喜同学开了口，“13班在几楼？”

“三楼。”

“嗯。”

宋厌应了一声，以示知道，就把礼盒塞进桌肚，重新拿起了筷子。

夏枝野：“……没了？”

宋厌挑眸：“不然？”

“……”

宋厌计划着等晚自习结束，教室里人少的时候再把礼物退回去，免得当着太多人的面，伤了女生的自尊心。

夏枝野看了眼若无其事吃着饭的宋厌，又看了眼桌肚里的粉色礼盒，略一思忖，点开了周子秋的微信。

Wild：你们班那个女生什么情况？

Autumn：哪个女生？

Wild：今天问你我鞋码那个。

Autumn：哦，那个啊，怎么了？

Wild：她给宋厌送礼物了。

Autumn：然后？

Wild：她是不是对宋厌有意思？

Autumn：这不废话？我们班至少三分之二女生都对宋厌有意思。

Wild：……

周子秋说的这个“有意思”也不一定是真的喜欢，三中校风开放，13班文科班尤甚，女生占据“食物链”顶端，“调戏”好看男生是再正常不过的事。

但宋厌转学以来，一直深居简出，哪儿招惹的这么多桃花。

Wild：宋厌都这么低调了，你们班女生还不放过他？

Autumn：？

Wild：？？？

Autumn：兄弟，你是不是对低调有什么误解？

什么误解？

宋厌难道不低调吗？

夏枝野刚想着，周子秋带有嘲讽意味的反问排比句就噌噌噌地发了过来。

Autumn：你是觉得他转学第一天就打群架受伤低调，还是觉得他写检讨把罗伟气得晕厥这件事低调？

Autumn：又或者你觉得他和刘越打赌打得全校皆知，艺术节又为了气赵宇买了一千朵玫瑰花回学校很低调？

Autumn：再直接一点儿，你是不是觉得是他穿着女装和你演《梁山伯与祝英台》也挺低调的？

Wild：……

确实不怎么低调。

原来宋厌转学过来这两个月过得如此跌宕起伏，不说都没发现。

Autumn：所以不是所有面瘫、话少的人都叫低调，宋厌这种顶多算个冷脸，恰好是现在女生们最好的一款，不信你自己看贴吧。

除了上次刘越的事，夏枝野几乎就没看过贴吧，因为觉得这种一群人匿名八卦的地方实在没什么意思，然而看见周子秋的话后，还是选择打开了久违的网页链接。

打开第一眼，就看见首页飘着一个大大的帖子：报！！！宋厌临时加入篮球队啦！！！

1L：一手可靠消息，宋厌临时顶替商淮进了篮球队，据说今天晚上就开始训练，有没有“iYAN”女孩儿一起前去围观？

2L：这能不去？就宋厌那腰、那腿、那手指节，打篮球绝对好看啊！

3L：你说得对，我这就买上饮料毛巾冲过去。

5L：宋厌真进篮球队了？那篮球双草是不是可以改篮球三帅了？

6L：学妹弱弱地问一句，三帅是哪三帅？

7L：还能是哪三帅，夏枝野、宋厌、周子秋。

…………

除此之外，夸宋厌好看有气质、肤白腿长、女装绝美的帖子一搜一大堆，甚至还有好多女生一口一个“厌厌宝贝”地叫着。

夏枝野觉得南雾三中的校风实在过于开放，女生们实在过于贪图美色，他作为高二年级的学生会干部有必要肃清一下风气，树立一下自己身为宋厌同桌的威严。

于是他收起手机，站起身：“走吧，去篮球场。”

宋厌刚好吃完，正擦着手，看见夏枝野面前的饭菜几乎没动，眼尾微睨：“这就不吃了？”

“嗯，今天的糖醋排骨盐放多了，有点儿咸。”

宋厌是没吃出来饭菜到底哪里咸，也懒得管，反正夏枝野这种人肯定饿不死。

傍晚的篮球场天光晦暗，路灯立在林荫路两侧，昏黄的光晕里可以清晰地看见空气中飘浮着的灰粒尘土。

夏枝野搭着宋厌的肩膀懒洋洋地从灯光里走来时，周子秋简直没眼看。

宋厌非常熟练地打掉夏枝野的爪子，懒得再说这个话题，只是看向篮球队的人，言简意赅：“我打什么位置？”

其他人习惯了听夏枝野的，侧目询问。

夏枝野没回答，只是问：“你以前都打什么位置？”

“得分后卫。”

宋厌答完，夏枝野朝周子秋微抬了下下巴。

周子秋会意，把手里的篮球松松地往前面的地上一砸，弹起的时候，夏枝野顺手一捞，稳稳接住，然后递给宋厌：“投个三分试试？”

毕竟得分后卫这个名字，顾名思义，远场得分的重要位置，夏枝野就算和宋厌关系好，也得在队友面前做做样子。

而且除了夏枝野和周子秋以外，其他人和宋厌都不熟，剩下一个刘越甚至还有点儿过节儿，所以对于直接把宋厌拉进篮球队这件事本来就有点儿小意见。

不露一手服服众，以后相处起来怕是少不了摩擦。

宋厌明白夏枝野的意思，接过球，在手里试了两下球感，然后就腿部发力，轻轻一跃，脚尖离地的时候，展臂举球，自然扣腕，篮球从三分线外划出一个漂亮的抛物线，稳稳当当落入篮筐之中。

姿态看上去轻松又漂亮，好像拿个三分只是他平日里再普通不过的事一样，场外的女孩儿们瞬间爆发出热烈的鼓掌和欢呼：“宋厌好帅！姐姐爱你！篮球队有你了不起！”

篮球队剩下的几个看着宋厌露了这么一手简直如获至宝：“可以啊，准头不错啊。”

“运气好，实战命中率普通水平。”宋厌表情没什么变化。

其中一个队友抬抬手，说：“没事，普通水平也够了，就你露的这手，肯定差不了。刘越，你觉得呢？”

说话人看向刘越。

刘越和宋厌之前有过矛盾是众所周知的，虽然后面合作过一次话剧，看样子没什么后续问题，但该问的总归还是要问一句。

刘越也只是拍着球，没给正眼：“随你们。”

看样子并没有很排斥。

“那周子秋你就转控卫，补商淮的位置，宋厌顶你的得分后卫，刘越还是中锋，我前锋，没什么问题吧？”夏枝野说得懒散，但越是散漫，越是能让人听出一种不容置疑的感觉。

看着众人听话的反应，宋厌才意识到夏枝野平时在自己面前脾气好多了，以至于自己都快忘记这人是传说中的“三中小霸王”了。

而球一打起来的时候，夏枝野凌厉的球风、充满攻击性的对抗和剑走偏锋的角度投篮都让宋厌意识到夏枝野平时不还手只是单纯地不想还手而已。

少年利落的短发被额头上的汗微微浸湿。他把校服外套脱下扔在一边，身上的宽松 T 恤因为起跳的动作扬起下摆，露出劲瘦有力的腰身和笔直修长的双腿。

路灯昏黄的光晕因为夏枝野身上那种与生俱来的漫不经心的坦然和自信，而成了聚光灯一般的存在。

等夏枝野再一次带球过人，三步上篮，完成了一个无比漂亮的灌篮，并赢得了全场的尖叫和欢呼时，周子秋站在后场，微勾着点儿唇角，看向宋厌：“我们夏爷还不错吧？”

看出来了。

这人平时懒懒散散的没个正形，一带出来就帅得没边，嘚瑟得跟只花孔雀似的。

这样想着，裁判已经吹响了比赛停止的口哨。

他们这队以三十七分的优势轻松赢下陪练队。

陪练队伍的大前锋则直接躺倒在地，气喘吁吁：“不行了，夏爷，你今天打得也太拼了吧，而且以后打法能不能别这么花，你那假动作晃得我都快觉得自己脑震荡了。”

另外一个深受其害的队友也表示：“夏爷，不是我说，你这假动作花到连我这个队友都骗过去了，上次看到这么花的打法还是商淮和队友攀比炫技的时候，但夏爷，你应该不至于啊？你还需要炫技？”

队友本来只是无心的一句调侃，站在场边有一下没一下地拍着篮球的夏枝野却散漫地“嗯”了一声。

问话的人愣了愣，有点儿没反应过来：“夏爷，你这个‘嗯’是什么意思？”

“你觉得是什么意思就是什么意思。”夏枝野随手把球往他身上一抛，“有纠结这个的工夫，不如想想你刚才为什么连续两个球都没防住。还有，下次训练前先去借艺体馆的室内篮球场。”

“为啥？这里不挺好的吗？”

“这里围观的人太多了。”

队友：“？？？”

他们打篮球不就是为了打给别人看的吗？

如果不是为了享受漂亮小姐姐的欢呼，谁要跟你们这群臭老爷们儿在这儿流汗流血又流泪啊？！

队友都要气死了。

然而夏枝野独断专行，根本不留给他们任何反驳的空间，说完就朝宋厌走去，递过手里已经拧好的矿泉水瓶：“第一次配合，感觉如何？”

“还行。”宋厌喝了一口，“除了某人的假动作太花，把我晃偏了两次以外，基本没什么问题。”

夏枝野一本正经：“那就没办法了，实力太强，一不小心就会误伤队友，也不是我能控制的。”

“……”

为什么可以有人这么不要脸？

宋厌拎起脱下来的校服外套，转身就走，连看都懒得多看某人一眼。

夏枝野忙迈着长腿，两步跟上，顺势从身后搂住宋厌的肩膀，两人的知己手链，在月色下现出格外和谐的光泽，而夏枝野好像突然想到什么似的，问：“你真不知道我说的知己是谁？”

宋厌面无表情地“嗯”了一声。

夏枝野勾起唇角：“好巧，他也不知道。”

“……”

宋厌不觉得巧，只觉得夏枝野是在讨打。

然而夏枝野下一秒就又懒洋洋地扔出一句：“不过他很快就知道了。所以你说我圣诞节给他送个什么礼物比较好？”

“爱送什么送什么，关我何事。”

“主要是他家很有钱，眼光应该挺高的，普通礼物肯定看不上，像你这种大少爷应比较了解他的口味，帮我参谋参谋？”

宋厌本来心情就突然有些不好，提到送礼物这事顿时变得更加烦躁。

有的人穿着自己花了大半个身家买的鞋，在企鹅群抢着自己的生意，《王者荣耀》挣着自己的钱，最后就为了给别的知己送礼物。

真是没见过这么偏心眼儿的朋友。

“偏心眼儿”却还在问：“所以到底送什么礼物才是他肯定喜欢又独一无二不可取代的呢？”

宋厌被烦得不行，气归气，烦归烦，却也没想着给夏枝野出馊主意，只是冷冷道：“他要是拿你当朋友，肯定是因为觉得你这个人不错，而不是因为觉得你送的礼物不错，所以实话实说，尽力而为就行，没必要整那些虚头巴脑的。”

反正夏枝野除了穷了一点儿，长相、成绩、能力、人缘样样都不差，交到这种朋友，已经是八辈子修来的福分了。

宋厌甚至有点儿羡慕那个被夏枝野引为知己的人。

而夏枝野只是看着他忍不住露出了满满欢喜的笑意。

宋大喜果然是最可爱单纯的大少爷，只在意人品，不在意其他任何身外之物。

这么容易满足的人，待会儿看到自己专门为他买的洗衣机肯定会特别开心。

夏枝野光是想想，就觉得挺美。

想到这儿，夏枝野拍了拍宋厌的肩：“你先自己回教室吧。”

宋厌侧眸：“你呢？”

“我先去为我那知己做点儿什么。”

夏枝野低头迎上宋厌的目光，笑得意味深长。

宋厌却丝毫不能体会，一脚踹开夏枝野，头也不回地走了。

宋厌一个人回到教室的时候，发现他和夏枝野的桌子上已经堆满了各种饮料、矿泉水和零食。

他皱着眉把它们全推到一边，对前桌小胖道：“下次再有人送，就直接帮我推了。”

“推不了，她们实在太热情了。”小胖嘬着被贿赂的奶茶，一个一个讲解起来，“喏，这个是 3 班的涵涵送的，这个是 5 班的悦悦送的，这个是 7 班的佳佳送的，还有这个是……”

“看来记得很清楚。”宋厌打断他。

小胖很骄傲：“那必须，收人钱财，忠人之事，我还是很有职业道德的。”

“所以送这些东西的人里面有和夏枝野关系不错的吗？”宋厌微顿，又补了句，“家里还特别有钱的那种。”

“有吗？”小胖挠了挠脑袋，绞尽脑汁，“没有啊，夏爷平时关系好的就我们几个，篮球队的，还有商淮、周子秋。家里特别有钱的就更没有了啊，我们学校除了 16 班的和你以外，哪里有什么富二代？”

也对。难道不是三中的？

宋厌正想着，小胖好像突然想起什么，“嗷”了一声：“不过你要说这个的话，我倒是突然想起来了，据说夏爷以前在实外的时候有个关系挺好的女生，好像是实外校花，标准的白富美。”

又是实外。看来夏枝野之前在实外很有故事啊。

难怪他在群里卖资料的时候顶的是实外名头，这次和实外的篮球赛也这么重视，原来是为了在心上人面前出出风头。

难道是那个女生偷偷从实外跑到三中来看他打篮球了？

也不是没有可能，毕竟实外距离三中也就隔了两条街，三中的管理又不是很严，来一趟也很方便。

这么说来夏枝野让自己先回教室，应该就是送那女生回学校去了。

这么一想，一切都说得通了。

宋厌指尖有一下没一下地点着桌面，思绪越飘越远，直到小胖一句“不过厌哥，你突然问这个干吗”，才恍然回神：“哦，没什么，就随口一问。”

也对，他问这个干吗。

他和夏枝野只是同桌和室友的关系而已，还能拦着夏枝野交其他朋友不成？

宋厌觉得自己想通这一点后应该就没那么生气了，然而一看到右手边的座位空空荡荡的，连穿堂风都没人帮他挡的时候，心里还是很烦，烦到连数学卷子的最后一道大题看上去都没那么可爱了。

而等到下了晚自习，他一个人走下教学楼，穿过那条走了不知道多少遍的林荫路的时候，烦躁之情就更加明显了。

来到南雾之后，他还从来没有一个人下过晚自习，更别说一个人摸黑从学校走回宿舍。

以前旁边一直有夏枝野跟他说着笑着没完没了，也就没有发现这条林荫路原来这么长，还这么黑。

路灯坏的比好的多，路面坑洼不平，身边路过的人都成群结队，显得宋厌一个人格外冷清。

宋厌明明是从前十几年都习惯了冷清的人，但不知道为什么，这一刻他突然不想自己一个人走回去了。

没有原因，就是不想一个人走。

这种不想一个人走回去的负面情绪已经远远战胜了他对贫穷的恐惧，他低头拿出手机，准备叫个车。

然而刚打开手机，屏幕上突然跳出一条微信消息。

Wild：走路看路，别玩手机。

宋厌：“？”

Wild：抬头，看向你的右前方，看到那个大帅哥的时候，请马不停蹄地跑向他。

宋厌抬起了头，也看向了右前方，然后就看见校门外熙熙攘攘，人来人往中，夏枝野正靠着一辆亮瞎狗眼的荧光粉自行车，支着两条大长腿，笑着看着他。

夏枝野微微弯起的桃花眼敛尽夜色里的灯光，浅褐色的眸子因为路灯的光晕显出温柔笑意，就像是站在那里等了很久很久一样。

那一刻，宋厌突然有点儿说不出来心里到底是种什么感觉。

小时候每次幼儿园放学，他都会站在学校门口，等着妈妈或者阿姨来接他。然而妈妈总是忘记，阿姨也总是很忙，往往最后只会剩下他一个人，就站在那里，看着人群散尽，然后等很久很久。

他也就习惯了一个人等着，或者一个人偷偷地回家。

习惯久了，就觉得没什么了。

而这一刻的感觉，就像某个大雨滂沱的傍晚他已经做好了没人来接的准备的时候，却发现有人比他先到。

他不用再独自等待，也可以和其他小朋友一样热热闹闹地回家。

想到这儿，宋厌突然觉得眼睛有点儿热，然后低下头，心里低低骂了一句脏话。

他怎么越活越回去、越来越矫情了，真是被夏枝野的脑回路给传染了。

不能这样。

宋厌深深吐出一口气，飞快调整好状态，抬起头时，神色已经恢复冷淡自然，走过去，问："你怎么在这儿？"

夏枝野看着他，笑道："你不是怕黑嘛，怎么可能让你一个人回去？"

说完长腿一抬，跨上自行车，懒洋洋道："走了，宋厌小朋友，哥哥接你回家。"

"……"

宋厌怀疑夏枝野就是故意的。

刚才的矫情只是意外，他的内心还是一个铁血硬汉，并不会因此而产生一丝一毫的动摇。宋厌冷着脸，坐上后座："别一口一个'哥哥'的，占谁便宜呢。"

"你三月生日，我十二月，比你早一年，本来就是你哥哥。"夏枝野答得理直气壮。

宋厌警觉问道："你怎么知道我生日？"

夏枝野轻笑一声："我不是看过你的身份证？"

"……"

想起来了，不仅看过，还侮辱他身份证上的照片很可爱。

不过那时候看了一眼身份证，就能把生日记到现在，也挺不容易。

而且夏枝野的生日是十二月吗？

那好像也不远了。

宋厌随口问道："你生日是十二月多少号？"

"二十四号，平安夜。"

夏枝野见他没回答，又笑着问了句："怎么，你突然问这个，难道是要给我准备生日礼物？"

"少做白日梦。"宋厌毫不留情地打破了他的幻想。

夏枝野"啧"了一声："真是无情。亏我还给你准备了国庆礼物。"

"……"

国庆礼物？

这都十一月初了，距离国庆节早过了八百年了。

而且谁家过国庆是要给室友送礼物的？

等等，礼物？

宋厌突然警觉：“什么礼物？”

正好已经到了宿舍楼下，夏枝野停好车，回过头，笑道：“大礼物。”

那一刻，宋厌有了十分不好的预感。

上次夏枝野拿出这辆荧光粉的自行车的时候，也是用的这个表情说的大惊喜。

他警惕地往后退了一步。

夏枝野看着他这个动作，忍不住笑道：“放心，这次真的是个正经礼物，你肯定喜欢，相信我。”

说着，他又弯起了那双好看又多情的桃花眼。

智商瞬间消失。

于是三分钟后。

南雾三中学生宿舍1栋616的阳台上。

宋厌看着那台Hello Kitty联名款的磨砂粉色单人洗衣机和洗衣机上商家附赠的一米高的Hello Kitty大玩偶，深深呼出一口气，然后握紧了自己梆硬梆硬的拳头。

他和夏枝野，今天不打一架都没办法证明到底谁才是那个纯种大傻子。

自己省吃俭用，节衣缩食，把省下的钱都贴给他，结果这个败家玩意儿就买了这么个东西回来杵在这儿。

宋厌一时也不知道是心疼自己那些倒贴进去的钱，还是生气夏枝野这个无话可说的直男审美，总归今天心情本来就不好，那不如先打一顿再说。

于是夏枝野本来好端端地倚在阳台门口，等着宋厌感动地向他表达谢意，结果下一秒就看见了一个白皙冷硬的拳头。

夏枝野条件反射般地抬手捏住了他的手腕，还没来得及问，另一只拳头就又挥了过来，只能把另一只手腕也同时拽住。

“你先说你为什么揍我。”

“你先说你是怎么想的，买了这么个玩意儿回来？是觉得自己的钱很多还是不想给你那知己送礼物了？”

语气又冷又冲，但夏枝野也不生气，只是看着他，轻声笑道：“买了这么个玩意儿回来是因为某个十指不沾阳春水的大少爷很讨厌洗衣服。”

“……”

“钱确实不多，但是想想办法总还是能凑一点儿，不至于让某人金贵的手指又被洗衣液灼伤起皮。”

“……”

“至于给知己送的礼物，礼物已经送出去了，是不是知己就看他愿不愿意承认了。”

“……”

“所以这个回答，我们宋厌同学还满意吗？”

十指不沾阳春水还非常金贵的宋厌同学：“……”

所以这人最近又是卖学习资料又是主动陪玩营业的，不是因为要给其他知己送的礼物特别贵，而是为了给自己买台洗衣机。

他自己都没在意的事情，夏枝野却记在心上，还付诸行动了，结果自己还不问好歹地想揍人家。

宋厌心里突然有点儿感动和心虚。他直接抽出手腕，转身走进浴室，直接关门，仿佛一个冷酷无情的杀手。

然而三秒后，浴室门突然又被拉开了。

夏枝野挑眉：“怎么了？”

“没怎么。”宋厌还是一脸面无表情，“就是想说‘谢谢’。”

说完，门就又合上了。

没留给夏枝野说一个字的机会。

夏枝野："……"

这就是传说中的极致傲娇吗？

正想着，宿舍门被敲响了："宋厌在吗？"

夏枝野打开门，发现是隔壁班的一个男生："他在洗澡，怎么了？"

"哦，没什么，就是我们班女生让我把这个转交给他。"男生说着递过来一个信封。

浅蓝色的信封纸，盖着爱心戳印，还有淡淡的香味，一看就图谋不轨。

"拿回去吧，他不收。"

"为什么？"

"他要好好学习。"

说完夏枝野就连人带信送出了房门，开始思考起如果要让一个傲娇意识到自己真的非常非常在意他这个朋友，需要请些什么客，送些什么礼物，做出了一个粗略的计算，然后拿出手机，点开夏瑜微信：姐，借我一万块钱。

老娘美且野：？

Wild：有事急用。

老娘美且野：老规矩。

Wild：行。

老娘美且野：转账五千。

老娘美且野：服务到位后再结尾款，别说姐姐不疼你，上线。

Wild：我现在身边没电脑。

老娘美且野：没事，LOL这个游戏不适合我，我已经转战《王者荣耀》上王者了。

Wild：……行。

想到夏瑜菜而不自知的技术，夏枝野觉得自己真是为了宋厌牺牲太多。

夏枝野戴上耳机，接通夏瑜的语音电话，登录游戏，然后看着夏瑜的钻石一的等级陷入了沉默。

半晌，他开口：“你不是说你王者了？”

“我的王者是你姐夫带我打的，我最近和他吵架，不想理他，结果就被锤下来了，不然要你干吗。”夏瑜说得理直气壮。

夏枝野竟然无法反驳：“但你有没有意识到一个问题。”

“你说。”

“我荣耀王者了。”

“……”

《王者荣耀》的双排机制对段位差距有一定限制，如果段位相差过大，就不能一起开黑，所以得益于夏瑜卓越的抠脚技术，他们之间的差距已经无法用亲情来弥补了。

夏瑜：“那你把钱给我退回来。”

“……”

夏枝野第一次表现出一个陪玩应有的敬业：“我去借号。”

说完打开微信，发送朋友圈：借个《王者荣耀》微信区钻石或星曜的号，帮上分。

发完刚一秒，一个粉嫩的头像就冒了出来。

人间至甜小奶莓：哥哥！哥哥！看我！快看我！全皮肤、全英雄、V10账号，你值得拥有！

他和沈嘉言的微信是沈嘉言临走之前加的，目的是为了监督自己不欺负宋厌。

但沈嘉言又不想让宋厌知道自己已经知道了“人间至甜小奶莓”就是沈嘉言这件事，所以就没告诉宋厌。

而显然沈嘉言想上分的冲动已经让他完全忘记了这件事。

于是夏枝野删掉朋友圈，点开沈嘉言头像。

Wild：号。

人间至甜小奶莓：马上马上，我是钻一，可以吗？

Wild：嗯，行，但我记得你之前不是快王者了吗，周子秋没带你上分？

人间至甜小奶莓：别说了，我和他吵了一架，不想理他，就自己单排，结果一路掉分，被锤到自闭了。

夏枝野：“……”

果然，菜鸡的故事都是雷同的。

Wild：那你把账号密码发过来吧。

人间至甜小奶莓：好的好的，谢谢哥哥，那我先去睡觉了，希望一觉起来我昨天晚上熬了通宵掉的十六颗星星都能回来，哥哥辛苦了。

Wild：没事。

人间至甜小奶莓：好的。

夏枝野登上沈嘉言的账号。

把 ID 给夏瑜发了过去：“加这个账号。”

“效率不错啊，看来这次是真缺钱了。”

夏枝野向来是个散漫的性子，从不为五斗米折腰，还很少有这种正儿八经带她上分的时候，夏瑜的语气就难免有些揶揄。

夏枝野倒也不否认：“以后还你。”

“谁差你这点儿钱了？”夏瑜翻了个白眼，“我主要就是比较好奇到底是什么事，能让你这么一个视金钱为粪土的人居然愿意带我上分。”

“人生知己大事。”夏枝野轻飘飘扔出一句。

夏瑜愣了愣，然后才反应过来：“人生知己？”

“嗯。”

“谁担得起这么重的词？”夏瑜有些不大信。

夏枝野却非常坚定：“他第一次吃饭就主动给我夹菜，第一次去我家就披小马甲加我好友找我打游戏，还会给我打印学习资料，和我一起戴兄弟手链，偷偷买鞋送给我，还说如果要和我做朋友肯定是因为觉得我人不错才和我做朋友的，和其他的都没关系。”

夏枝野慢悠悠地说着，直接把夏瑜给听蒙了。

这是哪家小男生？

听上去简直是把夏枝野当人生至交。

“可是……”

电话那头夏瑜似乎还想说什么，浴室门却正好开了。

“我先挂了。”

夏枝野掐断语音。

宋厌擦着头发走出来：“跟谁打电话呢？”

夏枝野看着宋厌，懒洋洋笑道：“没打电话，就是语音开黑。”

一般除了“人美钱多小富婆”主动邀请以外，夏枝野开黑都会叫上自己，怎么今天不等自己就不声不响地开了？

宋厌突然想到什么，语气冷淡了些：“之前经常找你的那个姐姐？”

“嗯，是她。”

宋厌把毛巾用力一甩，躺上床，然后打开微信，发现自己之前发给沈嘉言的消息还没回，想了想，切成“人美钱多小富婆”的账号登录游戏，发现夏枝野居然没在线，于是又重新切回微信账号。

一眼看见“人间至甜小奶莓”正在组队中。

难怪不回自己的微信，原来是在打游戏。

宋厌直接发送好友私聊：“在？”

夏枝野刚想邀请宋厌一起，就看见宋厌发来的消息，回了个：嗯。

YAN：之前让你帮我卖的那块表怎么样了？

卖表？

宋厌难道缺钱了？

夏枝野知道冒充沈嘉言聊天确实不好，但是如果直接问宋厌，他肯定不会说，但都已经到了要卖表的地步，肯定是遇上什么事了。

于是略一思忖，还是回道：怎么了？

YAN：夏枝野给我买了台洗衣机，我想先把钱还给他。

人间至甜小奶莓：？

YAN：他自己都缺钱，我不想他在我身上浪费。

人间至甜小奶莓：或许他不缺钱呢，而且花在你身上，怎么能叫浪费。

YAN：他不缺钱就不会去给富婆陪玩了。

人间至甜小奶莓：富婆？

人间至甜小奶莓：等等，你觉得他是在出卖自己的灵魂？

YAN：也没有这么严重。

人间至甜小奶莓：你不是觉得他人不错？你们不是知己？

YAN：人不错和我觉得他出卖灵魂不影响。而且谁和他是知己了？

人间至甜小奶莓：你不拿他当知己为什么和他买知己手链？

YAN：那不是你非要买？

人间至甜小奶莓：？

YAN：买一送一，他不用花钱。

夏枝野有点儿没明白。

人间至甜小奶莓：什么意思？

宋厌觉得今天的沈嘉言有点儿奇怪，问话问得很有针对性，前言居然能搭上后语，和平时吱吱哇哇乱说一气的样子有些不一样。

但他也没多想，只是回道：解释起来有点儿复杂，非要简单概括的话，你可以理解为“定点扶贫”。

定点扶贫？

夏枝野看着手机屏幕上冒出的这四个字陷入了深深的思考。

夏枝野虽然因为从小父母教养方式的原因，没有和大部分富二代一样养成比较奢侈的生活方式，在物质方面一向随性，得过且过，能凑合就凑合，还经常被他爷爷挂失信用卡，所以除了商淮和周子秋，没人知道他其实是个富二代，但是被人用上“贫”这个字倒还是头一次。

夏枝野看着“定点扶贫”四个字，沉默半晌后，抱有侥幸心理地发了三个字：他很穷？

YAN：家里情况比较特殊，生活不太容易。

人间至甜小奶莓：所以你之前对他好都是因为想帮他一把？

YAN：差不多。

YAN：行了，打你的游戏吧，表要是没人买，随便两三万打发了也行。

YAN：下了。

宋厌头像变灰的那一瞬间，夏枝野觉得自己的世界也变成了一片黑白。

他坐在原地，看着手机屏幕上的聊天记录，目光定在那个“贫”字上，一动不动，直到很久很久以后，才缓缓起身，拎起外套，打开了房门。

宋厌抬头：“去哪儿？”

“去静静。”

夏枝野简单地答了三个字后，就关门离去，脚步声逐渐消失在走廊尽头。

宋厌微抬了下眉。

他怎么觉得夏枝野好像有点儿不开心？

其实只是很普通的表情和语气而已，但宋厌就是觉得有哪里和平时不一样。

可能是因为在他的潜意识里，夏枝野就应该永远是懒洋洋地笑着的。

突然这么平静正经，他有些不适应。

所以是遇上什么事了？

宋厌先打了个电话给刘奶奶，刘奶奶一接起电话，听见是宋厌的声音，立马就是叭叭叭一顿问他有没有好好吃饭，为什么周末没来家里吃饭，是不是又瘦了。

宋厌耐心地听完一顿唠叨后，顺着刘奶奶的意思应承了几句，就挂了电话。

不是家里的事，应该也不是学校的事。

难道是刚才和那个好姐姐开黑的时候遇上了什么事？

宋厌点开陪玩软件。

人美钱多小富婆：哥哥在吗？今天打游戏吗？

系统提示：收到注册用户“清纯美貌男高中生在线接陪玩”退款三百元。

人美钱多小富婆：？

人美钱多小富婆：哥哥，你退钱给我干吗呀？

这次夏枝野倒是回得很快。

清纯美貌男高中生在线接陪玩：之前你提前结给我的十五局游戏的钱，不是一直没时间玩嘛，先退给你。

人美钱多小富婆：你不是需要钱给你那个什么知己买礼物吗？

清纯美貌男高中生在线接陪玩：暂时不需要了。

暂时不需要了。是不需要钱了，还是不需要给那个知己买礼物了？

宋厌指尖轻敲了两下屏幕，不知道有的话该不该问。

如果是按照从前他的性子，他压根儿就不会管，直接钱一收，手机一扔，爱干吗干吗。

他现在也打算这么做，反正夏枝野和谁当朋友关他何事。

然而不知道为什么，还是鬼使神差地发了一句：哥哥和知己现在关系怎么样啦？

对面这次回得很慢，隔了很久很久才回道：不怎么样，他没拿我当知己，是我一直以来自作多情了。

看到这句话的那一刻，宋厌觉得自己的心情有点儿不舒服，觉得不太理解为什么有人会拿夏枝野不当一回事，回道：那你现在还好吗？

对方没回。

过了五分钟，没回。

过了十分钟，还是没回。

等过了二十分钟，宋厌终于忍不住又发去一个问号：哥哥还在吗？

夏枝野依然没回，毫无动静。

可能是陪玩软件下线了，宋厌打开微信，点开了备注名为“大傻子”

的头像。

YAN：在哪儿？

三分钟过去。

无事发生。

“……”

习惯了夏枝野秒回自己的宋厌突然非常不适应。

他打开夏枝野的朋友圈，一眼看见最后一条朋友的发送时间是二十八分钟前。

内容：歌曲链接《逝去的兄弟》。

配图：一个在桌子边沿摇摇欲坠的白色蜡烛。

而一点开歌曲链接，伤痛欲绝又歇斯底里的悲壮男声立马充斥了整个宿舍。

宋厌：“……”

夏枝野的曲库都是些什么奇奇怪怪的东西。

而且不过就是一个交朋友不顺利的事情而已，至于这样嘛，一个大男人，难不成还要寻死觅……

等等？

这个蜡烛是什么意思？

夏枝野不会真是个智障吧？

宋厌点开图片，一放大，看见图片右下方红色招牌上隐隐可见的“逢烤”两个字，二话不说，随手抄起一件外套，就推门而出，飞快地往楼下跑去。

店里的背景音乐已经从《逝去的兄弟》放到了《兄弟反目》。

还真是应景。

夏枝野随手拉开一听可乐。

“刺啦”一声，气泡刚从锡罐缝隙中涌出，还没来得及呷一口，身后就传来一声怒气冲冲的“夏枝野”，然后“哐当”一声，手里的“肥宅快乐水”被吓得洒了一地。

夏枝野一回头，看见宋厌正在站在身后不远处的路灯底下，白雾大团大团地从口中呼出，氤氲在发红的眼角鼻尖，看样子是刚刚剧烈地奔跑过。

洗完后还没来得及吹干的头发也因为快速的奔跑而十分任性地在脑袋顶上翘起些呆毛，和脸上又冷又怒的表情形成巨大反差。

身上还穿着睡衣，外面只罩了一件很薄的校服外套，脚上甚至还穿着拖鞋，脚踝处冷白的肌肤大大咧咧地裸露在深秋夜里的寒风中，被冻得泛了红。

生病刚好没几天，这是又想进医院?

夏枝野连忙站起身，快步走过去，把自己的厚外套一脱，裹到宋厌身上，然后说了句“你站在这儿别动”，就飞快地跑进了隔壁的便利店。

等出来的时候手上已经多了一双刚买的羊绒袜子，宋厌一把抢过来：“我自己来。”

夏枝野看着他乖乖把袜子穿上了，才低声问：“怎么回事？”

“你说怎么回事？”宋厌没好气地抬起头，“怎么回事你自己心里没点儿数吗？”

语气又冷又躁。看起来有些生气。

夏枝野：“？”

宋厌突然生什么气?

“还有这个店怎么放的音乐，大晚上的能不能放点儿开心的？”宋厌听见那些要死要活的腔调，心里更来气了。

无辜躺枪的前台小姐姐：“？”

音乐有什么错?

行吧，出于顾客需求至上的准则，她默默地把歌单切到了《好日子》。

宋厌：“……”

夏枝野：“……”

宋厌忍了忍，决定不纠结这些细枝末节，只和夏枝野说正事。他指了指桌角的蜡烛：“你这是祭祀呢还是招魂呢？”

“这是人家店里昨天晚上停电了，今天留在桌子上的。”

“那你拍什么照发什么朋友圈？”

“象征性地祭奠一下我刚刚‘逝去’的兄弟。”

宋厌：“……”

还挺有仪式感。

“行，但这又是怎么回事？”宋厌指着躺在桌子阴影里看不大真切包装的易拉罐，“借酒浇愁？”

“那是刚刚被你吓掉的一听可乐。”

“……”

“那你为什么不回微信，不接电话？”

“手机没电了，他们店里又没有共享充电宝，就扔前台了。”

“……”

宋厌觉得夏枝野不是傻子，自己是。

他扭头就准备走，却被夏枝野捉住肩膀抓了回来。

夏枝野忍着笑意，问道：“怎么？我们厌哥这是担心我难过得想不开？”

宋厌一巴掌打掉他的爪子，冷声道：“我有毛病才担心你。”

说完再次准备走，却听见身后的夏枝野低低说了一句：“但我确实挺难过的，怎么办？”

他的嗓音没了平日里的散漫不正经，低沉微哑，带着点儿无奈伤感的意味，听上去好像是真的有点儿难过。

宋厌顿住脚步，缓缓侧过了身。

夜色里的夏枝野只穿了一件很薄的卫衣，嘴角看上去似乎是在笑，但眉眼未弯，浅褐色的眸子里也透出一种无法言说的失落和伤感。

宋厌还从来没见过夏枝野这样的表情，心里一下子很不舒服，好像有点儿酸，又莫名其妙地有点儿烦。

他不会安慰人，只能冷冷扔出一句：“有什么好难过的，你又不是只有他一个朋友。”

“但他是知己。”

听到这话，宋厌突然就气不打一处来：“难道只有他能当你的知己吗？”

夏枝野点点头：“嗯，他长得好，性格好，对我也特别特别好，没有比他更好的朋友了。”

我还站在这儿喘着气呢，宋厌恨铁不成钢：“你拿他当朋友，他拿你当朋友了吗？他不就是玩你吗？他配吗？”

“……”听到宋厌骂自己，夏枝野觉得有点儿魔幻，又有点儿难以解释，“他不是……”

“你的意思是我不对？你护着他？”

这是头一次夏枝野没有向着他说话，宋厌虽然没有意识到自己到底为什么不高兴。

但是语气却在一瞬间很诚实地冷了下来：“行，我多管闲事。”

说完转身就走。

这小暴脾气怎么就这么冲。

夏枝野伸手一把抓住他的手腕：“没，我不是那个意思。我的意思是他没有玩我。”

“那你在这儿难过啥呢？”

“就是矫情一下。”夏枝野笑道，“反正明天周末，我们厌哥陪我借酒浇个愁，怎么样？”

那双好看的浅褐色眸子里是努力掩饰也掩饰不住的难过和伤感，嘴角却挂着点儿笑，语气也故意装得散漫不正经。

宋厌心里有点儿不舒服。他把下巴藏进衣领，垂下眼眸：“嗯，我请客。”

两个人只有一件厚外套，又正逢夜深霜重，于是两人决定把烧烤和饮品打包拎回载酒巷。

夜里又下起了小雨，院子里没法坐人，客厅的沙发堆满了各种东西，宋厌索性盘腿坐在卧室的地毯上，顺手拉过一张床上的小书桌，把外卖一放，凑合着用了起来。

然而外卖拆开后，才发现老板似乎没给筷子。

夏枝野站起身："我去厨房拿。"

宋厌"嗯"了一声，随手拉开一听易拉罐，泡沫一下汹涌而出，眼看就要淌到桌上了，只能送到嘴边，灌了一口。

他答应陪夏枝野吃夜宵，除了想帮夏枝野散散心外，也是想帮自己散散心，然而一口下去，心里那点儿没来由的不痛快还是堵得慌，于是仰头又闷了一口。

等到夏枝野拿着筷子出来的时候，发现某人已经这么一口一口地闷完了两听。

夏枝野见识过宋厌的量。

三罐变呆，立即生效。

夏枝野去厨房拿了个筷子的工夫，再回来的时候，宋厌恶狠狠地盯着小书桌上那个空易拉罐的表情就已经不太聪明了。

今天还没三罐呢，应该不至于吧。

夏枝野盘腿坐到宋厌对面，试探着问："看什么呢？"

"你那个不识抬举的知己。"

"？"

宋厌抬起头，一脸冷漠："你说他凭什么不拿你当知己？"

语气表情都很正常，如果不是因为手上指着的"知己"是个空易拉罐的话，实在难以看出这是个小醉鬼。

不过却不难看出他言语里发自内心的对"知己"这个人的不满。

意识到宋厌谴责的"知己"是谁后，夏枝野忍着笑问了一句："那你说说他为什么要拿我当知己？"

"因为你对她好。"

"你怎么知道我对他好？"

宋厌脑袋一偏："你都这么穷了，还想方设法给他买礼物，这不叫好，什么叫好？"

夏枝野："……"

说得好像有道理，但又完全不是那么回事。

夏枝野没忍住："我能问问你到底是为什么会觉得我很穷吗？"

"你想下海。"

"？"

夏枝野回忆了一下第一次见面的场景，发现好像确实有这么一段对话。

不过当时他只是单纯地满意"红毛鸡"对自己颜值的评价而已，怎么到宋厌这儿就直接快进到他想下海了？

他还没想通这一点，宋厌又一脸正经地扔出一记重雷："你还偷偷卖血。"

夏枝野忍不住反问："我卖血？"

"嗯。"宋厌认真地点了点头，好像还有点儿委屈，"你偷偷卖血，我又不好问你，就只能买猪肝给你吃，可是我好讨厌猪肝啊。"

所以就把猪肝挑给我了吗？

夏枝野想起那天感动自己的那片猪肝，觉得自己有点儿不太好。

宋厌还没完："而且你还找富婆，富婆让你去酒店，把钱砸到你脸上。"

"？？？"

这又是哪儿跟哪儿？

夏枝野一脸蒙，宋厌继续说："我不想你被富婆欺负，我就自己假扮富婆，结果你玩游戏根本不保我，你玩个鱼还抢我人头，我都数着的，那局你开斩杀，抢了我七个人头！"

夏枝野："……"

那时候他也不知道小富婆是宋厌啊。

"而且我都没钱了，我还给你买鞋子，结果你送到失物招领处，根本就不穿，我好生气，气死我了。我都只有几百块钱了，我连衣服都不敢干洗了，出的新皮肤我也买不起，我那天突然好想吃鹅肝，可是我没有钱，我还要挣钱，可是我挣的钱都给你了，但是你只知道给别人送礼物。”

夏枝野拍了拍他的背：“不委屈，不委屈，我错了，我帮你洗衣服，给你买皮肤，请你吃鹅肝，好不好？”

“不要。”宋厌拒绝得非常果断。

夏枝野低声道：“为什么不要？”

“因为你好穷。”

“……”

“我不养你你都吃不起饭，你要是为了这么点儿钱又被富婆叫去酒店了怎么办？真被骗了怎么办？卖血得病了怎么办？”宋厌问得又委屈又生气。

夏枝野则被这一连串超出正常认知的问题问得哑口无言，沉默半晌，才缓缓开口：“那如果其实我不穷呢？”

“不可能，你就是好穷。”

夏枝野再次组织语言：“如果我真的不穷，这一切其实都是你想多了呢？”

“……”

宋厌抿着唇，微蹙起眉，大脑开始疯狂运转。

如果夏枝野不穷，那就是他想多了。

那他就白装小富婆了。

那他不是很丢脸？

不行。

他是酷哥。

他不能丢脸。

沉思三分钟后，宋厌逻辑清晰地得出了这个结论，然后偏头看向夏枝野，十分认真严肃地吐出五个字：“那就暗杀你。”

“……”

鉴于宋厌酒后十分诚实，那一刻夏枝野仿佛从这五个字里看到了自己坦诚之后可能失去性命的悲惨结局。

于是短暂的沉默后，他拿起易拉罐：“来，我们再喝点儿。”

好忘记这个充满残酷真相的夜晚。

宋厌却不上当，只是微眯着眼睛看着他：“所以你到底穷不穷？”

夏枝野毫不迟疑：“穷。上有七十岁奶奶，下有三岁妹妹，无父无母，无车无房，除了一身皮囊，穷得一无所有。”

听到这个答案，宋厌却好像更委屈了：“所以你为什么还不好好学习？你好好学习就可以考高考状元，考到高考状元就有二十万元奖学金，有了奖学金你就有钱了，有钱就可以和我一起去首都了。结果你非要拿人家当知己，人家又不稀罕你。”

宋厌推开夏枝野揉着他脑袋的手，趴在桌子上，拿着筷子，戳着跟前的蒜蓉茄子，像是有点儿生气。

夏枝野换了个位置，和他面对面趴着：“那我为什么要和你一起去？他不拿我当知己，难道你拿我当知己？”

宋厌张了张嘴，然后又紧紧闭上了，低头继续戳着蒜蓉茄子，像是想说又不打算说的样子。

看来是量还不够。

夏枝野把自己手里的易拉罐推了过去：“我们宋厌同学要不要再喝一点点润润嗓子？”

宋厌同学很果断：“不要。”

“为什么？”

宋厌同学很讲究：“你都没有给我插吸管。”

“……”

行吧，猛男喝东西都是要吸管的。

夏枝野只能顺手从小麻将的牛奶盒上偷了一根过来，顺着易拉罐的口子插了进去：“这样可以了吗？”

宋厌没说话，就趴在桌子上，抱着易拉罐，抿着吸管，一口一口，像小孩子嘬牛奶一样嘬完了这一听，然后目光以肉眼可见的速度变呆了。

夏枝野趁火打劫："所以我们宋厌同学现在可以告诉我，你拿我当知己了吗？"

宋厌没正面回答，只是嘟囔道："反正他们都拿你当好朋友。"

"他们都拿我当好朋友？"夏枝野稍微做了一下阅读理解，"所以你的意思是，我很招人喜欢？"

宋厌抿着唇，不回答，算是默认。

夏枝野来了兴致，打开手机，点开录音，放到手边，然后才重新趴回桌上，眉眼带笑地看向宋厌："那你说说我为什么招人喜欢？"

宋厌也看向他："就像现在这样。"

"就像现在这样？"

"嗯，就像现在这样，你每次把眼睛弯起来，我就会突然变笨。"宋厌把下巴垫在胳膊上，面对面地看着夏枝野，眼睛一眨一眨的。

夏枝野："……"

原来他的笑还有这种特异功能，以前怎么没发现。

实在被宋厌可爱到不行，夏枝野拳头虚抵着鼻尖，干咳了两声，故作正经道："那我还有其他招人喜欢的地方吗？"

宋厌想了想："长得帅。"

确实。

"很善良。"

也有道理。

"对我很好。"

还算有良心。

"而且……"

宋厌垂下眼睫。

夏枝野低声道："而且什么？"

“而且你是粉色的。”像是怕夏枝野不明白，宋厌轻颤了下眼睫，又强调了一句，“以前别人都是黑白的，只有你是粉色的。”

宋厌没头没脑的一句话，像是喝醉后的胡言乱语，然而夏枝野却听懂了。

以前没人疼他，只有自己对他好。

其实夏枝野没有那么喜欢粉色，只是觉得宋厌的生活太多冷色调了，黑、白、灰，好看是好看，但时间一久，总让人觉得压抑，就想着添点儿不一样的鲜亮颜色，心情也能好些。

本来只是最初一时兴起的念头，却没想到在宋厌的心里竟然成了自己的代表色。

所以在宋厌小朋友从前十几年并不怎么热闹温暖的日子里，自己的确是有些不一样的存在，是他真真正正的、特别的、不一样的好朋友，并不是自己自作多情。

恰有深秋的夜风呼啦啦地吹开了窗户，裹挟着冬日将至的寒意，吹得宋厌的眼角泛了红。

夏枝野低声问道：“那以后让粉红色把其他颜色也带到家里来一起玩，好不好？”

“好。”

“那以后让粉红色一直陪着你，好不好？”

“好。”

“那以后我们一起去首都，好不好？”

“好。”

“那我们当一辈子的好朋友，好不好？”

“好。”

番外

# 未来会很好

宋厌七岁生日那一天，一个人去了游乐园。

但是他没能进去。

因为他的爸爸不喜欢他，他的妈妈去世了，他的保姆阿姨照顾继母刚生的小弟弟去了，所以他只能一个人来游乐园。

可是游乐园的哥哥姐姐说，游乐园里有危险项目，小朋友不能一个人进去，他就只能一个人坐在游乐园外的长凳上，安安静静地看着来来往往、熙熙攘攘的人群发着呆。

当其他的小朋友都有爸爸妈妈带着他们高高兴兴地戴着米奇耳朵、拿着棉花糖、手牵手地走进大门的时候，七岁的宋厌真真切切地明白了“羡慕”这个词是什么意思。

他真的好羡慕啊。

他也想戴米奇耳朵，他也想吃棉花糖，他也想和大人一起去坐海盗船。

可是他只能想一想。

宋厌坐在长椅上，垂下了脑袋，盯着地上的一粒小石子，眼睛有点儿酸。

他不知道为什么自己从来不哭不闹，成绩也是全班最好，可是却没有一个大人愿意喜欢他。

他努力睁大眼睛，不让眼眶里“酸酸的液体”流下来，然而好像没有用，眼前的景象还是越来越模糊，越来越模糊，直到“吧嗒”一声，泪珠终于控制不住地从眼眶落下。

但眼泪没有砸到地上，而是砸到了一双黑皮鞋上。

弄脏了别人的鞋子，小宋厌刚想抬头说对不起，就发现对方先一步蹲了下来，递过一方手帕，温柔道：“宋厌小朋友别哭了好不好？”

宋厌：“？”

他怎么知道自己叫宋厌？

宋厌抬起了脑袋，然后一双带着笑、微弯的桃花眼就撞入了他的眼中。

对方是个穿着西装的二十几岁的男人，长得很帅，笑得很温柔，有种吸引人的魔力。

但是宋厌没有接过手帕，而是板着脸，警惕地问道：“你是谁？你认识我吗？你怎么知道我的名字？我怎么从来没有见过你？”

看来宋厌还真是打小就聪明。

夏枝野笑道：“我是夏枝野，是你未来最亲近的朋友，虽然你以前没见过我，但是十年后，我们会形影不离，所以我当然认识你。”

宋厌才不信：“你骗小孩儿。”

“我没有骗小孩儿。”夏枝野抬头看着他，笑得认真而温柔，“我不仅知道你叫宋厌，还知道你有个阿姨叫覃清，其实你有点儿喜欢她，因为你觉得她很温柔。不过她刚生了宝宝，你怕她不喜欢你，所以就不敢主动和她说话。”

这是自己的秘密，这个人怎么会知道？

难道他真的来自未来？

宋厌抿紧了嘴巴。

夏枝野又笑道：“我还知道你的阿姨生了个小宝宝叫乐乐，你觉得他长得好丑，像外星人一样，不过因为他太小了，所以你还是很想保护他。”

小乐乐确实长得丑兮兮的。

但身上有奶香味，所以宋厌并不讨厌他。

只不过没有人知道这一点，因为宋厌没有和任何人说过。

所以宋厌现在有点儿相信这个好看的哥哥了，他轻轻抿了抿唇角，然后开了口："那……"

他说了一个字，就闭上了嘴，似乎有些犹豫。

夏枝野很有耐心："那什么？"

"那我长大后，会有人喜欢我吗？"

宋厌的眼睫轻轻抖动了一下，搭在长椅上的手指抠着木头边缘，漆黑清澈的眼眸带着显而易见的期待以及隐隐的忐忑。

夏枝野认识长大后的宋厌，他总是习惯隐藏起自己的所有情绪，鲜少有这般把想要的东西都写在脸上的时候，所以现在的宋厌就格外地让人心疼。

夏枝野把手掌搭上他的脑袋，轻轻揉了揉："当然有啦，而且有很多很多人。"

宋厌脑袋一偏："真的？"

"嗯，真的。"

夏枝野看着他，答得很笃定。

可是小宋厌还是垂下了脑袋："我不相信。你一定是骗我的。爸爸妈妈都不喜欢我，还有谁会喜欢我？"

"还有好多好多人，不信你看。"夏枝野拿出一张照片，递到宋厌面前。

宋厌双手接过，一眼就认出了照片中间那个穿着学士服的高个子男生，就是眼前这个叔叔再年轻好几岁的样子。

他的肩膀靠着另一个很好看的男生，笑得肆意张扬，而那个男生微低着头，像是想板着脸，可是到底还是忍俊不禁。

他们身边还有几个同样年纪的、做着鬼脸的男生，一个很胖，一个很瘦，一个高个子，很沉稳，一个小个子，笑得甜甜的，还有一个染着蓝色头发造型很浮夸。

再往边上，是一个穿着得体、笑得很温柔的女性，和一个比他们小很多的男孩儿，还有一个同样笑得很温柔的老人，和一个更小的小女孩儿。

整张照片，宋厌确定能认出来的只有两个人，夏枝野和覃阿姨。

那个甜甜的一头卷毛的男生他看着也有些眼熟。

但是感觉最奇怪的还是中间那个被夏枝野搭着肩膀的低头笑着的男生。

他相信自己从未见过，可是却又异常地熟悉，熟悉得好像他就是自己。

面前的男人伸过来好看的手指，指着那个低头笑着的男生说道："你觉得他开心吗？"

"开心。"

"那你知道他是谁吗？"

"……"

"他是十五年后的你。"夏枝野指着照片上的那个男生，说道，"这是十五年后的你，这是十五年后的我，我们一起考上了最好的大学，这是我们的毕业典礼。"

然后一个一个介绍道："这是你的覃阿姨，这是你的乐乐弟弟，这个小卷毛是你的好朋友沈嘉言，这是你好朋友的好朋友周子秋，这个胖子叫方尝，这个瘦子叫赵睿文，这是我们的奶奶和妹妹，他们所有所有人，都很喜欢很喜欢你。"

小宋厌看着照片上那么热闹又幸福的场景，手指紧紧攥着照片的边沿，舍不得放开。

小孩子的直觉告诉他，这一切都是真的。

"可是要怎么样才能到十五年后呢？"

小宋厌感觉眼睛酸酸的。

他不喜欢现在这样，他好想快点儿到十五年后，因为那时候的他看上去好开心，好幸福，他好嫉妒，真的好嫉妒。

“我可不可以不要八岁、九岁、十岁，我可不可以一觉醒来就长大，我不想当没人喜欢的小孩子，我想当大人。我不想被爸爸骂，被爸爸打，被爸爸关小黑屋，我不想所有人都关心小乐乐，没人关心我，我不想好好学习了，反正我考全班第一也没人表扬我，我也不想当乖孩子了……”

眼泪无声地落下，吧嗒吧嗒地砸在照片上，碎成一瓣一瓣的，小孩儿憋在心里许久的委屈终于任性地说出了口。

他真的很想一下子变成很多年后照片上那个高高的、有好多好多人喜欢的自己。

可是夏枝野却摸了摸他的脑袋：“宋厌小朋友，不可以哦。”

宋厌小朋友有点儿委屈：“为什么不可以？”

“因为所有的未来，都是过去的每一天累积起来的。”

夏枝野说得很细心很温柔，可是小宋厌没太听明白。

夏枝野又换了种他能明白的说法：“你看，现在的游乐场是不是很漂亮？但是在它变成漂亮的游乐场之前，它经历过荒地、废墟，修到一半很丑的样子，只有经历了这些，并且认认真真地修好每一块砖，拧好每一颗螺丝，种好每一朵小花，它才能变成今天漂漂亮亮的样子。所以我们只有认认真真过好每一天，变得越来越乖，越来越好，以后才会有很多很多人喜欢我们，知道了吗？”

小宋厌好像明白了：“那是不是只要我一直做乖孩子，一直好好学习，一直不做坏事，努力长大，然后长大后就会有很多人喜欢我了？”

“嗯，就是这样，我们厌厌真聪明。”

夏枝野弯着眉眼，送上了让人心生欢喜的称赞。

小宋厌用力点了点头：“好，那我以后一直当个好孩子，长大后是不是就可以遇到你了？”

“嗯，我保证，只要你好好长大，未来一定会有很多很多人喜欢你，我也会在未来等你。我们拉钩。”夏枝野伸出了自己的小拇指，目光温柔又坚定地看着小宋厌。

宋厌看着他的眼睛，看了三秒，然后也下定决心般伸出了自己的小拇指：“好，拉钩钩。”

小小短短的孩童手指勾上修长有力的大人手指，勾得又紧又郑重，像是抓住了生命里唯一的一束光。

“好了，拉完钩了，那我们去游乐园玩好不好？”夏枝野拿出两个米奇耳朵和一个棉花糖，朝宋厌晃了晃。

宋厌立马脆生生地答道：“好！谢谢叔叔！”

“……”短暂的沉默后，夏枝野纠正，“叫哥哥。”

“嗯，好，谢谢哥哥。”

乖乖的小宋厌甜甜地答道。

那一天，小宋厌骑在高高的夏枝野肩上，看见了他人生中第一场美丽的烟花。

晚上，他睡得很香很香，第二天早上起来，便不记得昨天发生了什么了。

他只记得似乎有一个人告诉过他，无论现在的日子你有多么不喜欢，但只要你努力地过好每一天，那么你所喜欢的未来，总有一天会到来。

而很多年后，宋厌终于确定，原来那个人并未欺骗他。

未来的一切，都会很好。

**图书在版编目（CIP）数据**

别装 / 林七年著 . — 武汉 : 长江出版社 , 2022.5
ISBN 978-7-5492-8286-9

Ⅰ . ①别… Ⅱ . ①林… Ⅲ . ①长篇小说－中国－当代
Ⅳ . ① I247.5

中国版本图书馆 CIP 数据核字 (2022) 第 069057 号

别装 / 林七年 著

| | |
|---|---|
| **出　　版** | 长江出版社<br>（武汉市解放大道 1863 号 邮政编码：430010） |
| **市场发行** | 长江出版社发行部 |
| **网　　址** | http://www.cjpress.com.cn |
| **责任编辑** | 陈　辉 |
| **印　　刷** | 三河市金元印装有限公司 |
| **版　　次** | 2022 年 5 月第 1 版 |
| **印　　次** | 2022 年 6 月第 1 次印刷 |
| **开　　本** | 880mm × 1230mm 1/32 |
| **印　　张** | 9.25 |
| **字　　数** | 280 千字 |
| **书　　号** | ISBN 978-7-5492-8286-9 |
| **定　　价** | 49.80 元 |


---


电话：027-82926557（总编室） 027-82926806（市场营销部）